告別的方法

さよならの手口

若竹七海

劉姿君 譯

目錄

出版緣起

駭High，在推理的迷宮中

編輯部

推理小說到底有什麼魅惑之力，能夠讓世界上無數的熱愛者為之痴狂？是鬥智、解謎的樂趣？是抽絲剝繭，終於揭露眞相時豁然開朗的暢快？是驚嘆於陽光之外人性潛伏的深沉危機與社會百態的詭譎複雜？還是感佩於作家布局的巧思或高超的說故事功力？

好的小說只有一個評斷標準——好不好看（用文言一點的說法是「引人入勝」）。有的小說好看得讓人不忍釋卷，廢寢忘食，非一口氣讀完不可；有的則是讓人捨不得立刻讀完，寧可一個字一個字細細地咀嚼品味。

好的推理小說更是如此。

在台灣，歐美推理和日本推理各擅勝場，各有忠實的讀者群。推理小說是日本大眾文學的兩大顯學之一，也可說是日本大眾文學極致發展最具代表性的成熟類型閱讀，不但各大出版社都闢有「Mystery」系列，培養出眾多匠心獨運、各領風騷，甚或年年高踞納稅排行榜前茅的大師級作者，如松本清張、橫溝正史，赤川次郎、西村京太郎、宮部美幸、東野圭吾、小野不由美等，創作出各種雄奇偉壯、趣味橫生、令人戰慄驚嘆、拍案叫絕、甚或影響深遠的傑作；同時也一代又一代地開發出無數緊緊追隨、不離不棄的忠實讀者。而台灣，在日本知名動漫畫、電視劇及電影的推波助瀾下，也有愈來愈多人愛上日本推理小說的明快節奏與豐富的情報功能，閱讀日本小說的熱潮儼然成形。

二○○四年伊始，商周出版（獨步文化前身）推出「日本推理名家傑作選」系列以饗讀者，不但引介的作家、選入的作品均爲一時精粹，更堅持以超強的譯者及顧問群陣容，給您最精確流暢、最完整的中文譯本與名家導讀，眞正享受閱讀推理小說的無上樂趣。

如果，您是個不折不扣的推理迷，歡迎進入更豐富多元的日本推理迷宮；如果，您還是推理世界的新手讀者，正好奇地窺伺門內的廣袤世界，就讓「日本推理名家傑作選」引領您推開推理迷宮的大門，一探究竟。從一根毛髮、一個手上的繭、一張紙片，去掀開一個角，去探尋、挖掘、對照、破解，進到一個挑逗您神經與腎上腺素的玄奇瑰麗世界！

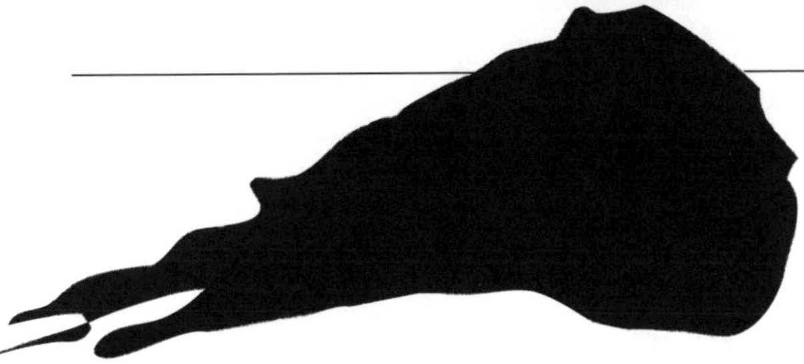

告别的方法

我還沒找到和警察說再見的方法。

——雷蒙・錢德勒（村上春樹　日譯）

1

世上存在著數不盡的不幸。人人都希望過著與不幸無緣的生活，不幸的味道一飄過來，便轉身拉開距離。有時這麼做能成功逃離不幸，但有時退避三舍的結果，反倒一腳踏進不幸裡。看似不幸的事物其實可能是通往美好未來的關鍵，相反的，也有些不幸是以美好的包裝誘惑人心。

多年來靠著別人的不幸混飯吃，難免自以爲對各種類型的不幸瞭若指掌。但，純粹是自以爲而已。上天早爲我安排好一切，證明只要輕輕一呼氣，便能將我微不足道的知識與經驗吹到九霄雲外。

我叫葉村晶。國籍：日本，性別：女。大學畢業後，便到處打工兼差糊口，三十歲以來的十多年，與長谷川偵探調查所簽約，擔任自由調查員。

不是自誇，我當偵探的本事還不錯，賺的比同年代的上班族多得多。我和家人超過十年沒見面，沒興趣嗜好，幾乎沒朋友，也沒養寵物，和男人更是無緣。之前以一個月五萬圓的房租，租下新宿一家幾近廢屋的餐廳二樓，卻在上次地震中終於倒塌，如今我住在調布市內的農家小屋改造的分租屋，一個月七萬圓包水電。

較高的收入、保守的支出，加上現在住的地方，還附贈房東岡部巴自種的新鮮蔬菜，我的存款簿金額頗為可觀。所以，半年前當收入來源的長谷川偵探調查所，因諸般情由歇業導致我不幸失業時，我自然悠哉以對。

如今回想，錯就錯在這裡。我應該立刻寫履歷，託人推薦我到其他偵探社。實際上，長谷川偵探調查所的長谷川所長，就說要介紹我到認識的調查公司。我好歹有不少成功案例，很快就能找到僱主吧。

現在，我已過不惑之年。我向來老老實實繳交國民年金，但這年頭輿論吵著將請領年金的年齡提高為七十五歲。這麼一來，我至少得再工作三十年。不，搞不好還不止。最近的新聞，無論是努力尋找下一份工作的人、什麼都不幹的米蟲，或養大五個孩子、在曾孫玄孫繞膝中頤養天年的九十歲老人，一律稱為「無業」。我們生活的社會以「是否工作繳交稅金」評判一個人。

只是，在長谷川偵探調查所歇業時，我並沒有想那麼多，畢竟偵探這一行是相當累人的。我婉拒長谷川所長的美意，表示這是休假的好機會，希望無所事事過上幾個月。於是，坐在井之頭公園的長椅優雅看書時，我遇見舊識富山泰之。

富山從出版社退休後，與一個任職電視台的名叫土橋保的男人合開推理專門書店「MURDER BEAR BOOKSHOP」。這是一家兼營新書與二手書的小書店。與我不期而遇時，富山的腳骨折，又正逢書店搬遷，急著找打工人員。雖然是個好相處的大叔，但富山擅長牽著別人的鼻子走，一回神，我已在這家書店工作五個月。

原本書店位於商店街的邊緣，現在坐落吉祥寺住宅區。因爲書店遷到土橋名下一幢砂漿木造雙層公寓改建的房子。由於地點的關係，完全無法期待客人湊巧路過進來瞧瞧。這年頭，不要提書店，連書籍這種紙製媒體，在全世界都邁向夕陽化。冷僻的專門書店要招攬客人，不能不辦活動在網路上宣傳。反過來說，沒辦活動根本不會有客人光顧。

於是，書店週六、日才會從中午十二點開到晚上八點，其餘只在星期三、四、五的下午五點到八點營業，導致我的薪水不到偵探時代收入的六分之一。同時，和偵探相比，書店簡直是重度勞動。我已向富山表明，打算辭掉書店重操偵探業，然而……

那是三月接近尾聲的週二。時序進入三月後一直很冷，幾天前突然春回大地，當天熱得讓人想吃咖哩。不塗防曬乳就不能外出的季節終於來臨，我騎著腳踏車，後頸晒得有點刺刺的。

去年此刻，我正在找人。爲了找出離家的女孩，跟蹤她的朋友。確認兩人在超市會合時，我欣喜又興奮，全身不住發抖。

如今找的是書，我造訪位在電車京王線上的舊書店，梭巡一本一百圓的書架，爲目前舉辦的「倒敘推理節」物色適合的書。

之前店裡舉辦過「聖誕推理節」、「科學辦案節」、「推理作家現身的推理小說節」等各式各樣的活動。敝店的命脈，便在於能否推出別家書店學也學不來、唯獨專門書店才擺得出的陣容。幸好，富山持有古物商許可證，「MURDER BEAR BOOKSHOP」能買賣古書，若主題適當，也能舉辦有趣的活動。

問題是，新書可以提早進貨，但相對的，二手書絕大多數都只有一本，賣掉就沒庫存。往往活動開始三天，貨架上便冷清得嚇人。

「倒敘推理節」自然不例外。倒敘推理是從犯人的角度來描寫的推理小說，名作雖多，絕版書也多。活動剛拉開序幕，《謀殺我姑媽》的兩種版本都被買走，傅里曼的《宋戴克博士事件簿》和《波特麥克先生的失策》、《歌唱的白骨》隨即消失。弗里曼．克勞夫茲、法蘭西斯．艾爾士和羅伊．維克斯的作品命運相同。富山下令塡補空蕩蕩的店面，所以我大白天就在逛舊書店，「臨時抱佛腳」便是這麼一回事。

由於逛的是舊書店，不能保證找到需要的書。不過，我運氣不錯，在第二家舊書店的百圓架上找到文庫本的全套《神探可倫坡》，還有「倒敘推理節」的重點商品「福家警部補系列」的作者大倉崇裕的三本書。這些書的價格或許可標高一些。另外，儘管不是「倒敘推理」，但憑著「從犯人的觀點書寫」這一點，我順便買下《罪與罰》塞進背包。成果能刺激動力，當偵探和逛舊書店都一樣。只是，找到書的興奮程度，比不上找到離家出走的女孩。

我將背包牢牢綁在腳踏車的後座上，朝第三家大型舊書店猛踩踏板，途中手機響起。我跳下車接聽，電話彼端的富山劈頭就問：

「欸，妳能不能馬上趕去收購書？等一下把地址mail給妳。我剛剛接到眞島的聯絡。」

眞島進士是土橋保認識的遺物整理業者。只要遺物中出現與推理相關的東西，他便會通知「MURDER BEAR BOOKSHOP」，一直以來，書店託他的福賺了不少。話雖如此——

「富山先生，你忘了嗎？我今天遵照你的吩咐，正在找舊書。」

「哦，我以爲妳還在家。」

富山毫無歉意。在這個人底下工作，有時眞覺得傻瓜才會認眞工作。

「那就請妳直接過去吧。」

「我騎腳踏車。」

「哎呀。這樣吧，拜託眞島裝箱送到店裡，麻煩妳了。」

我喊著「喂喂」，但電話已掛斷。意思是要我厚著臉皮，去麻煩人家幫這麼多忙嗎？九成九是這個意思。

一看mail，地點在國領。幸好離此地不遠，我改變腳踏車的方向。

我騎著腳踏車，沿舊甲州街道南下。行經品川通，穿過採收一半的高麗菜田，左轉就遇見箱形車和卡車，上面畫著眞島的公司「哈特福資源再生」的商標翠鳥。一個我認識的工作人員搬出紙箱。

「啊，葉村小姐好。辛苦妳了。」

這個工作服胸前繡著「松下」的工作人員，將紙箱搬到卡車車斗上，吸了吸鼻子。明明才二十多歲，卻感覺不出一絲衝勁。他能夠無聲無息地搬出東西，算是相當適合整理遺物，但對八十多歲的客人講話的語氣也跟同輩一樣，所以真島沒讓他直接接觸客人。

「辛苦了。大概是什麼情況？」

「沒什麼好說的，妳瞧瞧那房子。」松下苦笑道。

順著松下指的方向望去，似乎是窄巷深處的那幢平房。外牆是生鏽的鐵皮，木牆處處發黑。看來一年到頭都沒有通風，陽光也照不進去，整條路長滿青苔。一連幾天，氣象局都發出乾燥警報，唯獨這房子四周陰陰暗暗，顯得十分潮濕。連房屋原本狀態愈悲慘愈見獵心喜的住宅改造節目都會拒絕。那是彷彿踢一腳就能拆解完畢的建築物。

「之前獨居在此的老人家，出門昏倒被送去醫院，幾天後死在醫院。他無依無靠，所以是房東委託我們的。房東打算拆掉房子，清出空地。」

「看起來只有十坪，依現行的法律，那樣的土地能蓋什麼？」

「只能併入隔壁的庭院吧。」

聽松下這麼說，我重新看了看，破房子就蓋在鄰家占地的邊緣。鄰家的占地面積相當大。調布一帶以前有許多農家，久居於此的人家占地廣及數百坪的例子並不罕見。

鄰家的土地上，佇立著懷抱白色小型犬的人。一頭染燙過度的受損長髮，長版T恤上披著廉價的羽絨衣，顏色鮮豔的圍巾在脖子上繞了一圈又一圈，略短的緊身褲底下是一雙形狀不美的腿。重新抱好狗時，她露出臉龐，似乎已年過古稀。

「反正都要拆了，何必整理遺物？全部當廢物處理不就好了……」

松下說了很不得體的話。那個看似房東的人扭來扭去故作嬌態，瞅著松下。她身後升起幾縷淡淡的煙，大概是在燒落葉吧。

眞島踏出玄關看到我，想走過來，腳卻在潮濕的地面打滑。儘管抱著兩個紙箱，他仍輕輕巧巧維持平衡。當初認識他時，他剛獨立成爲遺物整理專家，穿著漿得筆挺的工作服。短短半年，那件工作服就一副歷經滄桑的樣子。

「不好意思，突然找你們過來。」

眞島一開口就道歉。按理，這種場合應該是我要說「謝謝你找我們來」才對。

「咦，沒有我們可能會收購的書嗎？」

「書很多。」

眞島壓低音量。察覺房東和小白狗都注視著我們這邊，我不禁跟著放輕話聲。

「有推理小說嗎？」

「不是沒有，我瞥見新潮文庫的松本清張。」

尾隨眞島經過房東面前，我輕輕點頭，房東故意別過臉。我說著「您好，我是舊書店的人」，走進屋內。

本來車子、紙箱、封箱膠帶得自備，我卻全向眞島借。我把手機塞進牛仔褲口袋，外套和背包放在卡車前座。眞島沒有一點不快的神色，但一踏進那幢房子，我立刻明白爲什麼。不管是架高的地板、剝落的壁紙縫隙，或後面的小廚房，都長滿大量黴菌。

書的確很多，多到壓得地板下陷。狀態一如預期，發黴、變形、斑駁。絕大部分是送資源回收還要猶豫的慘狀。

而且，全是老舊的通俗小說。藤原審爾、河野典生、黑岩重吾、柴田錬三郎、石坂洋次郎……的確，也有松本清張。這些書都十分精采，但狀態這麼差，不能指望有人會買。

紙類由我負責，所以我不斷將只能當垃圾處理的書拿繩子捆好。松下則一一扔到二噸卡車的車斗上。這樣不叫來收購書，根本是幫忙打掃。如果可以，我並不想把書當垃圾處理。話雖如此，帶回店裡也沒意義，最後還是要丟。

幸好，房子十分狹小，只有玄關、一個四張半榻榻米大的房間、一個二張半榻榻米大的房間、廚房和浴室。以爲已清到更衣空間，卻出現蹲式馬桶。嚇人的是，廁所沒有門。是啦，獨居也沒別人會在意。

這些地方都放著書。不僅僅是廁所，浴室裡竟然也放。居住在此的人就這麼喜歡書嗎？還是，他喜歡收集書？話說回來，幾乎沒有任何値錢的書。只不過，就算屋裡有古騰堡版《聖經》或初版《愛麗絲夢遊仙境》，恐怕已放到沒價值了。

衛浴這邊的書，我幾乎看也不看就捆起來交給松下。到底吸進多少黴菌的孢子，我想都不敢想。

「怎麼樣？」

整理廚房的眞島過來關切。特地找人上門收購書，卻是這種慘況，他似乎頗內疚。

「這房子住的是什麼人？」

「獨居的老先生……不過，聽說才六十幾歲。」

眞島一副很高興有人問起的樣子，挨近繼續道：

「大約二十年前，房東的丈夫不曉得在哪裡喝酒認識他，幾乎是免費讓他住進來。他似乎打算當小說家，沒有工作。總愛炫耀古早以前入圍過哪個文學獎，可是最近都不提小說了。房東婆婆表示，自從丈夫去世後，他就只是個房客。」

想當小說家卻不順遂。原來是這種老掉牙的故事，我有點失望，回頭繼續工作。我開始打噴嚏，眼睛也癢，於是加速處理玄關四周靠牆的書，前進客廳。快手快腳整理所有看得到的書，書桌周圍的舊報紙和傳單類全部丟掉。眞島和松下把家具搬出去後，終於看得見地板和牆壁，屋內愈來愈空曠。

松下動手清理牆壁前的組合櫃。他移開櫃子時，地板明顯彎曲，肉眼都瞧得出。這房子蓋得如此隨便，簡直不把《建築基準法》和東京直下型地震放在眼裡，書沒有遭白蟻蛀蝕就該謝天謝地了。

組合櫃一消失，壁櫃旋即出現。我懷著不好的預感拆下拉門，松下和眞島不約而同

「嗚哇」驚叫，只見壁櫃裡塞滿書。

看到書卻失望的書店人，不，一般人，眞是不可取。我半閉著眼從上層陸續搬下書。每次搬動，壁櫃和周遭地板便唧唧作響。

搬到一半我才發現，不知爲何壁櫃裡沒什麼黴味。搬著搬著，老舊的乾燥劑從書的縫隙掉落。可能是乾燥劑的關係，書況比較好。

終於找到好貨。《死火山系》、《野墓標》、《東方塔》、《紅袈裟》等水上勉的推理小說一起出現。

繼續找下去，老春陽文庫現身，包括曜川哲也的《暗夜疑惑》，甲賀三郎的《沒有乳房的女人》。比較特別的是左右田謙的作品。之前我根本沒聽過這個作家，幾個月前富山不知從哪裡弄到《一枝鋼筆》，剛在網站上公布「新貨到！」，當天就有狂熱分子氣喘吁吁地趕來。

好不容易挖到金礦，但壁櫃下層頂多是仙田風太郎和香山滋，其餘是連封面都沒有的雜書。看樣子，收穫恐怕僅有一個紙袋的量。不用搭眞島的車，我騎腳踏車也回得去。現在我只想好好沖個澡，洗掉渾身的灰塵和黴菌，在搬書刮粗的手指上抹乳液。雖然幾個小時前想著「在大好春日裡卻騎著腳踏車逛舊書店是怎樣？」，但和此刻相比眞是天堂。

「葉村小姐，進度如何？」

我閉氣繼續從壁櫃下層後方拉出書，眞島拿毛巾邊擦脖子邊問。不知何時，窗戶上的窗簾、牆上掛的畫框、地板鋪的絨毯皆已清空。

「再一下就結束了。」

我半個身子在壁櫃裡回答。

「眞奇怪。」

眞島彎身道。我從壁櫃後面拉出書，望著眞島：

「哪裡怪？」

「完全沒有値錢的東西。儘管打一開始就不期待有貴重金屬和骨董之類，可是通常會找到撲滿或老舊的存摺。」

「房東拿走了吧？」

「有可能。存摺會不會夾在書裡？」

我皺起眉擦著汗，「不能說絕對沒有，但該不會……」

眞島連忙搖手，「不不不，我不會說要重新檢查一遍的。」

那是當然。

在疲勞和壓力下，我的精神愈來愈不濟。再這樣下去，我搞不好會把氣出在眞島身上。我想趕緊收拾，又探進壁櫃時，身後突然一陣吵嚷。

「千千，不行，不能過去！那邊很髒，不可以！」

響起一道慌張的尖叫，眞島驚呼一聲。只見一團白毛鑽過我身旁，跑進壁櫃，鼻子哼哼有聲，抓起壁櫃的地板。

「千千，不可以！你不要光看著，快幫我抓住千千。」

應對方的要求，眞島走過來，往我旁邊踏一步。地板唧唧唧作響，狗瘋狂咆哮。下一瞬間，伴隨轟隆聲，壁櫃的地板從我下方消失。

我似乎昏了過去。狗高聲吠叫，身後有人尖叫，實在吵鬧。我猛然回神，發現自己栽進充滿惡臭的黑暗，上半身被重物壓住，額頭撞到堅硬物品，滿口鮮血，大概是跌落途中咬破右頰內側。我想撐起身體，手卻陷進又濕又滑的泥濘中。

「葉村小姐！葉村小姐，妳還好嗎？」

遠遠聽到眞島的呼喚。我想回答，卻吞到血，一陣嗆咳。拚命想吸氣，駭人的惡臭卻撲鼻而來，要是面朝下，午餐就會從胃裡經過食道出來見人。

「請不要動，我立刻挪走上面的東西。」

我感覺到兩側有人，身體很快變輕。舉起重獲自由的左手，我摸索著有沒有可攀附的地方。一摸到木材，我想抓著站起，手指卻滑脫。

「請不要動。」

眞島的話聲比剛剛更清晰。

「我會拉著妳的腳，把妳拖出來，會痛就舉起左手。我會慢慢拖的。」

眞島抓住我的雙腳，喊一聲「嘿咻」。接著，我的身體被斜斜抬起，維持趴著的狀態拉到壁櫃外數十公分的地方。一個震動，一大口血從我嘴裡溢出，染紅四周。只聽松下發出「嗚噁」一聲。

我很想解釋，只是咬破嘴，沒看起來這麼誇張，但發不出聲。眨了眨眼，瞥見壁櫃的地板破一個大洞，牆壁向後倒，破損的木材凸出，好淒慘。

居然沒有地基，下面就是泥地，還積了水。那灘水裡……

「葉村小姐，妳能動嗎？我馬上叫救護車。」

我無法回答眞島，一雙眼睛只顧盯著水裡的東西。水裡那個白白、圓圓的東西。

那是人的骷髏頭。

2

救護車送我到醫院。以前我數度受到醫護急救人員的照顧，每次我都覺得他們是活菩薩。

急救隊員耐著性子勸堅持要回家的我，把我搬上擔架，在醫院裡排隊。我告訴醫生昏過去才短短幾秒，不用占據寶貴的病床，醫生仍懇切仔細地說明狀況安撫我。護士則將戳在我胳臂、胸口、臉上的無數木屑一根根拔掉。

我不想吃藥，倒想吃吃這些人的口水。不過，就算吃了我也生不出半分佛心。

雖然遍體鱗傷又狼狽不堪，但沒發現嚴重的異常。可是我在救護車裡似乎再度昏迷，照電腦斷層慎重檢查後，醫生要求至少今晚住院，態度頗爲強硬。我全身瘀傷、兩根肋骨裂了也就算了，額頭還腫一個大包。

「我擔心妳的頭。」

醫生嚴正地說。一直覺得遲早會有人對我說這句話，卻沒想到竟是出自活菩薩之口。

麻煩歸麻煩，不過想想要是直接出院，警察一定會抓著我問發現白骨的經過，這麼一來，可能會耽擱很久，不如在醫院的病床上睡大頭覺。

救護車送我去的是調布車站附近的「武州綜合醫院」。我住的是四人房，入口進來右側的那張病床。但光是起個床，我裂開的肋骨一帶就痛得要命，頭也痛得厲害，總之是全身上下不舒服，眞想耍耍脾氣。一個女人因爲地板塌陷掉進泥裡，腦袋還撞到骷髏頭，她有耍脾氣的權利——前提是有寵她、包容她的對象。

可惜沒有這樣的對象，於是我討來止痛藥。吃完藥，閉上眼睛便進入夢鄉，但不知經過多久，突如其來一陣劇咳，我不禁咳醒。我一時搞不清自己在哪裡，想弄明白卻咳個不停，腦筋無法運轉。我咳得喘不過氣，偏偏肋骨又痛得不得了。

黑暗的病房裡，不知是誰嘖一聲，幫我按下呼叫鈴，不久護理師就趕來。醫生也來了，我在上氣不接下氣中，告訴醫生我白天吸入大量黴菌。

護理師將我推出病房後的事，我不甚明瞭。只記得醫生看著X光片，低聲說：

「嗚哇，肺全白。」

事後醫生告訴我，是黴菌引起過敏。

意想不到的重病，害我在加護病房待了整整三天。

這段期間，光是呼吸就要我的命，直到搬回普通病房，我才爲接二連三發生在自己身上的不幸生起氣。當偵探的時候，對遇上麻煩多少有一定的心理準備，但去收購舊書怎會搞成這樣？

我很想找個罪魁禍首來責怪，但滿肚子悶氣無處可發。一想到鼻子上插著氧氣管，發脾氣也只是滑稽可笑，就更加火大。

當天下午，陸續出現幾位探病的客人。

首先，眞島帶著哈蜜瓜現身。他從頭到尾不斷道歉，像是不該介紹那種人家啦，是他不好不該隨便一腳踩進壁櫃啦，爲了應付警察忙到半夜才有空聯絡富山，以至於沒人能即時趕到醫院啦，等等一連串。

對方拚命道歉時，必須以「不是你的錯」加以安慰。這是昭和年代出生的日本人的鋼鐵律令，我也乖乖遵守。實際上，這次眞的不是眞島的錯。而且，我的住院手續還是他一手包辦。

眞島告知，我的隨身物品，包括腳踏車在內，都送到「MURDER BEAR

BOOKSHOP」。裝在紙袋裡的「收穫」，警方直接收押。

事情一交代完，尷尬的沉默便降臨。我改變話題：

「後來那些白骨呢？」

眞島迫不及待地開口：

「我向警察說明過來龍去脈。那天我們是頭一次踏進那幢房子，根本不可能知道骨頭的事，房東也是看電話簿找上我們。這些話我不曉得跟多少個警察解釋過多少遍。我想他們不久就會來找葉村小姐，因爲葉村小姐是第一發現者。畢竟是他們的工作嘛，而且是必須塡一大堆文件報表的工作，不好偷懶吧。」

「死者身分還沒查出來嗎？」

「我看報紙寫著，是死了二十五到三十年的女性，年齡在三十到五十之間。警方問過古濱太太，可是她沒印象。」

哦，原來是女的。聽說房東太太的丈夫「不在了」，我還以爲是她丈夫的屍骨。房東太太那麼愛向男人拋媚眼，搞不好和小屋裡的不成才作家有一腿，兩人共謀殺害當丈夫的，埋在地底下。

看樣子，昭和時代的推理小說跟著黴菌被我一起吸進來了。

「古濱太太就是房東太太嗎？」

「對。古濱永子，一個難纏的老太太。那樣一幢隨便亂蓋的破屋，反正是要拆掉的，卻因爲房子崩壞發現白骨，嚷著要我們賠償。害我得聯絡律師，好麻煩啊。」

「會不會是之前住在那裡、想當作家的老先生埋的？」

「本人死了沒得問。我是不太清楚，不過警方的士氣似乎十分低落。要是早個幾年，這案子就算超過時效了。葉村小姐，等妳康復再調查看看吧？妳是偵探嘛。」

我沒有不當偵探的意思，但現在我只是書店的打工人員，而且連這工作都休息了。眞島剛走，富山便來訪。他屆齡退休少說也是十年前的事，卻與白頭髮、老花眼、五十肩一概無緣，一張臉活像PEKO醬（註）的男友，看起來年輕得嚇人。明明是春天，他仍穿著斗篷式風衣，右手拄著枴杖，左手提著一串裝在超市塑膠袋裡的香蕉。

「妳精神似乎還不錯。」

富山笑道。儘管我鼻子上插著氧氣管，尿道接了導尿管，由於內出血導致臉頰和胳臂青一塊紫一塊。

富山拉出鐵椅坐下，「不過，嚇我一跳。我只是請妳去收購書，妳怎麼會跌破地板，還發現死人骨頭？」

怪我嘍？

「我們的常客加賀谷小弟說啊，如果本來放滿舊書，那座壁櫃應該相當耐重。把書拿

註：日本製菓公司「不二家」的形象代言娃娃。

開負重減輕，怎麼反倒撐不住葉村小姐的體重？」

「是時機的問題吧。」

我早料到在推理迷聚集的店裡，這樁意外是助長八卦的絕佳話題，但千萬拜託，不要演變成「白骨屍骸無論如何都希望有人找到她」之類的靈異故事。我心裡這麼想著，隨口應聲，只聽富山笑答：

「也是，年過四十，體重難免會增加。」

「……對了，富山先生，我的東西你幫忙帶來了嗎？」

我竭力大聲問。但呼吸器什麼的全掛在身上，話聲比我預料的虛弱許多。富山似乎吃了一驚：

「哦，眞島送來店裡。妳會用到嗎？」

「會啊，裡面有我的錢包。」

「啊，對喔。妳眞的會用到嗎？」

「我的金融卡在錢包裡，少了那個沒辦法付住院費。」

「唔……腳踏車妳也會用到嗎？搬來這邊可不容易。」

「拜託，你看我這副德性能騎車嗎？」

「我以爲妳要騎腳踏車出院。」

「怎麼可能！拜託，只要錢包和外套就好，能不能麻煩你帶來給我？」

「因爲妳住院，害得我們好忙啊。既然需要，怎麼不在我來之前說一聲……」

「我早上還在加護病房。」

稍一使力，肺又發出哀號。我很想喝水，但不用說，眼前的人當然沒這麼貼心。

「是嗎？我實在不想，不過還是幫妳拿來吧。」

「謝謝，眞不好意思！」

「沒關係啦，別放在心上。」

病房裡傳來偷笑聲，我差點後悔這輩子太獨立。要是有家人，自然有人能夠依靠。

我告訴富山，背包裡有逛舊書店找到的「倒敘推理小說節」補充書籍。富山十分高興，透露《讀過約翰．狄克森．卡爾的男人》賣掉七本。

可能是打開了話匣子，富山興高彩烈地談起舊推理雜誌上刊登《讀過約翰．狄克森．卡爾的男人》的讀者投稿漫畫，及弗里曼．克勞夫茲的《弗倫奇探長首案》最近推出新譯本，舊譯的版本頗難找，要是找到就能發一筆橫財等等。見富山終於起身要離開，我打心底鬆一口氣，沒想到他順手帶走整袋香蕉。

「對了，富山先生，那些香蕉是做什麼的？」

富山一愣，回答：

「香蕉不是能提高免疫力嗎？搞不好哪天我會像葉村小姐一樣對黴菌過敏，預防勝於治療嘍。」

原來是他自己要吃的啊。

不然我分一點給妳吧！拔一根香蕉放著，富山翩然離去。病房某處又響起偷笑聲。富山住在千葉，從吉祥寺到調布一班公車就能抵達，但要一條腿不方便的人來一趟畢竟不輕鬆。光是現身探望就足夠令我感激。話雖如此，我還是覺得疲累。

我癱睡片刻，便放不下憂慮醒來。當時，我的手機就塞在牛仔褲口袋裡。送醫時穿的衣服是院方幫我保管的，應該放在旁邊的架子下面。只是，我實在無法起身確認。

明明不會有緊急聯絡，卻一心掛念手機。我瞪著病房的天花板，不斷告訴自己要冷靜。

「哇啊，葉村，妳死了？」

耳邊有人尖叫，我嚇得差點跳起來。原來是光浦功，以前我住新宿時的房東。

「啊，好像還活著。不過，妳明明不當偵探了，怎麼會弄到差點沒命？妳這個不幸的女人，還是一樣倒楣。哎呀，妳裝了導尿管？我祖母死前也掛著跟妳一樣的尿袋。」

「你、你怎麼會來？」

光浦穿著金色外套。我認識他十年，在大叔臉愈來愈福態的同時，穿著品味也愈來愈誇張。今天宛如一尊剛按金的佛像，又戴著我送他的大金耳環，便益發相像。新宿的房子在地震中倒塌，他介紹我到現在住的分租屋，那是我的回禮。從此以後，講究禮數的光浦和我碰面，一定會戴這副耳環。

「妳那家書店的店長，把來龍去脈原原本本寫在部落格裡。妳室友看到，告訴岡部婆婆，於是婆婆就聯絡我。因爲網路，世界變得更小了。」

岡部婆婆，指的是分租屋的房東太太岡部巴。她在調布的仙川甲州街道旁擁有一座古老的木造豪宅、菜園和葡萄園，將葡萄園旁的小屋出租。這裡本來是供餐的，但她把伙食和打掃全丟給房客負責，於是變成一般的分租屋。這幢小屋名叫「史坦貝克莊」，我沒問過名字的由來，不過八成與葡萄有關。

儘管是木造老平房，考量到房客都是女性，所以裝有保全系統。要是出入不小心忘記保全裝置，警報會震天價響。基本上，岡部巴只相信口碑，房客幾乎是房東認識的人，或經房客介紹。

「這是岡部婆婆託我拿來的替換衣物。她說租約上註明，遇到緊急情況可進入妳的房間。還有，這是婆婆做的滷羊栖菜和馬鈴薯燉肉。我提醒過她，一個早上還在加護病房的人，吃這些實在太早，可是她堅持做都做了，要我拿來。怎麼辦？我帶回去？」

我眼淚差點掉下來，默默點頭。

「有沒有要我幫忙的？爲了葉村，只要我幫得上忙，儘管開口。錢和身體不出借就是了。」

我請他替我找手機。光浦翻過衣服，也問過護理師，但沒找到。在那陣混亂中掉到地板底下嗎？如果是這樣……

「那就死定了。」

光浦毫不客氣地直言。

「地板底下不是浸水嗎？警方取出骨頭時應該會一併撿起，可是泡水就沒救啦。妳放棄吧。」

我暗暗慘叫。勤於備份的偵探時代，手機好端端的沒掉過。最近一鬆懈，疏於管理，便落得這種下場。

「好慘。」

「妳有買保固吧？那就能便宜換新機，搞不好有機會復活。我看過國外的電視劇，可將手機放在米堆裡吸水。」

我沒開口，光浦就在小壺裡裝了水、將帶來的東西收到架子上，勤快地忙東忙西，繼續跟我聊天。

之前我認識的八十八歲婆婆去世，沒有近親，只留下遺書。遺書上寫著，從不動產到存款，財產通通留給她的房客。最近常聽到類似的事。葉村不如也對岡部婆婆講講好話，討討她的歡心，要是她把那一帶的土地留給妳，妳就發了。

咦，我嗎？岡部婆婆很疼我沒錯，但財產敬謝不敏，好麻煩。話說，要一個腳不好的老先生帶東西過來未免太可憐，我去幫妳拿。沒關係沒關係，搭公車到吉祥寺，坐平快到東中野再過去就行。哎呀，這麼一提，妳連錢包都沒有？我留點零錢給妳，等妳能下床走路，就到商店買個優格什麼的。

近一個小時不停閒話家常兼談事情，光浦留下一句「我再來看妳」，像一陣旋風般離去。他是個守信重義的人，一定會再來。

稍稍恢復精神時，病床的簾子被拉開，兩名陌生男子探進頭。一個年輕，一個五十開外。兩個都穿平價西裝，鬍子剃得乾乾淨淨，散發混雜汗水、體臭和阿摩尼亞的味道，露出非比尋常的目光。

3

他們自稱是調布東警署的搜查員，並亮出警徽。年紀人的叫澀澤漣治，二十幾歲的叫眞汐文吾。聽到兩人都來自警署，我想起眞島的話：

警方的士氣似乎十分低落。

幾乎全是年輕警員開口問。他一副不熟練的樣子，感覺相當拚命，語尾字字用力。我盡量仔細回答。

我不是第一次遇到警方問話。絕大多數的情況，刑警都很厭惡偵探，尤其是女偵探。

以住院中的書店打工人員身分，面對警察應該比較好。
「聽說是女性的骨骸，還不曉得身分嗎？」
大致問完一輪，年輕刑警思索著有無遺漏的要項，我開口發問。
「是啊，畢竟是許久以前的事。」
調布東警署位於甲州街道旁，十分新穎氣派。改建時大概將以前的協尋申請都處理掉了吧。
「住在那幢房子的老先生是凶手嗎？」
「妳沒聽說老先生的名字嗎？他叫山田一郎。」
澀澤靠著牆強忍哈欠。那是文件塡寫範例上經常出現的名字。
「我現在才知道。他沒掛門牌，書上也沒蓋藏書印。如今回想，屋裡不僅沒有値錢的物品，連原稿都沒瞧見半張。」
我想起眞島注意到的事，脫口而出。澀澤一臉莫名其妙：
「什麼原稿？」
「聽說他想當作家，我以爲會找到一大堆手稿。我負責處理紙類，可是根本找不到任何創作草稿。」
從山田一郎先生的藏書傾向來看，他的目標應該是成爲暢銷作家，至於喜不喜歡寫小說很難判斷。「當作家」是不想認眞工作最方便好用的藉口，沒看到原稿也不奇怪。

「葉村小姐當過偵探啊。」

原來他們都知道了。

「他姓眞島吧？那個遺物整理專家表示，屋裡沒找到値錢的物品，妳推測可能是房東收走。」

連這些都告訴警察了啊。我緩緩從鼻子吸入氧氣。

「這種事挺常見，可是……」

「『可是』什麼？」

「眞島和松下都感到奇怪，那裡剩下滿屋子垃圾，所有物品都長黴。像這種小破屋，打一開始就找拆屋工人或大型垃圾處理業者，整幢處理掉才合理。然而，房東卻另外付錢找來遺物整理業者。通常會找這樣的業者，往往是不想遺漏値錢的東西或紀念品。要是都在房東手上，就不需要遺物整理專家了。」

澀澤哼一聲。

「那妳認爲是爲什麼？」

「聽眞島先生說，房東古濱向『哈特福資源再生』請求損害賠償。即使沒料到小屋會崩毀發現白骨，房東想必早知道一定找不到像樣的遺物，所以刻意請人來處理，事後再挑毛病客訴。」

「哼。」

「又是……我想太多嗎？」

「有話就說，少賣關子。」

我說太多話，覺得所有的呼吸器官都累壞了。澀澤一把拿起旁邊的喝水小壺，讓我銜在嘴裡。明知他這麼做只是方便問話，我仍感激涕零。

不冷不熱的水，可口得令人驚訝。我清了清喉嚨，繼續道：

「這純粹是我的假設。假如房東古濱本來就曉得地板底下埋有白骨，想在拆掉房子之前挖出另藏呢？白骨出現在壁櫃底下，那座壁櫃又塞滿書，拉門前堵著組合櫃。一個老人家要自行挖出骨頭是不可能的。」

「那麼，前偵探小姐，妳是認為古濱永子知道白骨的事嗎？」

「警方也是這麼想吧。」

澀澤老大沒趣地別過臉，年輕刑警接過話：

「可是可是，山田一郎住進在那房子二十多年，只去過附近的小鋼珠店和居酒屋，頂多偶爾到京王閣（註），根本沒聽過他有任何異性關係。」

殺的又不見得是認識的人，也可能是把路過的女子拖進屋內殺害。或者，是將萍水相逢的女子帶回家，雙方起了爭執。

不過，在那種破房子裡，一吵鬧鄰居一定會聽見。我也不相信會有哪個怪人肯跟他進屋。

「我們徹底調查過，古濱永子周遭也沒有女性失蹤。」

發現白骨不到一週，能調查得多徹底？

「她何時開始住在那裡的？」

「那個那個，她是三十年前結婚的。古濱啓造年過四十還單身，當時在酒店上班的永子算是強迫自我推銷進門。古濱啓造是個怪人，不去工作，靠父母的財產過日子，一出門旅行就好幾年不回來，讓父母十分傷心。他不和鄰居來往，也沒朋友。不過，他在那一帶擁有不少土地和房地產，相當有錢。古濱永子嫁給他，算是矇對了吧。據說前不久她賣掉大馬路旁的土地，蓋起公寓，狠賺一筆。」

這名姓眞汐的刑警年紀輕輕，內在卻是個大嬸。瞧他聊八卦聊得多開心。

「所以，最初婚姻生活就不順利，兩人一天到晚吵架。不到半年，古濱啓造又外出旅行。」

「目前她丈夫行蹤不明是吧。」

我陷入沉思，澀澤嗤笑道：

「提醒妳，發現的白骨屍骸是女的。說到丈夫，一般都是男人。」

「一般是男的沒錯。」

註：曾是綜合休閒設施，戰後改建爲自行車賽車場。

澀澤的笑容一陣抽搐：

「妳想講什麼？」

「忘記從哪裡得知，女性在停經後，女性荷爾蒙會銳減。所以，七十歲女性的荷爾蒙，只會剩下七十歲男性身上的女性荷爾蒙的一半。」

「哦……咦，所以呢？」

年輕刑警一副不得要領的模樣。

「換句話說，老婆婆比老公更有男子氣概。」

「請問請問，葉村小姐，妳身體不要緊嗎？」

年輕刑警語帶擔心，澀澤輕拍他的肩膀。看來，澀澤明白我的意思了。搞不好，古濱永子對這個年輕刑警，也像對松下一樣賣弄風騷。只是，年輕的小夥子都沒注意到那是求愛行動。

「那麼，感謝在住院中仍協助辦案，我們先告辭。啊，葉村小姐，妳的手機是不是遺落在現場？」

「對、對！」

「下次要請妳爲今天的筆錄簽名，到時我再帶來。雖然完全沒救了，但沒有原機，就算買保固通訊行也不肯給妳代用機吧。」

請多保重——刑警留下這句話就走了。

幾天後，拔掉導尿管、卸除氧氣罩和點滴的我，走到廁所照鏡子。早在十多歲，我便告別對自己容貌的幻想。無可無不可，給人印象不深，不容易記住。這樣的臉本來就適合當偵探，而且年過四十，此一傾向益發強烈。

不過，我現在的臉非常有個性。額頭中央殘留與骷髏頭對撞的痕跡，瘀青逐漸消退，依稀可見綠印子。壁櫃地板的木屑戳刺的地方結了痂，在臉頰、頸項留下點點斑痕。一對黑眼圈，臉色極差，嘴唇乾燥脫皮。不必特殊化妝就能當殭屍臨演。

房東託光浦帶給我的行李，裝有毛巾、牙刷、我平常用的洗面乳和化妝水。我在熟悉的香味包圍中，慢吞吞洗完臉，深深覺得活著眞好。

星期三傍晚，主治醫生鳴海宣告：

「我本來很擔心妳的頭，目前看來是沒問題。」

我不禁笑了。

醫生一副想收回前言的樣子，但還是繼續說，假如今晚沒有任何狀況，明天上午就能出院。肺的部分尚未痊癒，必須持續服用抗生素，絕對不能擅自停藥，下週二或四回診。

我考慮著該給醫生一個擁抱，還是跪地伏拜，最後只道聲謝。鳴海醫生風度良好，頷首致意離開。接著，我懷著雀躍的心情，吃掉在冰箱裡變黑的香蕉。

直到此刻，對於和怎樣的人住同一間病房，我都沒放在心上。我一向戒心極強，這種情況十分罕見。我終於意識到這一點，環顧四周，瞥見對角線的病床上，一名年長的婦女戴著耳機，觀看剛開始的談話節目。

另外兩張床空著。那麼，前幾天幫我按呼叫鈴的就是她？我暗忖應該道個謝，但她正專心看電視。

來探望的第二天，光浦依約把錢包和外套帶給我。我披上外套，在醫院裡散步。

「武州綜合醫院」是地下三層、地上十二層的建築，除卻醫療設備，似乎是愈往上愈豪華的金字塔型設計。十樓以上，一出電梯立刻會遭到驅逐，看也沒得看，所以純粹是我的印象。

在電梯裡，我注意到像是量身訂製的輪椅要前往十樓。在九樓的休息室，遇到應該是照護員的阿姨聚在一起講負責的病患壞話。在四樓撞見一個圓滾滾的胖女人和高齡的訪客打情罵俏。在三樓則看到嚴肅進行討論的醫生和保險調查員。

連續醫院一周這麼輕微的運動，我都氣喘吁吁，只好走到地下一樓的商店。早報還沒賣完，於是我買了優酪乳和早報，在商店旁的長椅坐下。

除非有特殊狀況，報紙我習慣從電視節目欄看起。確認沒有發生值得製作特別節目的大事，再打開社會版。

〈調布白骨案　查出死者身分並逮捕犯人〉

我頓時嗆到優酪乳。

報導本身的篇幅不大，約莫在社會版排名第四。然而，看到內容的人，想必會十分驚訝。畢竟死亡的是發現屍骨的屋主「古濱永子」，而被視爲古濱永子的人，其實是她的丈夫古濱啓造。丈夫殺害妻子，再扮演妻子，這種事可不是天天有。

報導寫著，結婚半年後，即一九八五年春，永子便已死亡。古濱啓造將屍體埋在小屋的壁櫃地底下，之後把小屋租給認識的男子。最近那名男子去世，古濱啓造決定拆掉小屋，委託業者處理妨礙取出屍骨的家具和物品，在過程中發現屍骨……

武藏野地方新聞版的報導篇幅比社會版的稍大，不過內容相差無幾。只多了經牙科紀錄確認屍骸爲古濱永子，古濱啓造承認棄屍但否認殺人。

我折好報紙返回病房。一出電梯，便看見調布東警署的澀澤刑警佇立在會客室前。一注意到我，他高高舉起手上的塑膠袋，裡面裝著手機。我以早報向他敬禮。

「恭喜你逮捕犯人。」

「託妳的福。」

我在會客室的沙發坐下，接過手機。在交給我前，澀澤說：

「先警告妳，最好不要打開袋子，臭得要命。山田一郎家的糞管壞了一陣子，積在地板下的那些水，妳知道的，就是那種水。」

我把塑膠袋放在地上。埋在米堆裡，搞不好手機儲存的資料救得回來，但惡臭恐怕去不掉。想到我曾一手插進污泥，渾身一陣哆嗦，不禁對古濱永子的骷髏頭心生感激。要不是她的骷髏頭擋住，我會一頭栽進「那種水」中，搞不好還會喝上幾口。相較之下，內出血、紅腫和醫生那句「擔心妳的頭」根本不算什麼。

澀澤取出筆錄。儘管自己吐出的話轉譯成公家文件的語調很不自然，我仍仔細看完，簽名蓋上指印。澀澤替我送手機來，我向他道謝，只見他搔搔頭說：

「坦白講，把證物送還屍骸的第一發現者，是我逃出來的藉口。古濱啓造實在令人不敢領教。」

「在偵訊室裡，他也對那個姓眞汐的年輕刑警拋媚眼嗎？」

「他都七十二歲了耶，七十二歲。」

澀澤一臉厭倦，繼續道：

「七十二歲的老太婆對一個二十六歲的年輕人扭捏作態確實不妥，但當事人是七十二歲的老頭啊！文吾那小子似乎毫無知覺，每天不得不在狹窄的偵訊室觀賞這種戲碼，簡直要我的命。」

「據說那個老先生否認殺人？」

「他堅稱是意外。三十年前，永子喝醉撞到火盆死掉。他不希望外人認爲是夫妻感情不好引發的謀殺，於是藏起屍體。古濱啓造本來就比較喜歡男人，又愛扮女裝。以旅行爲由離家，其實是在東京都內租公寓過『女人生活』。所以，他才會想到一人分飾丈夫和妻子的主意。只是，他很快就懶得扮演古濱啓造，只在必要時恢復身分，眞受不了。」

「澀澤先生認爲那眞的是意外？」

「這個嘛。一開始他表示，一切全是山田一郎幹的，他什麼都不知道。山田一郎出身水戶，直到二十五年前都住在群馬縣一家建設公司的宿舍。依照時間來看，和三十年前永子的事根本扯不上關係。我這麼一說，他才不情不願地承認埋藏屍體。現在又宣稱是山田一郎得知後，以此威脅他，才不得不讓山田一郎住進那幢小屋。」

「哇，眞有說服力。誰教那小屋如此迷人。住在那裡，恐嚇犯一定歡天喜地吧。」

「少損人了，前偵探。山田一郎多半是他抓來當保險的，萬一屍骨曝光，有人可以墊背。山田一郎八成是古濱啓造的愛人，被便宜包養吧。」

「古濱給了他錢嗎？」

「山田一郎還是建築工人時曾受重傷，留下後遺症，所以領有殘障津貼。他應該是靠這筆錢生活，只是沒付房租。」

我想起那一堆又一堆的書。那些龐大駁雜、怎麼看都不像是全新時買回來的書。

「妳說的沒錯，値錢的東西都在古濱啓造手上。山田一郎送醫還沒死時，他認爲付住院費會用到，把保險卡、年金手冊、存摺都拿走，筆電也沒放過。還有，妳在意的手稿，全裝在箱子裡。『哈特福資源再生』上門前，他整箱搬到院子燒掉，怕山田一郎寫下什麼不該寫的事引起麻煩，保險起見乾脆銷毀。」

我想起「古濱永子」身後升起的裊裊白煙。那一箱山田一郎活過的證明，就這樣燒毀，不留一絲痕跡。雖然我並不想看，卻也感到惋惜。

「不過，葉村小姐，虧妳注意到古濱永子是男人。這是前偵探的直覺嗎？」

澀澤起身打量著我。

「沒那麼誇張，我只是不喜歡『古濱永子』的腿。年紀再大，女人有那樣一雙腿就是很詭異。跟蹤女性時，我都是認腿。」

於是，我試著推想，假如古濱永子其實不是古濱永子，而是古濱啓造會怎麼樣？「丈夫不在」的時期、白骨的死亡時期和推定年齡，全與古濱永子相符。

古濱啓造是個資產家。他本人不見蹤影，妻子開始主持一切，一定會有人感到奇怪吧。包括文件的簽章、銀行保險箱的密碼等等，當妻子的不可能面面俱到，一定會有哪裡露出破綻。然而，至今「丈夫不在」卻沒人懷疑古濱永子，連蓋公寓大賺一筆也一樣。誰教動用財產的，正是古濱啓造本人。

「原來如此。」

澀澤點點頭，然後有那麼一瞬間，露出遠望的眼神。我十分好奇。

「什麼『原來如此』？」

「……沒什麼。原來妳寶刀未老，打算在舊書店打工到何時？」

澀澤說聲「不過也不關我的事」，便離開會客室。

4

我在第二天上午出院。三月最後一個星期二的傍晚被送進來，離開時已是下一個月的星期四。在醫院待好久，花費也好高。我決定盡早讓身體痊癒，回去當偵探賺錢。我有投保，當然也會申請理賠，但這下明年起的保險費一定會漲。

真懷念長谷川偵探調查所。雖然不是正式員工，而是簽約的外聘，可是只要我在調查過程中受傷，長谷川所長就會四處奔走，幫我籌措治療費和住院費。在「MURDER BEAR BOOKSHOP」就不能指望了。不管是保險或自費，都必須自己想辦法。

透過長得很像ＡＴＭ的機器付款後，領到處方箋，準備要回家時，有人喊住我。一回頭，只見一個穿掐金絲滾白邊深藍套裝、蕾絲絲襪配蝴蝶結包鞋的女子走過來。這一身打扮看似高級又引人注目，本人的髮型和化妝卻不加修飾，落差極大。對方年紀應該大我一些。

「請問是葉村晶小姐嗎？」

「我是。」

「是住七七一六號病房的葉村小姐沒錯吧？」

確認後，她自我介紹名叫泉沙耶。

「我是與葉村小姐同病房的蘆原吹雪的姪女，阿姨受妳照顧了。」

我不禁臉紅。由於時間不湊巧，我沒和那位老太太打招呼就離開病房。對可能是幫我按呼叫鈴的救命恩人，我一聲謝謝都沒有，人家卻說受我照顧。

我囁嚅著回禮，泉沙耶上前一步：

「其實，有件事想拜託妳，方便耽誤妳一下嗎？」

「可以，如果只是一下……」

沙耶又往前一步，朝我逼近：

「不好意思，在出院前喊住妳，能不能請妳見阿姨一面？實際上是阿姨想請教葉村小姐。雖然很麻煩妳，但見過一面，她應該就會甘願。可不可以當成是老人家的任性，陪陪她？」

幹嘛找我？

想歸想，卻不得不答應。許久以前，祖母曾不厭其煩地教導我：沒禮貌最後吃虧的是自己。老人家的教誨通常是對的，每當我親身體會到這一點，往往已後悔莫及。

我們走進電梯。一旦在密閉空間獨處，沙耶的衣服便隱約散發悶濕陳舊的味道。泉沙耶望著正前方，迅速吐出一串話：

「蘆原阿姨有事要拜託妳，請務必答應。」

喂，妳明明說見個面就好。

「怎麼回事？」

「醫生診斷，阿姨是癌症末期，沒剩多少時間了，所以她有點任性，恐怕會讓妳爲難。可是，無論她拜託妳什麼，能不能請妳先答應她？不必眞的答應，只要能撐過那個場面就行，事後我會想辦法。」

話還沒說完，電梯已抵達，會客室就在眼前，只見一個面熟的老婦人坐著。

我頓時感到心情沉重。我不曉得蘆原吹雪會說什麼，但別人拜託的是要我敷衍一個垂死的女性。不，根本是硬性要求。一旦我拒絕，蘆原吹雪當場病發不治，我豈不會內疚一輩子？換句話說，打一開始，我便沒有拒絕的餘地。

「阿姨，您辛苦了。」

泉沙耶完全無意等我回覆，在會客室入口退一步，簡直是推著我進去。

「那我先失陪。」

她留下一句便速速走人。

既然如此，只能硬著頭皮上場。我豁出去，低頭行一禮。

和調布東警署的澀澤刑警談話時，這是間不起眼的會客室。方便消毒的黃色椅子，唯妙唯肖的塑膠觀葉植物，還掛著幾幅花上有吹笛子的妖精之類的無聊畫作。

蘆原吹雪彷彿當此處是皇室謁見廳，雍容鄭重地迎接我。

我不是頭一次面對「垂死的人」，但她看上去十分健康。醫生約莫是開了一大堆維生素，她的肌膚泛黃，完美的頭髮多半是假髮。她裹著暖和的格子罩袍，套著刺繡室內拖鞋，我不禁聯想到視時尚爲禮貌的世代的上流階級。徐緩的說話方式和動作，不是年齡增長或有病在身的緣故，而是顯得從容優雅，實在了不起。

「明明今天出院，任性的老人家卻絆住妳，眞對不起。妳一定想早點回去，我就開門見山了。」

聽完我結結巴巴的問候，蘆原吹雪啞聲應道。那是長期抽菸的人的特殊嗓音。

「我有一個女兒。二十年前，二十四歲的她離家出走。從此以後，不曉得她在哪裡做些什麼。我活不久了，在死之前，想知道女兒的安危。所以，希望妳幫我找女兒。」

啥？我冒失地叫出聲。蘆原吹雪緩緩露出微笑。

「對偵探來說，這是常見的委託吧？」

「雖然沒錯，但我現在不是偵探。」

「可是，上次妳不是才解決白骨案嗎？啊，不好意思，警方來病房時，還有你們昨天在會客室的談話，我都聽到了。」

「那不是我破的……」

「實在了不起。」蘆原吹雪雙眼閃閃發光，「我聽得非常興奮，好幾年沒遇到這麼有趣的事。丈夫殺掉妻子後，扮成妻子，而且一扮就是好幾十年。抱歉，我忍不住笑出來。

上了年紀一生病，世界看起來都失色，多虧這次的白骨案，我的壽命似乎延長些許。」

這樣評論一起命案眞是一點都不客氣——想是這麼想，但她說得天眞無邪，讓人不好責怪。這不重要，重要的是，兩件事的嚴重程度未免差太多。

「您要知道，對偶然遇上的案子做些不負責任的推理湊巧命中，和尋找長年行蹤不明的人，是完全不同的兩件事。如您所見，我因爲受傷和生病，只剩下半條命，而且現在不隸屬於任何一家偵探社。更何況，二〇〇七年《偵探業法》施行以來，未經登記進行偵探行爲者，最高可判處六個月以下徒刑或三十萬以下的罰款。」

吹雪拿起放在旁邊椅子上的紙袋，隨手遞出。

「這是之前我委託偵探的兩份報告。一份是女兒剛失蹤時委託的，另一份是她失蹤七年後，多事的親戚擅自委託另一家徵信社的。他們爲何這麼做，妳猜得出吧？」

過了七年還沒找到，早點放棄，宣告女兒失蹤吧。不如順便收我兒子爲養子，把全部財產都給他，諸如此類。

「剛剛沙耶那身衣服很誇張吧？」

吹雪的話聲壓得很低，我聽不見，一湊過去，菸味便撲鼻而來。

「那是我女兒的衣服。我在醫院住院，沙耶就跑進我家，找到那些舊衣服穿來說是探病。我是快死了，又不是痴呆。難不成沙耶以爲我會把那雙象腿誤認成是女兒，最後寫遺書把全部財產留給她？」

「您不寫嗎？」

蘆原的視線在我身上停留好長一段時間。然後，她微微一笑，說：

「妳眞有趣，是我身邊沒有的類型。」

「不好意思，可是，如果您是眞心要找令千金，應該去找有機動力的大型偵探社，而不是恰巧同病房的個人偵探。您沒這麼做，會讓人以爲您一點也不相信找得到令千金，這次的委託是要諷刺令姪女爲首的一眾親戚。」

蘆原吹雪仰天大笑，瘦削且爬滿皺紋的脖子整個露出來，有些觸目驚心。儘管罩袍讓她身形看起來寬寬鬆鬆的，但體重很可能輕得和小學生相當。

「我才不相信大型偵探社。二十年前委託的，是當初協尋的警察介紹的一名退休警官，找來找去卻什麼線索都沒找到。沒找到就算了，卻一直延長調查，花了我好多錢。由於沒找到女兒，第六週我表示想終止調查，被說了一堆難聽的話，也帶來無窮後患。」

「那究竟是……」

「我不想回憶那些事。」

蘆原吹雪皺起眉，但不一會兒，全身忽然脫力。

「葉村小姐，請千萬不要拒絕。現在妳身上還有好運。妳發現白骨，揪出誰也不知道的罪行，我想在妳的好運上賭一把。那個紙袋裡，有我女兒用過的通訊錄和記事本，還有三百萬圓。要是不夠，只要妳開口，我會再拿出同樣的金額，希望妳幫我找到女兒。」

想說的說完，吹雪深深嘆一口氣。她是要睡著了，還是要昏過去？我十分不安，正想著是不是該去找護理師時，她緩緩起身。此時，泉沙耶不知從哪裡冒出來，扶住蘆原吹雪。

目送兩人前往病房後，我癱在會客室的椅子上。好威的一位老夫人。

我坐了一陣子，泉沙耶返回。她尷尬地轉移視線，邊說：

「給妳添麻煩了。」

「這轉交給妳。」

我拿出紙袋，泉沙耶意外地歪著頭：

「妳不接下委託嗎？蘆原阿姨認定葉村小姐一定會接的。」

「我向令阿姨解釋過，沒有申報不能從事偵探業，有這樣一條法律。」

但願聽起來很誠實守法。偵探絕對不能觸法，無論發生什麼事，絕對不可以。沒有例外，我是說眞的。可不是要嫌「找出遠在二十年前就離家出走的女兒」這種工作無趣、成功率又極低，才祭出守法精神拒絕。眞的啦。

泉沙耶一副不知所措的樣子，說著「傷腦筋」。

「阿姨吩咐我，要我提醒葉村小姐每週都要來報告。若是葉村小姐沒來，阿姨一激動一定會出事。她看起來精神不錯，不過狀況眞的很差，醫生說隨時都可能會走。」

「說起來，那位千金……叫什麼名字？」

泉沙耶瞬間皺起眉，咬了咬嘴唇：

「志緒利。志氣的志，頭緒的緒，利益的利。」

志緒利，我腦海浮現這幾個字。蘆原志緒利，筆畫眞多，好一個令人窒息的名字。

「志緒利小姐是吹雪女士的獨生女嗎？」

「是的。」

「不好意思，吹雪女士爲了找女兒，給我這個幾乎是初次見面的人三百萬圓。她一定十分富有吧？」

「可以這麼說。」

「然而，她卻沒住單人病房？」

「那是阿姨的要求，大概是住院住久了吧。前幾天，她說住膩單人房，不喜歡像在坐牢的感覺。不過，明天她很可能就會堅持住單人房。阿姨的個性獨特，四周的人對她百依百順。既然來日無多，我們盡量順著她，隨她任性。這次麻煩葉村小姐的事也一樣。志緒利失蹤後，找沒兩下便乾脆地丟出一句『就當她死了』，過了二十年突然又想找。」

泉沙耶似乎十分疲憊，靠向椅背。

「二十年來，志緒利小姐沒有任何音訊嗎？」

「只寄了一次明信片給阿姨。失蹤半年左右，她從京都寄來一張金閣寺的明信片，寫得像是去旅行，一點愧疚的意思都沒有。志緒利離家出走時，我還有點同情她。阿姨從以前就特立獨行，難怪志緒利會想逃離那樣的母親。可是，看到那張明信片，我便想算了。現在她也在某處過著荒唐無稽的日子吧。」

說到這裡，泉沙耶狼狽地眨眨眼。

「葉村小姐，怎麼樣？能不能請妳接下委託？妳有不能當偵探的原因，我不會要妳眞的去找志緒利。只要每週來病房待個十分鐘，隨便說明一下調查情況，這樣阿姨就會滿意了，而且……總之，這裡的錢都給妳，我想妳不會吃虧的。」

這也是詐欺——我暗忖著。泉沙耶想說的是：而且，阿姨命不長久，很快就會死去。但是說眞的，我想要錢。不用三百萬圓全部，一半……不，三分之一就好。這樣就能塡補我這陣子的無薪狀態，醫療費也有著落，不必眼睜睜看著存款急速減少。

於是，我向泉沙耶開口：

「我有條件。」

5

換個角度想，或許蘆原吹雪說的沒錯，我正在走好運。剛考慮要重操偵探舊業，委託人立刻出現。

話雖如此，龜裂的肋骨和半殘的肺由不得我亂來，我想應該先從重回社會做起。

不巧，雨勢不小，我在醫院的商店買了塑膠傘。天氣對一直待在室內的人來說是很冷沒錯，卻也不到需要圍巾手套的地步。只是，仙川站前的櫻花還是謝了，花瓣、花冠散落一地。

我直奔手機門市。

接待我的，是個別著「平松」名牌的女孩。看到塑膠袋，聽我說明狀況後，她睜大雙眼。這種狀況該如何應對，教戰守則裡想必沒記載。

「您是葉村小姐嗎？您有加保，只要打電話到這個號碼申請，便能以優惠價購買新機。費用會直接出現在電話帳單上，但若您沒在規定的期間內送還舊手機，金額就會是新機的原價。」

一旦進入她理解的範圍，隨即滔滔不絕地說明。

送還舊手機後，電話公司的工程師不會惡臭昏倒、投訴我吧？「平松」回答，關於這一點，請您洽詢客戶服務中心。真了不起，在踢皮球給別的部門規避責任的同時，態度好得沒話講。

以博取好感的態度公然不負責任的公司，有時讓我非常想翻桌。

新手機第二天就送來。我最後一次備份資料是半年前的事，不過一查之下，發現舊有的資料就足夠，沒有什麼不便。這半年來認識的人的資料消失，世界也沒毀滅。

雖然沒要聯絡誰，小小的通信機器重回手中，我竟莫名放心。雨還沒停，但比前一天溫暖了些，於是我掃地洗衣，順便復健。

從窗戶可俯視岡部巴住的主屋庭院。穿雨衣的岡部巴注意到我，向我揮手，我下樓去跟她打招呼。原來是她當我住院的保證人，遠親不如近房東，感恩啊。

「哎呀，妳出院啦。太好了、太好了。」

岡部巴燦然一笑。後來，她也拿保鮮盒裝滿親手做的菜到醫院探望我。年近八十，還精神奕奕，一手包辦種菜、收割，叼著菸開小貨車到附近超市交貨，把屋齡超過七十年的主屋擦得一塵不染。

歷經地震後，政府提高幹線道路旁的建築規範。幸好主屋與道路之間有一段滿長的距離，不必改建，但總覺得有點傾斜。地震時屋瓦脫落、移位，畢竟是七十年的老房子。我也曾目睹老鼠從地板底下跑出來，屋頂裡可能住著黃鼠狼。連熟識的木匠都頻頻勸她改建，但她本人充耳不聞。

「給您添了許多麻煩。」

「眞是無妄之災啊。我這邊也是老房子，得小心地板會不會塌。」

「會嗎？」

「吱吱軋軋地叫呢。」

啊哈哈！岡部巴笑道。

閒聊片刻後，我前往仙川商店街購物，順便到和菓子鋪挑選南瓜類的綜合甜點，請店家附謝卡幫忙寄送。正正當當的生活，堂堂正正的日本人，葉村晶。

回到家，在朝南可俯視菜園的房裡，我拿出她們給我的蘆原志緒利資料。

頭一份偵探社的調查報告，是文字處理機打的，不是電腦列印。考慮到志緒利失蹤是一九九四年，這是理所當然，畢竟連windows 95都尚未問世。當時個人電腦沒這麼普及，以文字處理機打報告是常識，一部分古板的調查員還堅持手寫。報告裡附的照片則是膠捲相機拍攝，在沖印店沖洗出來後，以漿糊黏貼。

蘆原吹雪說是「警方介紹的」，報告封面上印的「岩鄉綜合調查研究所」我卻毫無印象。負責調查的是名叫岩鄉克仁的人物，應該是個人事務所。

翻開封面，劈頭就出現一名年輕女子的照片。約莫是在哪間照相館拍的吧，那是一張表情做作的半身像。

第一眼，我有點驚訝。該怎麼講呢，她和我想像的不同。平凡的圓臉，左右距離甚遠的小眼睛，厚道的下巴。鼻孔朝天，膚色說黑不黑、說白不白，顴骨附近有著點點雀斑。頭髮一看就知道又硬又捲，拍照前應該梳理過，卻到處亂翹。

我想起古老小說裡會出現的「狆皺」一詞。聽說是形容女人容貌醜陋，活像在打噴嚏的狆犬。我一直疑惑那是怎樣的一張臉，看到志緒利頓時明白。啊，原來是這種臉。

實在不像優雅的蘆原吹雪女兒。雖然驚訝，但看著看著，我的視線愈來愈離不開那張照片。的確很醜，恐怕沒人會稱她爲美女，可是不知爲何，就是會想多瞧幾眼。她有一種強烈的惹人喜愛的特質，不可思議地吸引人。是混在一群美女中，會令眾美女相形失色的女人。

這就是蘆原志緒利嗎？

我仔細閱讀報告。

一九九四年七月二十五日蘆原志緒利離家，聲稱要前往蘆原家別墅所在的山梨縣河口湖。當時，志緒利是「幫忙家務」。若是現在，這也歸爲「無業」，但總之就是在準備結婚。這天也約好在河口湖附近的朋友鈴木夫婦家中相親。

母親蘆原吹雪原本要同行，臨時有急事無法前往。志緒利表示要搭電車去，吹雪叮囑她路上小心，八點多便開車出門。蘆原母女住在世田谷邊緣的成城，一幢占地三百坪的獨棟房屋。志緒利在玄關目送吹雪離開。

從這天起，就沒人再看到蘆原志緒利。

相親的時間定於下午三點，理當提早一小時左右出現的志緒利不見蹤影，鈴木太太在二點與二點半聯絡別墅和東京蘆原邸，但蘆原家沒人接電話。那個時代，手機剛開始普及，志緒利還沒有手機。

鈴木太太在答錄機裡留話，繼續等候，可是直到天黑志緒利都沒現身，相親只好取消。鈴木夫婦非常生氣，鈴木太太再度聯絡東京的蘆原邸。這次是蘆原吹雪接的電話。

吹雪大吃一驚，說志緒利的包包和鞋子都不在，門也上了鎖，應該已出門。於是，鈴木夫婦前往步行約五分鐘的蘆原家別墅探看。別墅不像有人進去過，安靜無聲。

蘆原志緒利從此消失不見。吹雪趕到河口湖，爲相親中止一事大發雷霆，怒吼著「這種不肖女死到哪裡去我都不管了」。鈴木夫婦拚命安撫，或許志緒利是在哪裡出車禍，勸她最好請警方協尋。

這麼做有損蘆原家的名聲——吹雪以此爲由拒絕。最後，等志緒利失蹤整整一個月，才申請協尋。

既然家屬是這種態度，警方打一開始便沒當成案件處理。只對照身分不明的人物與無名屍，介紹偵探社而已。

「志緒利小姐是個乖巧的女孩。」鈴木太太如此回答岩鄉調查員，「不過，可能是吹雪女士的個性太強烈，對照起來才顯得乖巧。吹雪女士一心希望女兒和完美的對象結婚。大概是她本身沒結婚，此一念頭更加強烈。只是，當母親的不是未婚嗎？即使對方不在意，他的父母親戚也會反對。關於這一點，我暗示過吹雪女士，相親有點困難。是啊，吹雪女士恐怕沒想到自己就是女兒結婚的障礙。她認爲親事談不成，一定是志緒利小姐有問題。大明星或許都是這樣，只是苦了志緒利小姐。

當然是離家出走啊。事後我聽說，在那之前，吹雪女士給志緒利小姐一大筆錢，讓她去買相親用的衣服和首飾。約莫是想著，至少要讓對方看到自家多麼富裕吧。

在這種情況下，志緒利小姐帶著一大筆錢逃走，不是理所當然嗎？」

看到這裡，我覺得不太對勁。大明星？我放下報告，打開電腦，上網搜尋「蘆原吹雪」。

【蘆原吹雪 Ashihara Fubuki】

女演員。一九四〇年生，東京人。祖父為戰前建立起蘆原財閥的蘆原信，父親為其三男蘆原亨彥。本名沙織，後改名同藝名吹雪。

一九五六年進入N少女歌劇團。一九六六年在人氣鼎盛之際，以首席女明星之姿退團，投入電影圈。四年內演出十五部電影。與土方龍導演合作的「玫瑰系列」如《白玫瑰之女》、《暗渠玫瑰》、《玫瑰奇獸》等，演技備受肯定。身為該時代的代表人物，至今仍擁有不少狂熱的影迷。一九七〇年因病突然引退，從此遠離銀幕。

一九九四年女兒失蹤一事遭週刊等報導，並爆出二十四年前是懷孕隱退，成為未婚媽媽。正當人們猜測她女兒的父親可能是知名政治家、財經人士或演藝圈大人物時，一名自稱父親的人物出現在T電視台的綜藝節目中，淚眼呼喚女兒。事後證實該人物是趁機撈錢的冒牌貨，T電視台的新聞部長和製作人受到處分。

我在驚訝的同時，也恍然大悟。原來蘆原吹雪是眞正的大明星啊，所以她的女王風範其來有自，還發生過這樣的事，我卻是一點印象都沒有。

財閥的千金成爲大明星。財閥在戰後解體，但據說一日大明星，終生大明星。姑且不論四周的人如何，本人就是這麼覺得吧。她之所以有錢，很可能不是娘家的財產或她賺的錢，而是女兒的父親援助，難怪親戚會虎視眈眈。

吹雪不願委託偵探社的理由顯而易見。她不是不相信「大型偵探社」，是不相信任何一家偵探社。女兒失蹤後她委託過偵探，由於遍尋不著中止調查，消息便流入媒體。隱退將近四分之一世紀，還陷入此種境況，她自然不願意回想。

話說回來，幹得眞漂亮，我由衷佩服。女兒的父親是誰成爲話題，一名男子現身自稱就是他，事後證實是冒牌貨，媒體相關人士受到嚴懲。這個話題想必從此成爲禁忌，後續再怎麼搜尋網路，都搜不出蛛絲馬跡。

先搧風點火，再當頭潑水，最後滅火。操控傳播資訊的手法非常高明。那麼，蘆原志緒利的父親果然是……

我搖搖頭，看完剩下的報告。「岩鄉綜合調查研究所」的岩鄉克仁對志緒利的周邊調查得非常仔細。吹雪給的那份通訊錄上的人，他每一個都問過，連鄰居也沒放過。打聽的對象隨隨便便就超過一百人，可見調查員相當投入。

話雖如此，沒有任何像樣的收穫。在失蹤後一個月才展開調查，造成最大的瓶頸，鄰居不記得那天是否看到蘆原志緒利離家，也沒找著被叫到蘆原邸的計程車。

根據吹雪的說法，志緒利爲相親準備的大行李箱，跟著一起消失。那是吹雪旅居巴黎數月期間使用的，容量相當大，而且是惹眼的鮮黃色。帶著這樣一件行李，志緒利應該會叫計程車，如果是搭公車，司機或附近的人也會有印象。然而，沒任何目擊者。

這麼一來，會不會是有人開車來接志緒利？岩鄉調查員如此推測，逐一造訪志緒利有駕照的朋友。志緒利從幼稚園到大學讀的都是女校，沒男性朋友，也沒打過工，好友很少。再加上，離家出走那天是平日，絕大多數的人皆有「不在場證明」。

這條線索的調查只剩下名叫矢中由佳的女性。她是志緒利幼稚園以來的朋友，兩人相當要好，而且當天她前往外公外婆居住的富士吉田市。志緒利的目的地是河口湖，雙方目的地幾乎相同。

據她本人的說法，上午十點左右，她開愛車Volve載著弟弟從松濤的自家出發。途中，在高速公路休息區吃飯，下午一點過後抵達外婆家。二十二歲的弟弟也如此作證。

當初，岩鄉似乎頗懷疑矢中姊弟。表面上，弟弟是從幼稚園就上著名私立學校的大少爺，但國中便揣著大筆零用錢四處遊蕩，惹事生非，甚至曾因強姦、施暴被告，卻每每巧妙辯解開脫。對調查員撒謊，在他眼中連個屁都不算。

然而，岩鄉前往富士吉田，查出與姊弟倆在談合坂休息區巧遇的人物。那是矢中姊弟外公的老友，也是一名退休警官。在姊弟倆吃拉麵時出聲叫住他們，並目送他們開車離去。他告訴岩鄉，沒有其他同行者。當然，矢中姊弟也可能是受志緒利託付，在那之前便將志緒利載往別處，只是沒有證據。

不過，岩鄉追查得如此詳細，矢中由佳不情不願地提出新的重要線索。

以前，由佳曾在新宿的皇家好萊塢大飯店的大廳看到志緒利。她和一個四十多歲的男子親密地挨在一起。事後她拿這件事取笑志緒利，志緒利卻臉色鐵青，要求她絕對不可以告訴任何人。

聽到志緒利離家出走，由佳頭一個想起的便是這件事。她懷疑那是志緒利的不倫對象，兩人攜手私奔。

岩鄉調查員立刻調查飯店，發現志緒利曾二度與男子約在飯店大廳，但沒投宿也沒用餐，兩人步行離開。

看到這裡，我的背一陣疼痛。不知不覺間，我全身都在用力。雖然自認沒將情感帶入岩鄉克仁，但志緒利和那名男子沒在飯店留下任何痕跡，實在讓我大失所望。而且，兩人還步行。搭計程車啦，計程車！這樣搞不好就能知道他們去哪個地方了啊。

同時，我再次沉痛地體認到二十年是多麼漫長。孩提時代，二十年前算是歷史故事。一旦年過四十，連二十年前的事都有清晰的記憶，感覺不像那麼遙遠的過去。可是，實際上那已是很久以前，好比皇家好萊塢大飯店早就不存在。那裡發生十四人不幸喪生的大火災，成爲廢墟，二〇〇七年拆除，如今……變成什麼來著？總之，蓋了新建築。

失去的二十年，眞不是開玩笑。

我緩緩放鬆身體，等心情平靜再繼續讀。之後調查似乎就沒進展，但岩鄉並未虛耗時光。他在三週內重複造訪先前見過的志緒利朋友、在皇家好萊塢大飯店大廳徘徊，不知用了什麼方法，連「不倫對象」都畫出來。然而，依然沒有得到該名男子的任何線索。

最後，岩鄉調查起志緒利的父親。或許是懷疑當父親的幫志緒利逃走，這是極有可能的事，値得一查。只是他不明白，身爲偵探調查這一點已是越權。居然還寫進報告，眞不知是哪根神經不對勁。

恐怕就是這一點犯了吹雪的大忌。報告在某一天戛然而止，形同一幅虎頭蛇尾的畫，害我頗煩躁。

即使如此，岩鄉的報告……整體而言，「岩鄉報告」調查得鉅細靡遺，且相當有條理。考量到他幾乎是單獨進行調查，我認爲是非常精彩的報告。雖然沒有結果，再怎麼稱讚報告也沒有意義。

相較之下，七年後親戚擅自找人調查的那份報告根本不値一提。

封面上徵信社的名字就惹到我了。這家徵信社我也知道，實在是惡名昭彰，說是一顆老鼠屎拖累整個業界都不爲過。他們把調查內容賣給委託人的敵方，以此勒索、設計陷害委託人，凡是壞名聲樣樣不缺。我記得有受害者報案，當場好幾個人遭到逮捕，但緊接著經營團隊就解散公司，第二天又用別的名字在另一處開新的事務所。長谷川偵探調查所的長谷川所長稱他們爲「海參」。只要肉體還在，捨棄內臟照樣能再生。

這份「海參」的報告，針對志緒利失蹤七年內的無名屍列出好幾個案例，絕大多數是年輕女子。可是，不管是身高、年齡、血型、衣著或遺物，與志緒利都沒有具體的共通點。

繼續讀下去，竟冒出青木原樹海的詳細敘述。約莫是從百科全書或靈場指南之類的文章直接照抄，最後如此作結：

「有鑑於預定舉行相親的河口湖與青木原的距離相近，發現的女屍中有搜尋對象的可能性極高，但每具屍體已於行政解剖後火化，並以無緣佛（註）集體埋葬，如今要確認極爲困難。同時，驗屍紀錄無法輕易取得，必須透過相當的手續與人脈，須另行諮商。」

這什麼鬼？

蘆原吹雪當然會一笑置之。著名的自殺地點恰巧在志緒利本來的目的地附近，那又怎樣？這就算了，竟然還說，想弄個水落石出，得拿出更多錢。恐怕是吹雪的親戚委託「海參」設法捏造一份志緒利已死，或讓母親相信女兒已死的報告。「海參」一定是答應他們的要求，半步不出辦公室就掰出這份報告。

不知不覺中，窗外漸暗，現在白天變得比冬天長。我多套一雙襪子，打開燈後，拿起手機打給「東都綜合研究所」的櫻井肇。

「東都」是一家大調查公司，以前長谷川偵探調查承接他們的外包工作，也會反過來請「東都」支援。由於這層關係，我常和櫻井合作。

「哦，葉村，妳目前在幹嘛？」

櫻井一開口就這麼問。

「聽說長谷川先生那邊收掉後，妳不當偵探跑去打工。多可惜，不如來我們這裡，我會好好使喚妳。跟我們社長的外甥孫對打的事，妳別放在心上。社長的經營權移交給白峰常務，下個月就要退休，他外甥孫又回牢裡蹲啦。」

「他做了什麼好事？」

「強制猥褻。光報案的就有七件，這次可能要很久才會出來。」

「不懂什麼叫進步的傢伙。」

「一點也沒錯。」

我們閒聊一陣業界八卦，談到跟蹤狂和警察內部情報外流的案子，一致覺得偵探這一行變化頗大，調查方式也有所改變。比起入行二十年的偵探，熟悉通訊工具的青少年與跟蹤狂，挖出個人資料的手法高明許多。

「再不然就是變態，連見都沒見過就說服女孩們、要到裸照的那種人，真是世風日下。對了，妳不是爲了閒話家常打給我的吧？」

註：無人祭拜的死者亡靈，以佛像或石佛替代墳墓。

我簡單說明蘆原吹雪的委託。我向泉沙耶提出的條件之一，便是要泉沙耶與我挑選的偵探社正式提出調查委託。沙耶相當不願意，但我威脅她，要是拒絕我就不幹，她才總算答應。

「蘆原吹雪啊，古早的女明星。好像聽過又好像沒有，畢竟是二十年前，唔……」

櫻井沉吟片刻，很快表示沒什麼不可以。

「實際上是由葉村進行調查，我們只是輔佐。這樣葉村就能夠解決《偵探業法》的問題，而我們不費吹灰之力就有進帳。費用照正規的算沒問題吧？」

「當然。一天七萬圓，先付十天份。我會按規矩乖乖付的。」

「況且調查的結果，或許能夠讓一名垂死的老太太懷抱見女兒一面的希望……我實在找不到理由拒絕。」

星期一就請沙耶去見櫻井，正式簽約。當然，談好費用從寄放在我這裡的錢支出。我幾乎能看見櫻井在電話另一頭搓手。

「不好意思啊，葉村。對了，在傍晚簽約吧。之後我請妳喝一杯。」

「還是上午吧。喝一杯的事再說……」

我發出最迷人的聲音。在這種狀態下喝酒可不是好主意。

「有點事想請你幫忙查。」

6

星期六上午，湧進各方收到出院回禮的聯絡。

眞島進士傳簡訊「收到了」，房東岡部巴高興地說「我好喜歡南瓜派」。光浦功感嘆，沒想到葉村這麼懂社交禮節。這話聽來失禮，但比起「MURDER BEAR BOOKSHOP」的富山泰之根本不算什麼。

「謝謝妳的禮盒。我倒寧願收到香蕉，不過算了。話說回來，妳差不多該上工了吧？想必妳已當膩傷患，恰恰又是星期六，今天起就麻煩妳啦。」

他笑著打電話給我。

「又不是我愛受傷，而且醫生囑咐我不能太勉強。」

「嗳，妳請那麼久的假，我想應該可以開除了，就去找下一個打工人員，卻找不到。看來，景氣似乎眞的逐漸好轉。」

「開除我也沒關係，請找別人吧。」

「『倒敘推理節』將近尾聲，得籌備下個企畫。爲了慶祝葉村發現白骨，來個『人骨推理節』如何？我想到凱絲．萊克斯的《骷髏拼盤》……這曾在『科學辦案節』推出，不過還有艾倫・艾肯的「骷髏偵探系列」、比爾・普洛奇尼的《屍骨》、唐諾・E・威斯雷克的《連骨頭也不放過》、雷金納・希爾（Reginald Hill）的《骸骨與沉默》（*BONES AND SILENCE*）、乃南朝的《風的墓誌銘》和好幾本法醫人類學家的非小說著作，及顏面重建的書。此外，妳有沒有想到別的？」

「史蒂芬・金的《骷髏水手》系列？」

「別鬧了。活動商品不夠吸引人，搞不好連打工費都發不出來。」

不用了，我不需要打工費，反正我有三百萬圓。

原本打算徹底拒絕，我卻臨時改變主意。不管怎樣，這幾個月我都受到「MURDER BEAR BOOKSHOP」的照顧。既然他們爲缺人傷腦筋，我應該伸出援手。當然，我沒辦法外出收購書籍或搬重物，但好歹週末能顧店。至少可幫忙到他們找著打工人員。

「只有週末是吧。好，就這樣，我明白了。我會在部落格上公布葉村要回來顧店，麻煩妳嘍。」

富山說得乾脆，還以爲他會稍微再感激一些。

我盤算著星期一重返偵探業，於是週末想悠閒度過，卻不得不匆匆準備出門。路上繞到戶外用品店，買了攜帶型的氧氣罐。我忘不掉無法呼吸的恐怖和不安。

即使繞了路，我仍比正午的開店時間提早許多，但已有熟面孔的常客抵達。

高中生加賀谷，不知是太閒還是沒朋友，週末會在開店前就出現，一直待到關店。他都在書店二樓的「殺人熊咖啡」（說咖啡店太抬舉，其實只放咖啡機和紙杯而已）念書準備考大學。他認爲邊參與推理迷的對話邊唸書很有效率，把網購來的福爾摩斯插圖馬克杯留在店裡。

一個三十五歲左右的女子拉著加賀谷交談，但他一看到我便大喊：

「啊，葉村小姐，恭喜出院！」

我有些吃驚，馬上發現他的求救視線。那名女子隔著手帕瞪著我，雙眼顯然含著淚水。我對她沒印象，既然她和加賀谷互動親暱，應該是常客吧。

「我先替咖啡店開門，稍等一下。」

我假裝沒注意到，拿出鑰匙爬上二樓。現在的我，沒體力也沒心情關切別人的煩惱。明明要加賀谷稍等，他卻跟著我上二樓。

「葉村小姐，妳要幫我解圍啊。」加賀谷一臉無助，「她哭訴不曉得未婚夫的安危，可是我根本無能爲力。」

我也一樣無能爲力。

踏進咖啡店，我開窗通風。「MURDER BEAR BOOKSHOP」的店貓茶虎從二樓一角的大籃子悠然現身，打一個哈欠，搖搖擺擺走出去。這傢伙對我毫不關心，大概當我是礙事的廢柴。氣人的是，世上這麼想的不是只有牠。

我耗費比平常多一倍的時間整理散亂的物品，排好椅子，清洗並重新設定咖啡機。擇去掛了一整面牆的鏡框灰塵。框裡保存的是著名推理作家的照片、親筆稿、簽名，關於某某事物的獎狀等，又多又雜，誰也沒耐心逐一確認。

做完這些事，我拿土橋的母親用過的老骨董吸塵器清理地板。那是台沉重的吸塵器，光拖著走就頗費力，而且運作聲驚天動地，導致我聽不到加賀谷的話。

打掃結束，加賀谷可憐兮兮地問：

「事情就是這樣，該怎麼辦？」

「抱歉，我沒聽到。」

「拜託，葉村小姐，妳聽我講啊。」

「不要勉強一個肺機能只剩普通人的二成、肋骨才快痊癒的人。」

加賀谷低下頭。不知爲何，熱愛推理這種殺人小說的人，絕大多數都教養良好。

「抱歉。因爲葉村小姐是偵探，她認爲妳一定能幫忙，我也滿腦子只有這個念頭。」

我留下垂頭喪氣、拿著福爾摩斯馬克杯啜飲咖啡的加賀谷，來到一樓。一如往常，茶虎仰躺在店門前的水泥地上，發出呼嚕聲，讓剛剛那名女子摸肚皮。

我打開一樓的門，拉出一本一百圓的推車，固定在入口旁。這項工作相當艱辛，一使力，肋骨就痛得要命。

茶虎斜睨七手八腳的我，舉起後腳抓頭。正想踹開牠，那名女子默默出手幫我，眞教人感激。

我從後面的儲藏室裡拿出掃把，簡單清掃書店四周和馬路，擦拭招牌——上頭畫著一手抱書、一手舉起血刀的熊。攀附在公寓牆上的藤蔓，長出鮮綠的新葉。我臥病在床時，櫻花散落，但季節終究是春天。

「請問……能不能進去看看？」

有人出聲，我抬起頭，只見那名女子朝店門揚揚下巴。

「請進，我馬上開燈。」

我匆匆進店點亮燈，打開裝在櫃檯底下的監視攝影機。螢幕上的畫面分成四格，可看到一樓店內的兩個地方，和二樓的咖啡店。她走到店中央的「倒敘推理節」專區，評論道：

「一個討厭鬼的第一人稱小說，妳不覺得難看嗎？明知最後大偵探會揭發犯人的罪行，可是在那之前好痛苦。」

「凶手不一定都那麼討人厭。」

「凶手不討人厭，往往偵探就很討人厭。」

她搓著嘴唇，挺直背脊望向我。

「加賀谷跟妳說了什麼？」

「沒說什麼。」

「是嗎？欸，妳是偵探吧，其實我男友……」

「我剛出院，沒辦法接受這類委託。」

「我又沒要委託妳，只是想請妳給些建議，看我是不是最好報警協尋。」

女子自稱倉嶋舞美。她不僅長得美，服裝、化妝、美甲也完美無缺。滿腦子全是降臨在自己身上的悲劇，認爲全世界理當幫她解決問題。

她不顧指甲出手幫我，可見本性善良。只是，這種類型的人早認定自己該做什麼，聽到不同的意見就會生氣。話雖如此，要是順著她的意願給答案，結果卻不理想，便會抱怨：

「都是妳這麼說，我才這麼做。」

所有過錯全推到別人身上。若要世界和平，唯一的辦法就是不給建議。

我坐在櫃檯裡不和她視線相接，假裝折著紙書套，但倉嶋舞美自顧自開啓話題。在她滔滔不絕時，有客人上門。店這麼小，她說什麼別人聽得一清二楚。我不禁替她著急，她卻絲毫不在意。

約莫兩個半月前，她在婚友網站上認識同齡的藏本周作，一個年收入八百萬圓的正牌會計師。雙方都喜歡貓，意氣相投，於是每週約會兩次。男方個性務實，約會大多在連鎖居酒屋。關於資產的運用會給予中肯的建議，勸她買下位在東小金井、可養寵物的公寓，既是一項投資，將來也可一起住。她回答想徵詢父母的意見，男方竟說無法自己作主的女人缺乏魅力。兩人大吵一架，當天便分手。事後她在電話留言道歉，但整整三週，男方沒有任何聯絡，電話也打不通……

倉嶋舞美眼中泛淚，切切細訴，內容卻條理分明，簡單易懂。在我之前，她到底跟多少逃不掉的人說過？

不難想像所有的犧牲者都說了什麼，這是由來已久的典型約會詐騙。

「我不是傻瓜。」倉嶋舞美強調，「我確認過眞的有他上班的那家會計事務所，也打過電話。」

「你去過那家事務所嗎？」

我忍不住問。倉嶋舞美噘嘴回答：

「沒做到那種地步，但我查過網站。」

一個詐欺慣犯，備妥冒牌網站是基本功。連專門接電話的祕書，也是點點滑鼠就能安排。

我這麼一提，倉嶋舞美頓時惱羞成怒，辯駁他不是詐欺犯。

「他喜歡貓啊！我們一起去貓咪咖啡廳，看他和貓相處的樣子，就知道選他一定沒錯。喜歡貓的不會是壞人。」

是嗎？我還以爲企圖征服世界的惡魔黨老大，膝上都會有隻貓。

「喏，妳覺得我要報警協尋嗎？每個朋友都勸我不要。」

「就算報警，警方也不會受理。」

「爲什麼？我本來打算跟他結婚的。」

妳不是都用過去式了嗎？要是這麼回應，肯定沒完沒了。即使與男女之情再無緣，年過四十，這點小事我不會不懂。

「協尋基本上要由家人提出。妳見過他的家人或朋友嗎？」

「……沒有。」

「去過藏本先生家嗎？」

「沒有。」

「藏本先生是哪裡人？他眞的叫藏本周作嗎？妳是不是只收過他的名片？」

「那又怎樣！他是好人，不會撒謊騙人。狠心斷絕聯絡，不會是他的主意。」

倉嶋舞美眼裡含著一泡淚。眞可憐，但放任她去報警，她會更可憐。

「從第三者的立場來看，只會得到那個姓藏本的男人欺騙倉嶋小姐的結論。可是，妳沒迷失自我、沒亂買公寓，這樣不就好了嗎？」

舞美狠狠瞪著我。剛重操舊業，隨即淪落到弄丟客戶的地步啊。早知道就堅持初衷，沉默是金。

「話雖如此，或許妳是對的。所以，我有一個建議。藏本周作先生自稱是執業會計師吧？妳不妨詢問執業會計師協會，有沒有叫這個名字的會計師，把妳剛才說的告訴他們。因爲可能是詐欺，他們應該會幫妳查。」

「……好，這樣就能證明妳是錯的。我可以拿高級巧克力打賭，他是好人，一定是受什麼案子牽連，否則不會不跟我聯絡。」

倉嶋舞美氣鼓鼓地離開書店。

我嘆一口氣，和在店裡晃了一段時間的客人對上了眼。他連忙別過視線，將手上的維多莉亞．荷特的書放回架上，走出店外。雖然去世的祖母常告誡不能以貌取人，但我實在不相信那個體格好、一頭很假的金髮搭配工作靴的魁梧小哥，會對維多利亞時期的羅曼史感興趣。我趕緊到他待的書架前查看，似乎沒少掉什麼。只是，我兩週沒進書店，就算整座書架的品項都換過我也看不出來。

小書店最大的敵人，非竊賊莫屬。然而，現在的我，沒有逮住那種大金剛竊賊的體力。

幸好那一天，還有隔天的星期日，都平安度過。

「倒敘推理節」告一段落，果然沒幾個客人。即使如此，仍有幾名常客光顧，分別買走幾本書。他們的目的是在二樓的咖啡店肆無忌憚地大聊特聊，約莫是覺得不買點東西過意不去，感恩啊。

其中有客人得知我發現白骨，主動提起此事。由於不斷有人詢問，我秀出與白骨對撞、尚未消退的額頭瘀青，差點被拍照。從什麼時候開始，沒徵求同意就拍照的無禮舉動變得如此平常？

總之，「白骨推理節」還沒開幕就十分熱鬧。常客七嘴八舌搬出他們的知識：簡・伯克有一本《骨惑》，伴野朗的《五十萬年的死角》算是白骨推理吧？羅斯・麥唐諾的《入戲》裡也出現白骨。咦，《入戲》裡有嗎？不是《原始人樂園》？

多虧如此，《入戲》賣掉了，橫溝正史的《骷髏檢校》也賣掉了。主題式活動的進貨顯然會是一件大工程。

常客移往二樓，店裡沒人時，倉嶋舞美上門。她板著臉，提著巧克力專賣店「Leonidas」的紙袋，多半是在車站前買的吧。她無言地把紙袋遞給我。

倉嶋舞美從二樓拿來兩份紙杯咖啡。我們並排坐在收銀櫃檯內的椅子上，吃著巧克力配咖啡。巧克力美味得驚人，聽到我的讚嘆，她解釋這是比利時的巧克力，白羅的短篇裡也提過比利時的巧克力。

「吉祥寺有『瑞士蓮』的店，可是我比較喜歡『Leonidas』。不過，以前新宿的『neuhaus』巧克力更合我的口味。」

「妳好清楚，是從事那方面的工作嗎？」

「不曉得妳說的『那方面』是指哪方面，不過我的工作是一般的上班族。在中型建設公司裡當會計，甜食和推理小說只是興趣。」

鮮少待在櫃檯的茶虎，抬起龐大的身軀一躍而上，又跳到倉嶋舞美的膝頭。舞美開心地撫摸茶虎，茶虎也開心地喵喵叫著回應。這美妙的情景，看得店內那名剛下班的套裝側背包女子好奇萬分，我倒是一點都不羨慕。如此肥大的身軀撲過來，我必死無疑。

我和不斷逗著貓的倉嶋舞美東拉西扯將近一小時，主要是聊推理小說。我們沉迷於同一齣推理連續劇，閱讀推理小說的品味也相似。我隨口說很愛完全沒有引起讀者迴響的《追蹤犬尋血獵犬》，她不禁從椅子上彈起。

「我也好愛！可是，我頭一次遇到看過這本書的人。我還喜歡《拼布、命案、下午茶》，都沒人跟我聊得起來。」

「咦，那是傑作耶。」

「葉村小姐看過？好厲害。那麼，很久很久以前出版的『藍道夫牧師系列』，妳知道嗎？」

這是一段相當愉快的時光。從頭到尾，她一個字都沒提到藏本周作。她談起上司的趣事，我則說了居住的分租屋插曲。臨走時，倉嶋舞美說下次會帶「Lemondrop」的檸檬派，我回答會準備紅茶。遇到能夠談論愛書的對象，實在不可多得。

六點剛過不久，富山和土橋保連袂而至，於是我得以脫身回家。吃過晚飯，我把《藍道夫牧師與罪惡的代價》（ランドルフ師と罪の報酬）從書架最深處挖出來。

7

星期一下午，我和泉沙耶在新宿的「東都綜合研究」的辦公大樓會合。

昨天驟冷，星期六的暖和彷彿是一場夢。相較之下，今天氣溫是回暖了些，但也是一早就好冷，我在將外套送洗的懊悔中出門。泉沙耶的打扮輕暖又富有春天的氣息——淺灰大衣，修身的藍針織衫和黑色緊身褲，看起來極爲正常。

這樣一個人也會因爲太想要遺產，穿著表妹二十年前的衣服在外面亂跑啊。果眞如此，委託那家「海參」的親戚，一定更想要遺產。這勾起我的興趣。

我們被帶到七樓的會客室。在櫻井肇與事務所的人見證下，我以泉沙耶的名義提出尋找失蹤家人的委託，用蘆原吹雪放在我這裡的現金付款後，要他們開收據給泉沙耶，並保存所有文件。沙耶似乎相當緊張，但櫻井陪著她聊天，她似乎漸漸放鬆，顯得頗愉快。不到三十分鐘，櫻井就將沙耶的基本資料全挖出來。

我結婚快滿二十二年，是專職的主婦。若有人找上門，偶爾會教教我平常喜歡做的拼布。是的，這個包包是自製的，花了兩個月才完成。哪裡的話，不是什麼了不起的嗜好……大家的反應還不錯。我開過個展，作品全賣光光。沒有，這不算什麼，沒多厲害。

丈夫小我兩歲，是中堅商社的副部長。對，我們是戀愛結婚。那都是幾百年前的事了。我們是在大學的網球社友誼賽認識，只是平凡的夫婦。

二十年前，我們用二十五年的貸款，在三鷹蓋獨棟房子。孩子嗎？大的是女兒，今年二十歲，在加拿大留學。小的是兒子，還在念高中，參加棒球社。房貸還沒付完，孩子的教育花費又龐大，丈夫的薪水卻沒增加。向吹雪阿姨要？是的，她偶爾會資助我們。不過，眞的是『偶爾』。

所以，爲了報答阿姨，凡是能爲阿姨做的，我都盡力辦到。我們住在三鷹，離阿姨家頗近，所以阿姨住院後，我每個月都會去一次阿姨家，給房子通通風。哪裡，不算多有心啦……這是應該的。除了志緒利，跟阿姨最親的就是我。對，我母親是吹雪阿姨的妹妹。是的，她們有其他的兄弟，可是都沒留下孩子便逝世。外公外婆好久以前就走了。我母親還在時，和阿姨也沒來往。

畢竟是老一輩的人。歌劇團的規矩森嚴，對好人家的女兒來說，有點像是新娘學校，所以家裡才會准阿姨去吧，可是，阿姨進入電影圈後，他們認爲女演員等於妓女，深感羞恥。更何況，在那個時代，一般婦女當單親媽媽根本是難以想像的事。

經濟方面的援助？吹雪阿姨嗎？這我就不清楚了……我們家不會談錢的事。

啊，對了對了。阿姨說，葉村小姐可以去家裡瞧瞧。志緒利的東西也在家裡……或許能作爲參考。鑰匙我今天忘了帶，我再跟妳聯絡。

擅自委託調查志緒利的親戚嗎？是石倉表舅。全名爲石倉達也，是外婆那邊的親戚。他嗜賭成性，常向吹雪阿姨要錢。志緒利失蹤後，纏著吹雪阿姨收他的女兒石倉花當養女，不過阿姨沒理他。

於是，他擅自去委託徵信社，而且根本不算調查過，吹雪阿姨氣得要命，從此和他斷絕關係。

是啊，眞是家醜。在那之前，石倉表舅到處借錢，最後都是吹雪阿姨幫他還清。所以，借錢的人才敢放心借。自從發生這件事，阿姨就通知各處，石倉和她已毫無瓜葛，不會再幫他還錢。

因此，債主全跑到石倉表舅家，鬧得很大。石倉表舅不知躲去哪裡，舅媽只帶著親生孩子離開。表舅在異性關係上不怎麼檢點，那是他的第三任太太。

就這樣，石倉家只剩下小花一個人。所以，雖然不太清楚究竟發生什麼事，等石倉表舅相隔許久回家一看……

本來說得起勁的泉沙耶，赫然一驚，拿手帕按住嘴。

「不好意思，你們一定都很忙，我卻這麼多話。」

那我先告辭——她匆匆起身，我以眼神制止正要開口的櫻井，詢問道：

「要幫忙叫計程車嗎？還是我送妳到車站？」

「不用了，我認得路。」

我送急著要走的沙耶進電梯，告訴她星期四我會去醫院回診，順便向蘆原吹雪報告。沙耶連句像樣的回覆都沒有，這是常有的情況。跟櫻井談著談著心情太放鬆，連不該說的話都說了，以至於不敢正眼看任何人。此時，最好讓她一個人冷靜冷靜。

回到會客室，只見櫻井吃著糖望向窗外。他曾帶著菸味在跟蹤時行跡敗露，從此就戒了菸。我戒菸許久，但偶爾還是會夢到自己在抽菸。

「櫻井先生，你真是寶刀未老。」

「叫我師奶殺手。不過，可能有點退步，以前對方不會半路回神。」

櫻井將桌上的資料夾推過來。

「這是妳要我查的。二十年前的事有夠麻煩，妳打算從哪裡著手？」

我翻開資料夾，裡面是「岩鄉綜合調查研究所」岩鄉克仁的簡歷、矢中由佳目前的聯絡方式、遭到處分的T電視台製作人的聯絡方式，及當年報導蘆原吹雪私生女父親八卦的週刊和娛樂新聞的影本。

「我還是想先向岩鄉調查員請教一番。他的報告那麼精彩，一定對這件案子印象深刻。有沒有打聽到這家偵探社的風評？」

「關於這一點，『岩鄉綜合調查研究所』很久以前就呈現開店休業的狀態。用來當事務所的住家沒遷移過，但看來已停止活動，也沒向公安委員會提出從事偵探業的申請。」

我頗爲失望。但經過二十年，難免發生這種情況。

「會不會是生病？」

「沒人聽過這家偵探社，就算死掉也不足爲奇。」

我匆匆瀏覽簡歷。毫不意外，岩鄉克仁曾任刑警，出身茨城縣，一九五二年十八歲時進入警視廳。歷任警邏科、機動隊等，一九六〇年調至成城警署刑事課。同年，與土屋美枝子結婚。翌年，長男克哉出生。

在警署任職十年後，調往本部刑事三課，服務十三年又重返成城警署刑事課，直到退休。原來是入行三十餘年的老警察，話雖如此——

「一九九四年屆齡退休，緊接著成立『岩鄉綜合調查研究所』……這麼突然？」

「這一段經過，一個週末查不出來。不過，倒也沒那麼稀奇。在大組織裡待久了，都會想獨立吧。憑著他在警界的人脈，不挑剔就不愁沒工作，加上把住家當事務所，初期投資可壓到最低。不過，這是所謂的一人企業，能夠上軌道的不多。不知爲何，每個人都認爲自己一定會成功。」

「櫻井先生也考慮過獨立嗎？」

「當然。只要是男人，目標都是成爲一國一城之主。」

「那爲什麼放棄？」

「這種難以啓齒的問題，妳倒是問得直接。我只能說，沒那麼簡單。」

櫻井僵硬一笑。看來，還沒完全死心。

我把岩鄉克仁放一邊，取出九四年的私生女騷動當時的報導。絕大多數是九四年十一月上旬出刊。原以爲全是灑狗血的三流報紙，沒想到有幾家知名週刊和兩家娛樂報的報導。每一家都是以中年大叔爲目標客群的媒體，在煽情的文字和聳動的標題背後，隱約可窺見對這一切的嫉妒和反感。

這時打壓起來最過癮的「落水狗」莫過於蘆原吹雪。「清純派女明星不爲人知的一面」、「孩子的父親是政要？」、「歌劇團時期便情史豐富」等等，想出這些標題的編輯難不成是在遙遠的過去追求蘆原吹雪，卻碰一鼻子灰？

全是讓人翻白眼翻到抽筋的空洞報導。唯一明確的事實，是蘆原吹雪有一個二十四歲的女兒，戶籍上並未載明生父，如此而已。其餘皆是借用一些不知其人，連存不存在都很可疑的「相關人士」傳了不知多少手的說法，巧妙拼湊成一篇篇報導。

不過，至少比「海參」的報告好得多。縱然無法相信蘆原吹雪睡遍所有大人物，倒是足以說服讀者，相信她可能曾與其中某人相戀。但這並不是什麼值得撻伐的事，雙方都是成人，在你情我願的基礎下發生關係，又不是犯罪。

「那麼，政要S．D是誰？」

「相馬大門（Souma Daimon）。其實大門應該要念成Hirokado。不過，大家都讀作Daimon。」

「哦……」

「啊，葉村，妳不知道相馬大門是誰嗎？他是在建設省還沒變成國土交通省之前，幕後的領導人物。人人都說，凡是大宗的協商和賄賂案件背後一定有相馬大門，但永遠查不到他。有『特搜閻羅』之稱的支倉檢察官被車撞死，據傳也是相馬指使的。他和地下勢力交好，喏，一爆發重大案子，主事者往往會突然遭自稱右翼分子的人刺殺不是嗎？那也是相馬搞的鬼。」

「櫻井先生，你很開心嘛。」

「咦，怎麼講？別傻了，我有什麼好開心的。」

什麼日本的黑霧、金融腐食列島，這類的陰謀傳聞極受歡迎。當然，應該不完全是捏造，相馬大門背地裡大概眞的幹了不少骯髒事，但最好當成是陰謀史觀論者的炒作。要是他眞像櫻井描述的，是那麼可怕的「喬」王，女明星的私生女騷動之類的俗事根本不敢扯到他。話雖如此——

「爲什麼相馬大門會變成私生女老爸的候選人？」

「相馬以前是蘆原吹雪的後援會長，加上是老派的政要，緋聞沒斷過。最關鍵的是，要一個大明星隱退，然後一直資助她的生活，一般人根本辦不到。」

將冒牌貨送進電視新聞節目，一舉平息私生女騷動，這種事一般人也辦不到。

「他還在世嗎？」

「不，早就死了。九四年鬧得沸沸揚揚時，他應該快八十歲……」櫻井滑了滑iPad，「他是二〇〇三年逝世。發生私生女騷動的隔年，也就是九五年退出政壇，四十六歲的兒子相馬和明繼承老爸的地盤，打出『青年新活力』的口號當選。四十六歲還叫青年，眞是不害臊。不過，知道『恥』字怎麼寫就不會搞政治了。最近倒是挺少聽到他的名字。這傢伙是哪個政黨的啊，在野黨還是執政黨？好像搖擺不定。」

要是不打斷，櫻井可能會無止境地上網搜尋，我沒那種耐性，於是改變話題：

「那麼，第二個老爸候選人，財經名人I．T呢？」

「大概是以連鎖超市大躍進成名的今津孝（Imazu Takashi）。聽說他和蘆原吹雪從小就認識，今津家和蘆原家在輕井澤是別墅鄰居之類的，也就是世交。只是，吹雪隱退時，今津是單身。他們門當戶對，結婚毫無障礙，至少會認孩子吧。所以，應該不是他。」

「這個大牌演員A．K呢？」

「就是安齋喬太郎（Anzai Kyotaro）。」

這可厲害了，連我都知道他是誰。若說相馬大門是陰謀傳聞的主角，這位就是豪爽傳說。吃喝嫖賭樣樣來，現在已沒有什麼演戲的工作。爲了餬口，開始上綜藝節目，但在電視上看到的臉，老化粗糙得連化妝和燈光都無法掩飾。

「他和蘆原吹雪一共合作七部電影，老婆是一手捧紅他的電影導演、也是他的大恩人遊木川策的女兒，丈母娘則是某電影公司社長的妹妹。在七〇年代，電影公司還有不小的權力，要是搞出離婚、認小孩的把戲，安齋在演藝圈就別想混了。實際上，他雖然玩得很凶，但錢都是老婆在管，這點是出了名的。」

「不怎麼豪爽嘛。那麼，可能是安齋？」

「有可能。他們私交不錯，吹雪引退後，還是會到彼此的家作客。九四年的私生女騷動，他也沒完全否認。只是，雖然被捧成大明星，但九〇年代他沒電影可拍，只能靠量產的出租錄影帶片混飯吃。身爲藝人，能成爲話題總比遭到遺忘好，哪管是什麼話題。或許他是故作姿態，吸引媒體的注意而已。」

眞是愈來愈不豪爽，不如說是小家子氣。

「主要的父親候選人是這三個，但還有其他人被點名。例如，吹雪當時的經紀人Y．H，山本博喜（Yamamoto Hiroki）。吹雪隱退後，無論人前人後，山本始終效忠他的女王。就算他不是眞正的父親，也可能知道志緒利的父親是誰。」

「哦，聯絡方式呢？」

「再給我一點時間。剛才提到的……石倉家的小花是吧？我也會調查，一有消息就跟妳聯絡。」

志緒利的「猜猜誰是我父親」太有趣，害我差點忘記原來的目的。我要找的，是志緒利本人，不是她父親。一個不小心，便會重蹈岩鄉的覆轍。委託人搞不好會撤銷委託，要求退費。

臨走之際，櫻井給我一盒名片。「東都綜合研究」調查員，葉村晶。

「關於葉村進我們公司的事，已得到白峰常務的首肯。只是，這是妳帶來的案子，報酬也不是我們出的，加上和社長之間有一些問題，所以，正式聘書等社長退休後，下個月一日再簽好嗎？」

我吃了一驚。當初並沒有拜託他讓我進「東都」的意思，可是想了想，或許我的作法等於說出同樣的話。畢竟是我找上門，詢問能不能透過「東都」當偵探。

「……好，謝謝你這麼幫忙。」

「名片上的電話會連到我的辦公桌。要是還有什麼想調查的，再告訴我。」

一走出東都綜合研究所，便感到寒風刺骨。但午後的天空泛黃，很有春天的味道。一抬頭，玻璃帷幕大樓映出片斷的新宿光影，我的心情實在難以言喻。我就要成爲這家大公司的一員了啊。

眞的要嗎？

8

十點半吃完早餐，現在是下午三點半。雖然肚子不是特別餓，可是我必須吃藥。要一天乖乖吃上三次藥，沒想到挺麻煩。

住院期間和出院後，我吃的都是清淡的和食，加上天氣冷，不禁想念起會讓血管堵塞的那類餐點。於是，我到南口車站大樓地下的泰國餐廳，享用打拋飯，吞下藥，才繞到小田急線搭乘急行列車。坐在座位上，我暗叫「糟糕」，不該在吃過異國料理後去見一個素未謀面的人。當偵探時隨身攜帶的口香糖、牙刷牙膏組、除臭制汗濕紙巾之類的東西，我今天都沒帶。

我覺得身上散發大蒜、茉莉香米和香菜的味道，便翻了翻包包，找到食用大蒜後吃的口香錠。跟抗生素一起吞下肚，應該不會怎樣吧？

我在「岩鄉綜合調查研究所」坐落的新百合丘下車。從車站前的景象看來，是標準的衛星城鎮。一樓是公車總站，二樓以廣場爲中心，車站、飯店、大型超市、購物商場和電影院圍繞四周，是九〇年代的開發業者偏好的設計。

我走下空曠風大的廣場，離開車站，便是充滿生活味的「街頭」。穿過不起眼的商店街，來到一般住宅區，一棟棟長得一模一樣的住宅擠在一起。我邊看手機邊前進，步行十二、三分鐘，停下確認。目的地應該就在附近。

我來來回回好幾次，尋找「岩鄉」的門牌，卻怎麼也找不到，終於放棄，攔住一個行人。對方是帶著小朋友的年輕媽媽，雖然是戒心最強的人種，但她似乎注意到我迷路，十分親切。

「哦，岩鄉家在這裡。」

她指向我背後。一回頭，我大吃一驚。那是長達一個街區的水泥牆，我還以爲是公共設施。

「好大！這邊全屬於岩鄉家嗎？」

年輕媽媽輕聲笑道：

「入口在後面，是連棟的透天厝。我家隔壁的隔壁，就是岩鄉家。」

在年輕媽媽的帶領下，我繞到後面，猜想著一定很時髦漂亮。不料，迎接我的是一座長長的雙層建築，類似社區的房子，也就是長屋。各戶玄關旁都裝著木窗框，透過毛玻璃，隱約可窺見清潔劑和洗碗精。老舊的水泥地基出現裂痕，門上的油漆剝落，三輪車任憑風吹雨打，還擺著瓦斯桶。不知誰做的寶特瓶風車隨風轉動。

「很誇張吧？那是昭和時期的連棟透天厝。」

年輕媽媽再度笑道。此處雜草叢生，顯然完全沒人清掃。社區一角堆著舊輪胎，不像是有人撿來，而是非法棄置。

年輕媽媽告訴我，門中央寫著一個「3」的，就是岩鄉家。道謝後，我走過去。門鈴只有一個按鈕（最近十分罕見），底下是信箱。門牌是乾了又濕、濕了又乾的厚紙板，變色起皺。文字也糊掉，勉強看得出是「岩鄉」。上面長長的一行字，約莫就是「岩鄉綜合調查研究所」。

我按下門鈴，等候半晌，沒人應門。老房子的氣味撲鼻而來，勾起發現白骨的回憶。伸手想再按一次門鈴，門突然打開，我嚇得倒退一步。只見渾身圓滾滾的老婆婆昂然佇立在門外。

「什麼事？」

我按住痊癒中的肋骨，勉強擠出笑容：

「這裡是『岩鄉綜合調查研究所』嗎？我想找岩鄉克仁先生。」

老婆婆瞪大渾圓的雙眼，盯著我問：

「妳認識我丈夫？」

「沒見過，只是久仰大名。」

我想最好採取正攻法，便自報姓名，遞上名片。

「我接手岩鄉先生以前調查的案子，想向他請教一些事，好當作參考。」

岩鄉的妻子……依資料記載是叫美枝子……她把名片拿到遠得不能再遠，喃喃低語：偵探啊——

「總之先進來吧，今天很冷。」

我看著美枝子圓滾滾的屁股，踏進屋子。見屋裡十分整潔，我不禁鬆一口氣。她大概很愛乾靜吧，無論是柱子、地板、樓梯或水槽，每個地方都亮晶晶。當然，難免有陳積多年的味道，但不會令人不舒服。

一進玄關便是廚房，右側有一道很陡的樓梯。通往後面房間的玻璃門開著，可看出約六張榻榻米大。隨對方踏入房間，右側是壁櫃，紙門的洞以漂亮的千代紙補起來。

房間中央的暖桌還沒收，春天的陽光從向南的窗戶照進來，在天花板映上搖曳的葉影。美枝子平常似乎固定坐靠牆的位置。只見她發出「嘿咻」一聲坐下，熱水壺、碗櫃、電視遙控器全在伸手可及的範圍內。

「妳接手的是蘆原吹雪女兒的案子，對不對？」

美枝子從碗櫃取出一個寫著「笠間燒」的木盒，拿茶巾用力擦著裡面的茶杯。我頗爲詫異：

「您眞清楚。」

「當然。妳是偵探，而我丈夫當偵探後只承接那件案子。」

「這麼說，岩鄉先生不當偵探了嗎？」

「大概吧……」美枝子把茶壺轉來轉去。「畢竟中止找吹雪女兒兩週後，孩子的爸不曉得去哪裡，再也沒回來。」

我本來「哦」一聲，左耳進右耳出，趕緊追問：

「沒回來？從什麼時候就沒回來？」

「找蘆原吹雪女兒的工作中斷後不久。」

那麼——

「岩鄉先生二十年前就失蹤了嗎？」

「二十年了啊……」

美枝子不顧我的驚訝，面向架上的照片，悠哉應道。

「究竟去哪裡？再不回來，我的命不夠長就等不到了，妳說是不是？」

照片裡，比現在年輕的美枝子與岩鄉克仁依偎在一起，眼周都布滿皺紋。美枝子補充一句：那是兒子幫我們拍的……

我喝著澀澀的茶，問清來龍去脈。岩鄉克仁是水上勉小說中會出現的老派刑警，堅毅、執著、不輕言放棄，立下不少功勞，獎狀多到掛滿整面牆，美枝子相當自豪。大地震後，兒子擔心裱框的獎狀掉落會釀成危險，全拆下收到二樓。其實危險也沒關係，美枝子想一直掛著，否則孩子的爸回來會很失望。

「兒子住在……那叫灣岸嗎……總之是離海頗近的住宅大樓的十八樓，卻非常怕地震。眞是的，幹嘛不住得離地面近一點。」

「不好意思，請教一個私人問題。岩鄉先生失蹤後，您沒報警協尋嗎？」

「兒子不肯……說是退休警察給警方添麻煩，孩子的爸也不樂意吧。克哉不是不擔心，只是孩子的爸當警察時，一句話沒交代就五、六天不回來，已是家常便飯。可是，經過兩週都沒聯絡，我正在擔心，孩子的爸在成城署時代的後輩恰巧打電話來，我便找他商量。」

「那麼，有什麼消息嗎？」

「什麼都沒有。只知道沒死於車禍，也沒倒在路邊。」

繼蘆原志緒利後，連尋找她的偵探也消失，簡直像低成本恐怖片的開頭。

「容我確認一下，岩鄉先生當偵探後接受的委託，僅有找蘆原吹雪女士的女兒一件而已，沒錯吧？」

「沒錯。孩子的爸本來沒打算當偵探，他常說耗神的工作持續幾十年，只想拿退休金回故鄉茨城，買一幢有田地的小房子，兩個人悠哉過日子。掛著偵探的招牌，不過是表示左鄰右舍遇到問題可以幫忙解決。」

「可是，他卻接下蘆原女士的委託。」

「那是後輩拜託他的，而且錢很多。儘管靠退休金和年金就能生活，但錢不嫌多嘛。況且，妳也知道，畢竟案主是蘆原吹雪。那樣美麗的大明星低頭拜託，孩子的爸樂壞了。」

岩鄉美枝子深深嘆一口氣。

「過一陣子，八卦節目每天吵著蘆原吹雪有私生女什麼的。孩子的爸要是看到那種節目，一定會氣得血壓狂飆。」

咦？

「等等。聽起來，電視和雜誌媒體在炒作私生女一事時，岩鄉先生就失蹤了嗎？」

嗯嗯，岩鄉美枝子圓圓的頭點了兩次。

這是怎麼回事？

「再請教一下，您何時開始聯絡不上岩鄉先生？」

「是我永生難忘的十月二十日。前一天晚上，兒子來找我們。當時克哉已結婚，住在東京都內的公司宿舍，好久沒回家，一開口就問爸爸的退休金有多少。克哉告訴我們，媳婦想搬出宿舍，他卻被減薪。可是，在一流企業上班，他想買不傷身分的公寓。孩子的爸氣得要命，怒罵『出錢給你上昂貴的私立大學，竟然還肖想老爸的退休金，你以為自己是哪根蔥』。克哉吼完『又不是我想投胎當賺不到幾分錢的刑警兒子』便離開家門。」

美枝子嘆一口氣，拉起暖桌被的一角拭淚。

「第二天早上，孩子的爸心情很差，一句話都沒說，吃過早飯就外出。所以，我沒問他要去哪裡，什麼時候回來。如果我開口問就好了，是不是？」

十月二十日，週刊炒作私生女騷動是在十一月上旬。

是蘆原吹雪弄錯嗎？很可能不是岩鄉克仁走漏消息，引發媒體騷動。

「可是，實在滿奇怪……」岩鄉美枝子抓抓圓圓的頭，「當然，對方來拜託找人之前，孩子的爸和我都不曉得蘆原吹雪有女兒，可是她女兒身邊的人，應該都知道她是蘆原吹雪的女兒吧？她姓蘆原，就讀私立學校，這些有什麼值得八卦節目天天討論的……」

我不曉得怎麼回答，美枝子似乎也不期待我回答。她坐直身體，繼續道：

「既然妳要找蘆原吹雪的女兒，能不能順便留意一下孩子的爸？我的生活是不用愁啦，孩子的爸的退休金我都沒動，我也有年金可領。只是，不曉得我剩多少日子，又沒餘裕請偵探。」

我趕緊點頭，「我明白。」

「稍微留意就好。那麼，只要辦得到，我也會盡量幫忙。」

圓圓的雙眼注視著我。她的語氣悠哉，眼神卻相反，猶如被逼到絕境的草食動物。像羊一般堅忍的老婆婆親自拜託，誰能拒絕？我只覺得，要分散美枝子的注意力。

「啊，有沒有岩鄉先生留下的資料？比方，尋找蘆原志緒利小姐的筆記或記事本之類。」

「沒有。不過，孩子的爸有平常用的記事本。紅色皮面，這般大小。」

美枝子的手指框出一本字典的大小。

「那是他退休時後輩送的。孩子的爸在當刑警時都用警察手冊，可是後輩說，以後拿記事本比較有派頭。孩子的爸很不好意思，拿到還說怎麼是紅的，但他想在蘆原吹雪面前要帥，那件案子的事全寫在記事本裡。出門時，記事本也放在手拿包裡帶著走。」

岩鄉克仁失蹤時的服裝是全套灰色舊西裝、米色針織衫、米色帽子和黑色手拿包，穿黑皮鞋。

這麼一提，最近很少看到男士用手拿包。直到九〇年代前半，金融業和房仲業者都常用手拿包。

「那麼，打報告的文字處理機呢？」

「孩子的爸行蹤不明後，兒子和成城署的後輩幫忙查過。現在放去哪裡？好像都沒找到線索。」

美枝子發出「嘿咻」一聲站起。

「能不能到二樓一下？孩子的爸的東西，都放在二樓。」

踩在樓梯上，腳底冷得讓我說不出話，只好忍耐著爬上二樓。廚房上方的房間約四張半榻榻米大，是「孩子的爸的置物間」，果然許多裱框的獎狀靠牆擺放。除此之外，舉目可見的以衣物爲主，沒看到文件類。

「那些都是兒子拿走。克哉和孩子的爸最後見面時吵了一架，十分內疚。孩子的爸不見後，有一段時間他經常回來，查孩子的爸的東西。」

「前往拜訪令公子，他會願意讓我看嗎？」

「我問問。」

現在家裡只剩下這些——美枝子遞給我一個文件盒遞。那是在餅乾空盒上貼和樓下一樣的千代紙做成，打開一瞧，亂七八糟地扔著備忘錄、名片、明信片，看起來都是他刑警任內的物品。最上面一疊便條紙草草寫著「S51, 3, 6」。

「拿去不要緊，孩子的爸也會答應。」

「不，這個……」

「沒關係、沒關係，不用客氣。」

這只會占地方。我不敢坦言，決定帶回家。岩鄉美枝說，「給妳一個紙袋裝吧」，打開壁櫃。壁櫃下半部遭包裝紙和紙袋占領。

「還需要別的東西嗎？」

我準備告辭，美枝子露出希望巴住我的眼神。我什麼都想不到，便詢問向蘆原吹雪介紹岩鄉的成城署後輩的名字和聯絡方式。

「他姓澀澤，全名是澀澤漣治。現在應該是在調布東警署……至今仍會寄賀年明信片給孩子的爸的，只有澀澤先生，我印象深刻。不過，稍等一下，我還是去找找再告訴妳。」

「不，」我無力地舉起手，「不必找了。」

9

回到新百合丘車站，我尋找咖啡店，想坐下慢慢思考。不知是五個月沒當偵探的空白，還是剛出院身體尚未完全康復，再不然就是情況往意想不到的方向發展。面對一個那麼配合的人問出的結果，只能打四十五分。但我也不知道還有什麼要問的。

沒看到咖啡店，我走進麥當勞點了咖啡。在不斷高聲哄笑的高中男女生旁的位子一坐，加一堆平常不加的砂糖和奶精，邊喝邊思索接下來該怎麼辦。雖然對不起美枝子，但我的工作是要找出蘆原志緒利，不是岩鄉克仁。

話雖如此，我不相信岩鄉去向不明與志緒利的失蹤完全無關。更準確地說，原以爲志緒利是單純的離家出走，卻因岩鄉的消失籠上不祥的陰影，害我一顆心靜不下來。怎麼講，心急嗎？總之十分焦躁。可是，光跑了新宿和新百合丘兩個地方，我已筋疲力盡。

記下岩鄉美枝子告訴我的內容，重讀資料，我整理著思緒。事情出現這些轉折，頭一個該見的就是蘆原吹雪昔日的經紀人山本博喜。要是他眞如櫻井描述，對吹雪忠心耿耿，恐怕沒人比他更清楚蘆原母女的事。然而，在「岩鄉報告」中，山本的名字卻一次都沒出現。我想知道理由，不過得等櫻井查出山本的聯絡方式。

冷靜，別急躁。我安撫自己。今天能做的，只有回家養好身體。

多虧補給糖分，感覺暖和不少，我又能走了。搭電車在成城學園前站下車，走到成城石井超市買便當。原本打算搭公車回家，但文件盒意外地重，爲了慶祝重返偵探業第一天，我決定小小奢侈一下，搭計程車回去。

車子穿過住宅區，經過神戶屋餐廳旁時，我想到蘆原邸就在這一帶。明天到附近瞧瞧吧，或許會有什麼發現。

不到二十分鐘，計程車便來到甲州街道，駛上葡萄園前的路。剛要說「請在這邊停車」，我看到一名穿花朵圖案迷你裙和藍色帽T、揹黑色大側背包的年輕女子，從「史坦貝克莊」出現，低著頭快步朝車站走去。我們那裡可住七個人，但上一年度結束時有兩個人搬走，空出兩個房間。再加上我之前住院，室友們才委婉抱怨過，一下就輪到負責打掃和購物。

位於一樓中央、大家都會出入的客廳的茶几上，放著空麥茶杯。室友之一的瑠宇正在收拾，看到我便說「妳回來啦」。

「有沒有遇到剛剛離開的人？」

「對方想搬進來嗎？」

「我告訴過她，這裡只有房東認識或朋友介紹的人才能搬進來，可是她不肯死心，無論如何都想住。她很羨慕我們有保全，又在市區，離車站很近卻有田地，我覺得讓她瞧瞧應該不要緊。如果她真的那麼想住，就請葉村調查一下她的身家背景。」

少了兩個室友，大家心裡都很想要新室友。

「只是讓她瞧瞧，沒關係啊。」

瑠宇聳聳肩，「可是，途中我發現她似乎純粹是想看，不是真的想住。她又想打聽將來的室友是怎樣的人，追根究柢地問起我們的事。會不會是葉村的同行？有人準備結婚，來調查她的背景之類的。」

「誰啊？」

「我哪知。不是我自誇，但絕對不是我。這五年來，男人都輪不到我。」

「今天輪到打掃浴室的是我吧？」

「分租房子一定會輪到的，只有打掃工作啦。」

我回房間換衣服。避免弄痛肋骨，我一直都穿襯衫和開襟針織衫，今天感覺狀況好一點，便選了套頭式的合身T恤。穿上去挺簡單，想脫卻沒那麼容易。不管怎麼脫，肋骨依然得使力。如今身體比年輕時僵硬，關節轉不動。勉強能掀起T恤，但頭就是無法通過。若是硬扯，側腹便一陣劇痛。腦袋罩在T恤中，我咒罵著拚命掙扎。

總算脫掉衣服，我又長了智慧：一個人年過四十，有些衣服就不能再穿。不是外表裝年輕的問題，而是生理上不允許……這樣下去，搞不好哪天我會躋身爲哲學家。

我倒在被褥上喘口氣，爬也似地進到浴室，打掃完畢。用馬克杯裝熱紅茶回房，打開便當。

以前住的地方用的家具，不是撿來的就是別人給的，搬家前我全處理掉。現在房內只有分租屋儲藏室留下的藤椅和書桌，還有一座矮木架，我拿來當書架。物品幾乎都塞進壁櫃，架上放不下的書靠牆堆著。床墊直接鋪在木條板上，拿藍染的布罩著，將原本天天要收的和式墊被布置成西式的床，就不用收了。

由於是白色珪藻土牆、深咖啡色梁柱和壁板鋪的天花板所構成的復古和室，沒多餘的東西才好，我個人很中意。只是，來過的光浦一句話就打敗我，他說：愛乾淨的老先生房間通常都長這樣。

我上網連到國外廣播節目，播放音樂。坐在籐椅上，望著冷清的房間吃便當。吃到第三口時，忽然感到奇怪。

之前聊天時倉嶋舞美提到《藍道夫牧師與罪惡的代價》，於是我找出來放在架上顯眼的地方。今天出門前，原本想帶到電車上看，但字小紙又破舊，無法帶出門，便放回架上。

那古老的文庫本，現在換到書架旁的那堆書上。

我放下便當，環視四周。書桌抽屜裡的存摺和年金手冊，及其他貴重物品都平安無事。我拿來當撲滿的塑膠蓋玻璃果醬瓶也原封不動。

印章和護照，我放在送洗後連塑膠袋都沒拆的羽絨外套內側口袋，裝在防塵袋裡掛起來。蘆原吹雪給我的現金剩下一百五十萬圓，一起放在裡面，也好端端的。

不會吧……我暗忖著，再度查看壁櫃的抽屜。連我自己都嫌不性感的內衣、該送洗的喀什米爾毛衣、心愛的圍巾還在，收著相機、錄影機、假髮和眼鏡等偵探用具的箱子也沒被碰過。

我走出房間，檢查門上的鎖。雖然是和室的拉門，照樣裝有門把和鎖。儘管鎖滿大且厚實，但與拉門相連的柱子很細，只要有心就能撬開。可是，鎖和周圍都沒受損的痕跡。

我下樓找到瑠宇。聽到我的疑慮，她頓時愣住。

「嗯，她問我能不能在屋裡到處看看，我就讓她暫時自由行動。怎麼了嗎？」

「那麼，她也一個人到二樓？」

「對啊。」

「妳該不會告訴她備鑰放哪裡吧？」

「她問我失火或地震時，有人被關在房裡怎麼辦，我就說有備鑰……爲了讓她看空房，我從後門鑰匙盒取出鑰匙，她全程目睹……該不會妳有東西被偷？」

瑠宇不安地站起，我搖搖頭：

「可是，今天好像有人進過我房間。妳有沒有留下她的電話？」

「她給我一張自製的名片。這年頭裝室內電話的女生挺少見，可是她都來看這種老式的和風分租屋了，我就沒多想。」

接著，瑠宇拿手機撥電話：

「請問你們那裡有沒有一位佐藤圭子小姐？有，在睡了嗎？我是今天和圭子小姐在『史坦貝克莊』碰過面的……咦，就在我住的地方啊。誰？就是佐藤圭子小姐。我怎麼會騙你？我爲什麼要騙你？什麼，她沒出門？可是……癱瘓？九十八歲？你說圭子小姐嗎？噢，好……」

我看著瑠宇拿在手上的名片。淺粉紅色的紙上，以印章印上片假名，翻過來，同樣是以印章印的室內電話號碼，還故意印得不整齊。角落搭配花朵的貼紙，名字底下裝飾貓咪貼紙。這種名片辦公或婚友活動不能用，但對於要潛入分租屋的有心人士倒是個好點子。沒幾個人會懷疑這種稚氣的女孩。

「抱歉。」

講完電話，瑠宇一臉蒼白地低下頭：

「我毫無懷疑地讓她進來，實在太沒戒心。」

「電話是通到哪裡？」

「明大前的『福福菜館』。到底是怎麼回事？」

「她怎麼會知道這裡？」

「她看到房東開設的『史坦貝克莊』推特。哇，天哪！仔細想想，平常應該會拿出手機，她卻只有一張名片。全身都是廉價時尚的衣物，唯獨揹著厚實的黑色皮質肩背包。我早該察覺不對勁，居然放她一個人到處看，我怎會這麼笨！」

我安慰瑠宇。沒人會想到，一個年輕女孩竟敢在光天化日下拋頭露面幹壞事。

瑠宇的工作是設計、製作包包在網路上販賣，在我們幾個室友中，是唯一的居家工作者。白天從收郵件到趕推銷員，幾乎都靠她。話雖如此，她又不是整天在家閒著沒事，要她片刻不離地緊盯著找房子的人，才眞是強人所難。

此時，其他室友陸續回家，事情愈鬧愈大，還請來房東岡部巴。岡部巴沉著臉開口：

「這麼一提，上次我也接到奇怪的電話。怎麼說……滿像詐騙集團之類的。」

「是怎樣的內容？」

「妳名下的不動產緊臨幹線道路，市價很快會暴跌，現在我們可以出高價向妳買下，改建爲某某大樓後，免費提供一戶給妳什麼的。」

「明顯就是詐騙啊！」

「很久以前就有這類電話推銷，我在住處和『史坦貝克莊』裝保全就是此一緣故。曾有不要臉的開發業者還擅自進來丈量土地。」

話雖如此，這次只有「史坦貝克莊」遭陌生人闖入，而且沒人丟東西，大家心裡反倒毛毛的。儘管是室友，我們並不清楚彼此的私事。方便起見，互相知道從事什麼工作，至於與家人關係如何、有沒有男友、經濟狀況等等，都不曉得。

在不冒犯的範圍內問了問，但大家沒碰到我推測的麻煩。沒人被跟蹤狂盯上，沒人參與遺產爭奪戰，沒人劈腿，沒人交到會引來嫉妒的男友，沒人即將談定大生意，沒人在網路上惡意中傷他人。什麼都沒有，簡直教人洩氣。有個室友笑著說，我們眞是一群可憐的女人。這麼一來，我益發納悶。冒用九十八歲的「佐藤圭子」之名上門，對方目的何在？

總之，我們更換放備鑰的地方，約定要是有人想參觀，暫時請她們在人比較多的週末再來，並考慮今後加裝監視攝影機。歷經地震，民眾的恐懼分爲怕輻射與怕缺電兩大派，「史坦貝克莊」裡則是對輻射的恐懼勝出，因爲所有人都是節電高手。不過，大家討論後認為，監視攝影機的耗電量還可接受。

我十分疲累，便回房吃剩下的便當。打開電暖氣，在出風口前坐著取暖，喝完冷掉的紅茶時，手機忽然震動，是不認得的號碼。我關掉電暖氣，提高警覺接起電話。

「我是調布東警署的澀澤。」

裝腔作勢的語氣，害我胃裡的紅茶差點逆流。

「妳跑到新百合丘幹嘛？和蘆原吹雪有什麼關係嗎？」

「岩鄉太太告訴你的？」

「她很久沒打電話給我，一打來就說，今天有個女偵探來找孩子的爸。一聽名字，我吃一驚。沒想到妳這麼快又上線工作，幹嘛不在書店多復健一下？」

上次見面時，他明明要我別在書店打混，趕快回去當偵探。

「據說你是岩鄉先生在成城警署的後輩，介紹蘆原吹雪女兒失蹤案給他的也是你。」

「果然是蘆原吹雪。上次和妳在醫院會客室談話，在外面偷聽的女人上了年紀，但長得和蘆原吹雪一模一樣。我還以為自恃上流人士的老太太，不會住無名醫院的一般病房。她是怎麼跟妳說的？怎麼這時候才出錢請妳找女兒？」

「無可奉告。」

「我猜中了吧？聽我的，我不會害妳。最好不要靠近蘆原吹雪，妳曉得多少人因為那女人毀掉一生嗎？」

「岩鄉先生也是其中之一？」

「喂，要是妳以爲警察什麼都會告訴偵探，可就大錯特錯。」

「我明白，但已是二十年前的事。」

也對，澀澤漣治嘆氣。

「她要我介紹口風緊、能夠信賴的調查員。因爲不希望太多人知道，最好是個人開業的偵探社。我只想到岩兄，他提過退休後乾脆在自家門口掛上偵探的招牌。試著一問，他答應接受委託，便去見蘆原吹雪。好歹也是女明星，只要有心，激起對方的保護欲、相信她的話之類，根本易如反掌。岩兄一下就被她籠絡。」

澀澤語帶不悅，繼續道：

「可是，一投入調查，岩兄便不知節制。查起不該碰的地方，最後人就不見了。再加上他一消失，媒體馬上炒作起蘆原吹雪私生女失蹤的事，爆料的嫌疑全算到岩兄頭上。」

「不是他嗎？」

「當然不是，畢竟他當過刑警。我不敢保證他不會洩漏消息，但絕不會是爲了看好戲或一點微薄的酬勞，肯定有特殊用意。只是，他哪會有什麼用意……」

當時，岩鄉已著手調查蘆原志緒利的生父。可能是爲了找出生父利用媒體。

這些話不能告訴激動的澀澤，否則形同火上加油。況且，時間上也有問題。

「聽岩鄉太太說，岩鄉先生自十月二十日下落不明。兩週後爆出私生女的報導，期間他會不會是找地方躲起來？」

「妳在胡說什麼啊。」

澀澤受不了似地嘆氣，接著吼道：

「他沒事幹嘛自找麻煩？就算眞的是岩兄走漏消息，又不是需要藏身的壞事。岩兄帶的錢根本不夠長期外出，後來我查過，沒動用錢的跡象。蘆原吹雪給他的調查費和預付金分毫不差地存在戶頭裡，也都有結算。哪個地方不必花錢，還能藏身？」

「眞的嗎？」

「啊，妳想歪了吧，偵探就是討人厭。世上確實有所謂的鰜鰈情深，也確實有深愛妻子的人。岩兄失蹤半年，我到他家探望，嫂子竟用頭撞牆祈禱他平安。他們夫婦便是如此恩愛。即使天塌下來，岩兄絕對不會在外面有女人。」

「哦，爲什麼一定要藏身在女人那裡？可以躲在親戚家、以前同事家，或曾經關照現已金盆洗手的小偷家啊。」

澀澤先生，難不成「外面有女人」這幾個字在你心裡留下陰影？原本想反問，最後決定放棄。取笑警察沒有任何好處。

澀澤一時語塞，在電話彼端猛喘氣。於是，我想到另一種可能性。

「莫非警方也認爲，岩鄉先生的失蹤與女人有關？」

「世上有八成的人是笨蛋，警察也不例外。」

「錢根本沒動，岩鄉先生卻自主失蹤？」

「蘆原吹雪來抗議，說成城警署介紹的退休刑警偵探，去向媒體亂扯一些有的沒的，要怎麼賠償？遇到這種狀況，我們這裡多的是認爲只要能堵住對方的嘴，什麼爛理由都行的人。」

「那個爛理由，就是『消失的岩鄉先生，靠著爆料的報酬窩在情婦家』嗎？未免太亂來。難不成介紹的澀澤先生也……？」

「我強調過，不要以爲警察什麼都會告訴偵探。」

澀澤的語氣變得比之前嚴厲。五十幾歲，擔任警署的刑事課巡查部長，實在很難說是走在出人頭地的康莊大道上。換個角度，也可看成不僅是澀澤，連他上司的生涯也被毀了？果眞如此，難怪他不願透露，但我不能打退堂鼓。

「澀澤先生，你個人的看法呢？岩鄉先生丟下太太，留下錢算是賠罪，從此音訊全無。事實是這樣嗎？」

「當然不是。他是守禮重義的人，即使逼不得已必須躲藏，也不可能一藏就是二十年，絕對不可能。」

「那結論就會是，岩鄉先生早死於二十年前。」

話一出口，背脊一陣發涼。我以爲澀澤會發脾氣，但他沒作聲。當然，澀澤應該也想過，這種機率相當高。

「反正，」漫長的沉默後，澀澤開口：「女偵探，妳也要小心。」

我把手機放回充電座。今天的第一要務是養精蓄銳，我卻腦充血，睡意都跑光光。再躺下去也睡不著，我只能哄自己睡。

洗完臉刷過牙，鑽進放著迷你湯婆子、暖呼呼的被窩。我沒心情看《藍道夫牧師與罪惡的代價》，於是選擇不知看過多少遍的阿嘉莎．克莉絲蒂的《帕克潘調查簿》（*PARKER PYNE INVESTIGATES*）。這本書不會太過精彩，也不會無聊，隨時都能放下，最適合當睡前讀物。果然，看不到二十頁，消失的睡意又回來。

我拿起放在枕畔的兔子造型夜燈。全暗我會睡不著，就寢前總得把一臉呆相的兔子燈插上插座。

打著哈欠，一如往常想插上夜燈時，我發現插座上出現一個陌生的擴充插座。

10

「這是竊聽器。」

櫻井肇判定。八點開始上班時，他看到衝進來的我一臉厭煩，但分解擴充插座後，便換了副神色。

「果然。」

「不過，這是便宜貨。秋葉原那邊不到三千圓就買得到，電波範圍也不大，不離葉村家很近恐怕聽不見。」

「好比躲在葡萄園嗎？」

「欸，這不是開玩笑的。附近有沒有停著可疑的車輛？」

葡萄園與「史坦貝克莊」都在甲州街道直角轉進來的路上。由於行人和車子稀少，附近鄰居有時會把車停在路旁，在車裡小睡。室友提過，曾有暴露狂停下車，開窗露鳥。她大笑說那傢伙的寶貝小得可憐，但房東岡部巴一聽到此事，立刻報警，認爲鄰近有一所國中，遇到危險人物怎能知情不報。

不過，這條路四周都是葡萄園和菜園，不僅視野好，還有不少棟公寓，絕不會欠缺目擊者，所以，不要說幹壞事，連長時間違規停車都很難。

「我出入時，仍會注意有沒有人監視或跟蹤，但都沒有啊。只是，我不曾被跟蹤，不敢說一定能發現。」

「會不會是那個……」櫻井壓低音量，「相馬大門得知葉村接受蘆原吹雪委託展開行動，於是採取對策？」

「咦，相馬大門不是去世了嗎？」

「那麼厲害的大人物，自然有替他打點一切的地下軍團。搞不好大門死後，爲了保護蘆原吹雪和他的庶出子女，正在調查妳。一鬧事立刻把妳除掉。」

「櫻井先生，你似乎十分高興。」

「別傻了，我有什麼好高興的。妳才是，幹嘛笑？」

遭到竊聽我當然生氣，但「佐藤圭子」費盡心力到我住處裝竊聽器，卻只聽到我脫不掉衣服亂抖一通時的破口大罵。不曉得竊聽的人有何感想？思及此，我的嘴角不由自主上揚。暫且不管這些——

「即使真的有地下軍團，他們會使用這麼廉價的竊聽器嗎？更何況，拜託我找女兒的是蘆原吹雪。調查還沒正式開始，不需要竊聽吧。」

「那麼，妳做了其他會遭人裝竊聽器的事嗎？」

「沒有。對方可能是弄錯房間，也可能是打算日後行竊，才在我們那裡到處裝竊聽器。所以，方便跟你借竊聽偵測器嗎？」

「好啊，我請公司的竊聽專家找一個給妳。這方面我會幫忙調查，拜託上個月剛到職的前鑑識科大叔好了。這種便宜貨，即使查出店家和購買途徑、採集指紋，也不能立刻怎樣，但隨著事情的發展或許會有用處。對了，後來我又查到一些東西。」

「山本博喜的聯絡方式？」

「不是，還沒。其實是石倉花出過事。」

櫻井將電腦螢幕轉向我。二〇〇一年八月五日，川崎市多摩區的民宅中，返家的父親發現倒地的女兒，立刻送醫，但女兒重傷已失去意識。當時，女兒的脖子上纏著家中的電線，並有擦傷與壓痕。警方認爲人爲傷害的可能性極高，於是進行搜查。

「這……怎麼回事？石倉花被殺了？」

「不清楚。上網搜尋也沒找到更多資料，不曉得目前是不是還活著。昨天我在忙其他工作，今天我會調查後續，再跟妳聯絡。」

依泉沙耶的話推測，會是討債的人對她施暴嗎？不過，昨天起的一連串麻煩，眞教人頭痛。偵探的工作雖然不平和，但很少會遇到暴力問題。

我借來以前用過的竊聽偵測器，走在返回京王線的路上時，手機響起。是泉沙耶打來的，可能是介意昨天的事，語氣頗生分。然而，她還是告訴我，想把蘆原邸的鑰匙交給我，要我去三鷹她家拿。幸好我還沒搭上京王線的車，這也是拜蘆原吹雪所謂的「葉村晶的幸運」之賜嗎？

來到中央線月台時，特快車抵達。我在三鷹站下車，前往泉沙耶家。那是幢十分漂亮的建設公司成屋，只留停車空間的家門前，硬擠進小花壇，現下開著三色堇。

一按門鈴，泉沙耶從玄關走到大門口。只見她表情生硬，很不自然。她伸長了手，儘量離得遠遠的，遞給我鑰匙。

「眞的能自行進去嗎？」

我再次確認，泉沙耶點點頭：

「房子裡沒放貴重物品。貴重金屬和房契地契之類，阿姨住院前已存進銀行的保險箱。雖然保存著阿姨女明星時代的劇本和戲服，可是只有瘋狂的戲迷才會想要，如今應該沒這種人了吧。妳不必介意，那邊有水有電，若需要請自便。」

她顯然沒有同行的意思。

即使沒有貴重物品，我一個人進入豪宅，事後要是要投訴我，我可擔當不起。考慮過是不是請櫻井跟我一起去，但他似乎很忙。更重要的是，這是我的案子，不能為一點小事退縮。

「好，鑰匙就先由我保管。」

「妳星期四會去向阿姨報告吧？鑰匙請在那時歸還。」

我想詢問志緒利的房間所在，但一交代完，泉沙耶便轉身進屋。

搭公車回到仙川，將偵測器放進房間，我決定等回來再說，先取出攝影用的相機。那是可裝在眼鏡上，輕便好操作的相機。我打算拍下「搜索住處」的過程。麻煩歸麻煩，但屋主是任性的大明星，天曉得她何時會翻臉不認人，最好要有自保對策。

穿過仙川商店街，向南走到盡頭，搭上往成城學園前站的公車。約十分鐘後，公車便來到調布市入間町與世田谷區成城八丁目之間。此處是世田谷的邊陲地帶，一種陸上孤島，在房仲廣告裡卻被尊稱為「成城」。

公車行駛的馬路狹窄，又蜿蜒曲折，人行道也小，但交通量不小。菜園、醫院、商店和住宅交錯坐落，便是任人在空地蓋房子、做生意的結果。東京二十三區的西側，類似的地方相當多。

行車廢氣害我咳了起來，我不禁拿出氧氣罐。

罩著氧氣罐，我深呼吸，邊看著住址沿馬路往裡走，俗稱「世田谷叢林迷宮」的彎曲小路旋即出現。三岔路、五岔路、Y字路，恣意蔓延，但我沒花太多工夫就找到蘆原邸，一幢唯恐不引人注目的白石灰岩豪宅現身眼前。

說是灰姑娘的城堡倒還不至於，不過這幢建築是量身打造，而且肯定是出自名建築家之手。在純白高牆包圍下，可望見上半部木材鏤空的鐵製大門後是寬闊的玄關。大門旁有一塊半鏽的鐵板，上面鏤刻出「ASHIHARA」的字樣，玄關旁還有枝椏恣意生長的玫瑰拱門。石板路穿過枯萎的草地，車庫裡泊著mini cooper和勞斯萊斯。觸目所及之處，全覆上一層白白的灰塵。

蘆原吹雪自七〇年引退後，一直住在這裡撫養志緒利嗎？那麼，屋齡已超過四十年，卻看起來很新，想必勤於粉刷。要保持外牆潔白，在鄰近公車經過的大馬路地段尤其困難，我頓時對吹雪的經濟狀態大感興趣。

我試著按門鈴，當然沒人應。於是我開了鎖，走進去。

庭院比我以爲的大。雖然屋主離家多日，倒也沒荒廢。庭院大部分是草地，擺著幾座雕塑品。藍色立方體裡的十字架、數種顏色混在一起的幻覺類作品、扭曲的玫瑰，日光穿透這些雕塑，在草地上投射出奇異的光。

感覺很像箱根雕刻森林美術館的縮小版，但靠近一看，雕塑的一端刻著簽名。「F．A」，是蘆原吹雪的作品嗎？

我在庭院裡設定好攝影機，確定拍攝功能無誤，然後打開玄關的鎖，走進屋子。

玄關大廳大得離譜，光是這裡就相當於一個客廳。屋頂挑高，彷彿會有公主緩步而下的螺旋階梯朝門口延伸。牆和樓梯也都是白色。樓梯上裝飾著金、綠、粉的假藤假花，天花板懸垂威尼斯玻璃吊燈。吊燈之下，擺有天鵝絨長椅與茶几、沙發組。牆上掛著仿希臘神話的巨幅繪畫，腳底下是配色淡雅的絲毯。單單這片四張榻榻米大的手工絲毯，便要幾百萬圓。我再次慶幸自己準備了攝影機。

我哼著《亂世佳人》的電影主題曲，打開左手邊的門。那裡是一間寬敞的起居室。我走近面向庭院的窗戶，拉開深綠色天鵝絨窗簾。雖然有些遲疑，但我不喜歡悶不通風，還是連窗戶都打開。

起居室的裝潢與家具質感比玄關大廳更厚重，波斯地毯上是豪華的皮沙發組，玻璃門櫃裡擺滿了威士忌。在「洋酒」仍是有錢人象徵的時代，一定震懾不少人吧。酒瓶上方的架子，倒扣幾十個水晶玻璃威士忌杯，這些杯子沒有十萬圓大概連一個都買不到。深處的書架上，放著整套《原色日本美術》及皮革精裝的百科全書，此外滿滿是燙金的外文書。牆上掛有三幅筆觸厚重的油畫。山與沼澤、陰天的森林、空屋與小山，全是冷硬又陰暗的畫。

玄關是洛可可公主風，起居室是唬人的昭和富豪風。枉費蘆原吹雪貴為前財閥千金，品味眞是俗氣，仔細一瞧，畫上也有F．A的簽名。

回到玄關大廳。樓梯後顯然有通道，一穿過通道，右手邊就是廚房和浴室。廚房旁是餐廳，擺著八人座的長餐桌。這裡倒是布置得十分清爽，窗簾是樸素的深咖啡色，嶄新的壁紙是奶油色，椅子是深藍布面。牆上掛一幅刺繡，牆壁凹陷形成的架上，擺著插有乾燥花的花瓶。

餐廳旁有三道門。打開右側的門，是面南的八張榻榻米大和室，與三張榻榻米大的木板房，附有廁所和浴室。和室裡放著電視機，木板房有日式旅館常見的桌椅，還有小冰箱、電熱水壺和茶杯茶壺，此外空無一物，不像有私人物品。約莫是客房，或是傭人房吧。

左側是二十張榻榻米大的和室，壁龕前似乎砌著地爐。

中央那扇門是儲藏室。雖說是儲藏室，卻比我現在的房間還大。在眾多繁雜物品裡，我發現一個側面寫著「家庭記帳本等」的紙箱。九四年當時，蘆原吹雪和女兒過著怎樣的生活，裡頭應該會有線索。

我決定稍後再回來，先前往二樓。起居室上方的南側房間，大概是蘆原吹雪的個人起居室吧，和餐廳一樣，布置得簡單素雅。房裡擺放大電視與大量的DVD、劇本、歌劇團時代的演出簡介和幾十本相簿，其餘只有沙發。隔壁臥室的家具也是少得不能再少，布製的東西以咖啡、深藍、白和綠色統一，極爲樸素，不過衣帽間很驚人就是了。

骨董書桌上放有信紙。打開一看，秀麗的毛筆字跡寫著季節的問候。不見其他蘆原吹雪的個人物品，恐怕是料到自己不會再回到這個家，處理掉了吧。她是女明星，還以爲會有眞人大小的背板或肖像畫，結果都沒有。

臥房、玄關和起居室，品味截然不同。若畫作和雕塑都出自她的手，那麼她的喜好未免太分裂。

隔著走廊的另一側房間，又給人全然不同的印象。粉紅、大紅、薄荷綠，感覺是可愛少女的房間。有一張拖著長長袖子的振袖和服照，大概是在照相館拍的，上頭的身影是蘆原志緒利。

照片中的志緒利，就算瞎了眼也稱不上美人，膚況十分糟糕。可是，依舊別具魅力，引人注目。這會不會就是相親照？有半身照和全身照，分別穿著不同的振袖和服。

我在房裡轉了一圈。獸足斗櫃裡，塞滿可愛上衣和質料極佳的毛衣，衣櫃裡也一大堆洋裝。每一件的品味都和房間一樣。至少，志緒利是單純好懂的。

書桌裡，放著舊筆記和教科書。拿出來一瞧，抽屜底下躺著一本剪貼簿。翻開一看，貼有像是自己拍的貓狗照片。可愛渾圓的字標註「依田家的小咪」及日期，大概是拍攝日期吧。

剪貼簿裡也有人的照片。年輕女子在廚房煮飯邊朝鏡頭笑的照片，標著「來幫忙的由起」，穿日式圍裙的四十歲婦女的照片則是「奶媽」。

依據「岩鄉報告」，志緒利失蹤時，蘆原家應該只有母女倆。然而，在那之前有幫忙家務的傭人和奶媽。房間的情況也說明請過傭人，但岩鄉克仁不曾訪問她們。

搞不好，這會是條線索。

我拿著剪貼簿站起時，一張明信片從書桌掉下。撿起一看，是金閣寺的明信片。這是泉沙耶提到的明信片嗎？

嗨～媽咪，妳好不好？

我活得好好的。

而且不幸的是，我每天都開心得不得了。

妳可別失望喔！

就醬。

志緒利

我拿來和剪貼簿的字比對，都是特色十足的渾圓文字，非常相像。郵戳模糊不易辨認，勉強看得出是京都車站前、95，及2還是7的個位數字。距離失蹤超過半年。

九五年的這一天，很可能在阪神淡路大震災發生後。2代表二月，那時期到京都觀光旅遊頗爲罕見。如果當時她在京都，一定經歷可怕的天搖地動，不會有心情寫這種亂開玩笑的明信片。

假設她是預先寫好，猶豫著要不要在地震後寄給家裡報平安，還比較合理。當然，不能排除是第三者捏造。但大地震後不久，收到行蹤不明的女兒寄來的、印有災區附近郵戳的可疑明信片，反倒會引起騷動。若有第三者，想必會如此判斷。

那麼，明信片應該是志緒利本人寄的……可是，這什麼啊！

難怪泉沙耶的同情之心會「冷卻」。二十年來，蘆原吹雪放著女兒在外面不找，也情有可原。

剛要放下明信片，腦海浮現另一種可能性：寫明信片的確實是志緒利，但寄出的是家人。眞是這樣……我忍不住嚥下唾沫，爲何要這麼拐彎抹角？我只想到一個令人不舒服的理由。

11

愣愣發呆時，手機響起。我沒多想就接聽，原來是岩鄉美枝子。

「我跟兒子提過葉村小姐了。」傳來岩鄉太太的話聲，「我勸他把和爸爸有關的事都告訴妳。可是，克哉之前找遍了都找不到，不想再找。葉村小姐，妳能不能幫我鼓勵他，要他不能放棄？說妳在找蘆原吹雪的女兒時，會順便找孩子的爸。」

嗚哇，內心一陣哀號。我就怕會變成這樣，於是回答「既然令公子沒有意願，就該尊重他」，可是岩鄉太太聽不進去，硬是報出岩鄉克哉的聯絡方式。我只得答應要是有時間，會和他聯絡一下。

要聯絡一個不想見面的人是有訣竅的，就是死纏爛打。搞不好，父親遭遇什麼狀況，岩鄉克哉有些頭緒。若能得到線索，或許有助於尋找志緒利。不過，現在我沒閒工夫去死纏爛打。在那之前，還有許多該做的事。

我決定回頭繼續工作。

除了攝影，我也用手機拍下明信片、剪貼簿裡的人物照片。此外，又拍了幾張照片代替筆記。

下樓拉出儲藏室裡裝著「家庭記帳本等」的紙箱。好重，幸好全放在地上。要是在架子上，搬下來肋骨又會遭殃。

我把紙箱拖到「傭人房」，打開翻看。我擔心十年前的東西早就丟掉，但在最後一箱找到一九八五年起十年份的檔案夾。

我捧著貼有收據、沉甸甸的檔案夾，前往南側木板間，打開窗戶，坐在椅子上仔細查看。

收穫很多。

首先，這些帳本和二樓的信紙、筆記的字跡一樣。原以爲大明星連一圓硬幣都不認得，但帳目詳實，只看一小部分，與一般主婦的家庭記帳本沒兩樣。

話雖如此，「收入」的部分極爲特殊。每到月底一定會有二百多萬圓的進帳，有時會突然匯入七百萬圓，或兩個月後匯入一千萬圓，甚至是五百萬圓不等的臨時收入，卻都沒記錄來源。

而且，八九年三月到七月，每個月支付「高田由起子」二十三萬圓，並從中扣除稅金和年金等費用。八五年一月到九四年五月，每個月給「安原靜子」三十五萬圓。推測是幫傭的由紀和奶媽的薪水，應該很合理。

八九年的帳本裡出現「探望奶媽」、「奶媽住院費」等項目。那麼，是安原靜子生病住院，才僱用由起嗎？

採買多半是其中一人負責。依收據看來，她們吃得並不奢侈，只是偶爾會買些上等肉，付給肉鋪的費用相當可觀。多的時候，月底付給酒鋪的錢高達二十萬圓。

此外，有每三年一次給付給建商的支出。家中出入的業者經常改變。她們聘有園丁、雜事代辦，但一樣頻繁換人。蘆原吹雪這麼善變嗎？

其餘比較特殊的支出，便是每個月標注「志緒利」的二十萬數千圓。從有尾數這一點看來，不光是零用錢，很可能包括學才藝的費用。「岩鄉報告」中，曾有訪問志緒利上的芳療教室的紀錄，但帳本裡並沒有這筆支出，所以應該是全部概括。偶爾出現的「蘆原」數十萬圓，八成是給家裡的經濟援助。泉沙耶提過，蘆原吹雪的父母和妹妹都以她爲恥，卻仍寄生在她身上。

我邊記重點邊細讀，尤其留意九四年份的紀錄。

志緒失蹤的這一年，金錢出入也相當頻繁。蘆原吹雪似乎在春天出國，匯給旅行社一筆整數。奶媽好像在五月辭職，六月後便沒瞧見人事費。每個月付二、三十萬圓給酒鋪，電費、瓦斯費、水費增加不少。

大概是爲了相親吧，替志緒利做和服，也要付錢給照相館、美容院。志緒利的零用錢從年初增爲每個月一百萬圓，如同「岩鄉報告」的推測，約莫是要讓相親對象看到珠寶飾品，炫耀財力。

八月底，有付給岩鄉的支出。先是七十萬圓，之後到九月分別又付三十萬圓、五十萬圓、十八萬圓，看來是調查費用。

在不斷支出的同時，也有好幾筆來源不明的進帳。每一筆金額都是數百萬圓。一部分金額旁邊註記著「寄放」或「保險箱」。

保險箱……

一直和文件大眼瞪小眼，害我全身僵硬，飢腸轆轆。瞄一眼手表，快三點了。

我站起來活動身體，摘下攝影機，把東西留在屋裡就走出去。在附近找到麵包店，我便買了三明治和兩瓶飲料。回到蘆原邸，拿鑰匙開門時，突然有人大罵。

「喂，妳在幹什麼！」

回頭一看，一輛小貨車停在旁邊，一個晒得黝黑、頭髮花白的四十歲男子探出駕駛座，眼神不善地瞪著我。貨車中段印著「谷川植木」，這個名稱曾出現在蘆原吹雪的帳本中。

「我不是闖空門，鑰匙是蘆原女士和她親戚泉沙耶交給我的。」

我舉起鑰匙，對方露出「搞半天原來是這樣」的表情，揮揮手發動貨車。

我連忙追上。車子在三岔路口停下，我透過打開的車窗問：

「你幫蘆原女士整理過庭院，對不對？」

「哇！嚇我一跳。」

「谷川植木」的男子驚得後仰。

「不好意思，方便請教幾個問題嗎？」

我迅速解釋狀況。聽到行將就木的女士想見二十年前失去聯絡的女兒，誰都硬不起心腸。「谷川植木」也不例外，回答「不曉得能不能幫上忙，不過可以談一下」，便把小貨車停在路邊，隨我步入蘆原邸。

他剛下工一身髒污，不願意進屋，於是我打開傭人房南側的窗戶，請他坐到木板房，與他談話。

「抱歉，剛剛突然吼妳。最近我們的客戶接連遭闖空門，蘆原女士和我們很久沒往來，已不是我們的客戶，可是看到小偷不能不管。」

「谷川植木」的男子一口氣喝掉半瓶我給的茶飲，抹一把臉。

「『很久』大概是到什麼時候？」

「四十幾年前，蘆原女士蓋了這幢房子。我高中休學在舅舅的園藝店工作，舅舅頭一次帶我拜訪的客戶就是這邊。那時房子還沒完工，圍牆非常高，舅舅抱怨會擋住陽光，仍沿牆種冬青，鋪上草皮，並栽植許多玫瑰。當時種的樹木似乎都沒了啊，繡球花一株不剩，玫瑰也換過。最近的玫瑰品種經改良，比較容易照顧，但以前的品種若細心呵護，花期一樣很長。那些奇形怪狀……的擺飾？還是叫雕塑？原本的地方種著繡球花。要擺那些玩意，我寧願幫她換成好的樹。」

他露出懷念又傷感的神情。

「不久後，蘆原吹雪搬進來，我嚇一大跳。以前我還買過她的照片。」

「蘆原吹雪的嗎？」

「我常趁放假去新宿看電影。那時恰巧有『蘆原吹雪特輯』，連放三部。《白玫瑰之女》和《暗渠玫瑰》，還有一部叫什麼來著？我本來不愛看懸疑片，可是做園藝的不能錯過這幾部。妳看過嗎？」

「很遺憾，我沒看過。」

「妳這個年紀難怪不知道，當時蘆原吹雪好美啊。依最近的年輕人的說法，就是『美斃了』吧。得知這是蘆原吹雪的家，我非常興奮，也近距離見過她。本人簡直神聖不可侵犯，還不時對我們說『辛苦了』。」

「你記得她女兒嗎？」

「志緒利妹妹是吧。她長得不像媽媽，坦白講挺醜的，卻讓人覺得很可愛，常在草地上跑來跑去。有時她會要爸爸趴在地上當馬騎，我們都拚命忍著不去看。那麼威嚴的爸爸，遇到女兒竟然變成那個樣子。」

什麼？

「爸爸？」

「相馬大門，就是那個政治家啊。妳不知道嗎？」

「請等一下，蘆原志緒利是相馬大門的女兒？」

「谷川植木」的男子一愣，「咦，不是嗎？常有黑頭車停在她們家外面，不過，知道來人是誰的，可能只有我們做園藝的吧。舅舅千叮嚀萬囑咐，要我絕對不能提起相馬議員的名字。舅舅和相馬議員都出身長野，大概是靠這層關係得到蘆原家的工作。」

「志緒利喊相馬大門『爸爸』嗎？」

「不，我記得是喊『大大』，恐怕是不方便喊『爸爸』吧。」

「谷川植木」的男子喝著茶，望向遠方，摸了摸臉。

「對了，我們被開除前，幫傭告訴我們一件怪事。」

「幫傭？是由起嗎？」

「對對對。她說女主人的金主還會帶夫人來，居然帶大老婆到小老婆家，真噁心。那個幫傭的小姐個性不太好。」

根據帳本，給「谷川植木」的款項只到八九年六月。我一確認，他便點頭。

「差不多是那時候。我們每三個月來一次，持續將近二十年，但一天舅舅回來，說蘆原家的工作沒了。詳情我不清楚，不過之後聽舅舅和舅媽談到，是相馬議員低頭拜託，實在沒辦法拒絕。」

「換句話說，是相馬大門辭退『谷川植木』，不是蘆原吹雪？」

「大概吧。」

「谷川植木」的男子縮著肩膀，頻頻擦臉。

「志緒利小姐是在九四年七月底失聯，你記得當時的情況嗎？」

「當時我們和蘆原家已沒有往來……可是，相馬大門密談都會利用這屋子。妳可不要告訴別人，我在整理院子期間，曾看到執政黨的大人物。而且不止一個，連我都叫得出名字。我們會被辭退，恐怕就是知道太多出入這裡的人。」

「後來有沒有人問過你這些事？」

「誰？」

「比方偵探，或東京地檢特搜部之類。」

「谷川植木」的男子一笑，又摸摸臉。

「這也太誇張。沒有啊，沒人來問，問了我也不會說。我怕得要命，畢竟遭到恐嚇。」

「遭到恐嚇……誰恐嚇你們？爲什麼？」

「相馬大門的祕書，以前當過蘆原吹雪的經紀人。他個頭矮小，感覺很精明能幹。那種斯文人，一被惹火最可怕了。」

「是不是叫山本博喜？」

「我不曉得他得名字，不過……嗯，是姓山本。我們丟掉蘆原家的工作，過一陣子，我帶孩子來附近的公園玩時，他叫住我，說『我效忠吹雪女士。爲了她，我什麼都會做』。這傢伙沒頭沒腦在幹嘛？我正疑惑，他接著說『出入蘆原家看到和聽到的事，請全部忘記』。他輕聲細語，邊瞄著我的孩子，笑了笑補上一句『一定要給孩子光明的未來啊』。」

「谷川植木」的男子嘆一大口氣。

「其實，那可能不算恐嚇，但我嚇壞了，所以這些事從沒告訴別人。」

「他是什麼時候恐嚇你？」

「什麼時候……孩子當時讀幼稚園大班，所以，呃……啊！」

「嗯？」

「應該是九四年。」

「記得是哪個季節嗎？」

「不是冬天，滿熱的。」

保險起見，我拿出「岩鄉報告」裡「志緒利的不倫對象」的畫像。他搖搖頭，表示和山本博喜一點都不像，也沒看過這個人。

不曉得志緒利和山本博喜之間有沒有問題，但母女關係應該不差。約莫是相馬大門太溺愛，志緒利多少有點任性，母女有時會互吼，不過往往一個鐘頭就化解，笑著挽手出門。所謂的母女就是這樣吧。

「要是能找到志緒利就好了，希望妳順利。」

大概是吐出暗藏心底多年的話，「谷川植木」的男子神清氣爽地離開，反倒是我頭痛不已。

這麼一來，裝潢風格不一的原因十分明顯。一樓會客室用來接待政治家和相關人士，商談利益勾結的事；玄關大廳則是吹雪以女明星身分招待客人的地方，等於是兩個目的不同的舞台。簡單地說，二樓就是後台。

考慮到這屋子的功用，志緒利的失蹤也許與當時相馬大門的政治處境有關。志緒利失蹤隔年，大門將地盤讓給兒子退休。志緒利可能是得知什麼重大情報，櫻井提過的「影子軍團」或山本博喜把她藏起來。九四年，蘆原吹雪的金錢出入頻繁。尤其是那些源頭不明，又消失在「寄放」和「保險箱」項目中的錢。

相馬大門給的，後來用到某些人身上的錢……政界諜報？

哎呀呀。

我餓得快昏倒，連忙吞下麵包，服用抗生素。距離早上吃藥超過八小時，日落西山，已是傍晚。

我決定明天再繼續，將帳本放回紙箱時，手機響起。是「MURDER BEAR BOOKSHOP」的號碼，接通後傳來富山的話聲：

「葉村小姐，妳知道倉嶋舞美吧？」

「知道，上次在店裡見過。」

「她是個怪人，好像很喜歡妳。然後，她剛剛打電話來。」

「咦，今天明明星期二，有開店嗎？」

「碰巧啦。土橋找來大學推理社的同學，六點要在二樓開會。反正我告訴她了。」

「啊？」

「就是妳的電話，我告訴倉嶋舞美了。」

即使是店裡的客人，也該先知會我一聲吧。這年頭，應該要更謹慎處理個資。

「……是嗎？我知道了。」

「她星期日在部落格上寫到，葉村小姐談起『馬汀貝克莊』很開心。」

「是『史坦貝克莊』。」

「她還寫到家裡要改建，在找能住半年的地方，分租屋聽起來不錯，想拜託葉村小姐介紹。這年頭，寫得這麼詳細妥當嗎？要是謹慎一點就好了。」

「……是啊。」剛要掛電話，我忽然想到一件事。「富山先生，你知道蘆原吹雪演的電影《白玫瑰之女》嗎？」

「當然。這還用問？土橋甚至把這部收到日本百大推理電影裡。咦，妳不知道嗎？這是傑作啊！」

「是怎樣的故事？」

「蘆原吹雪演的女人，住在玫瑰盛開的洋房，不斷做著女人遭勒斃的夢。一醒來，手中握著一朵白玫瑰。然後，如同她夢到的，連續發生女子遭勒斃的命案。刑警注意到蘆原吹雪的樣子不對勁，一查之下，她身邊的催眠師、未婚夫醫生、愛著醫生的護士，一大堆可疑人物都跑出來。」

「是和夢遊有關的懸疑驚悚片嗎？」

「先讓觀眾這麼想，最後來個大翻盤，突然收回所有伏筆，既合乎邏輯又出人意表。」

「哦……」

「建議妳一定要看。去年，『玫瑰系列』推出藍光豪華收藏版，包括寫眞集、復刻版劇本，連土方龍導演的註記都完整附上，還有當時工作人員的訪談。劇作家比良卡納爾的訪談相當有意思。他提到寫《白玫瑰之女》的靈感，是來自查理．傑克森的短編。」

「噢。」

「此外，受土方導演之託，玻璃藝術家麻生風深爲了呈現作品的主題，特地學習古法創作好幾件作品，也一併收進寫眞集。她甚至和燈光師、攝影師爭論作品要在何種光線下拍，差點打起來。妳不覺得很厲害嗎？」

「……噢。」

「買藍光收藏版絕不會吃虧。現在亞馬遜網站有庫存，賣一萬八，應該會打九折。」

姑且不論富山是怎樣的僱主，他看推理作品的眼光値得信賴。既然他讚譽有嘉，想必眞是傑作。話雖如此，我不願花這麼多錢。

搭公車回到仙川，我在車站前的蔦屋出租店借走《白玫瑰之女》和《玫瑰奇獸》。

12

回到家，拿竊聽偵測器掃過「史坦貝克莊」每個角落，什麼都沒發現，應該能放心熟睡，我半夜卻醒來好幾次。大概是一復工就太勞累，又開始咳嗽，肋骨痛得要命。就寢前看《白玫瑰之女》，恐怕也是睡不安穩的原因。

蘆原吹雪穿著容易誤認爲結婚禮服的睡衣，瞳孔放大，面無表情地邊走邊卸下腰帶，纏繞在女人脖子上勒緊。雙臂都用力得爆青筋，臉上肌肉卻略顯鬆弛，眼神空洞。伴隨杯琴（glass harp）演奏的卡契尼《聖母頌》，展現駭人的逼眞演技。在孩提時代看到這種電影，一定會在心中留下陰影。

於是，我才知道庭院裡的雕塑，全在電影裡出現過。由雕刻家麻生風深創造的玻璃藝術品，以開場的玻璃十字架爲首，所有作品晶瑩透明，卻折射出扭曲的光。看似堅固，實則易碎脆弱。在最高潮的一幕，仿十字架的玻璃破碎。

透過含有許多氣泡的玻璃映出玫瑰，與眞凶歪斜的臉重疊在一起，眞相大白的那一刻，我不禁失聲驚呼。

明明睡得極淺，我卻七點就清醒。既然睡不著，乾脆來攝取營養。我下樓做早餐，恰巧遇到房東岡部巴拿剛採收的春季高麗菜過來。超市買的馬鈴薯沙拉還有剩，我切了大把高麗菜絲拌進去，再煎培根和煮湯，將五花肉和鹽漬昆布層層交疊，封上保鮮膜送進微波爐。我將這些分享給室友們，得到麵包和咖啡的回饋。

回到房間又睏了，於是我吃完藥，上網搜尋倉嶋舞美的部落格來驅逐睡意。

看似最近才開張的部落格，確實寫到星期日前往「MURDER BEAR BOOKSHOP」，和店員的閱讀品味相近，聊得十分開心，而且店員跟別人分租房子。她老舊的家重建要半年，必須找地方住。父母打算租伯父夫婦的小屋，但她有生以來頭一次獨居，想拜託店員讓她分租一個房間等等。

喂喂。

出現具體名字的不是只有「MURDER BEAR BOOKSHOP」嗎？當然，有心是查得到那家書店能稱呼爲「她」的店員僅有葉村晶，也查得出茶虎是公的。還以爲我的名字和「史坦貝克莊」都公諸於世。

關機之前，我將手機裡的資料和監視攝影機拍到的影片備份至電腦。爲防萬一，我寄一份給櫻井，眞討厭如此小心翼翼的自己。「政界地下組織」和竊聽器，畢竟有點令人害怕。

我拜託櫻井查幫傭的高田由起子和奶媽安原靜子的所在地，並寄照片過去。櫻井沒有新消息，該不會在查山本博喜所在地時遇到困難？

我準備出門，在檢查包包時，手機響起，又是陌生的號碼。一接聽，原來是倉嶋舞美。她語帶歉意，解釋她向富山問到我的電話，我回覆已知來龍去脈。

「啊，那我就不再重複解釋……妳覺得呢？妳們那裡有沒有空房間？可不可以只住半年？」

以前也有從外地到東京，只住三個月的室友，入住期間長短不是問題，但——

「我們剛說好，週末才能帶人看房子。不過，如果是我的朋友，晚上來大家應該不會介意。」

竊聽器的事，我只告訴櫻井。被裝竊聽器的僅有我的房間，要是她問起原因、我從事哪方面的工作，總不能透露蘆原吹雪的委託，所以我沒提及，只告訴她有可疑人士進來過。

「哇，好可怕！有人被跟蹤狂盯上嗎？」

這似乎勾起舞美的好奇。

「不清楚。怎麼，打退堂鼓啦？」

「哪會，我反倒更安心。『MURDER BEAR BOOKSHOP』的店長說葉村小姐是優秀的偵探，妳果真馬上發現來看房子的人很可疑。好厲害！我超過四十歲才搬出家裡一個人住，爸媽擔心我老大不小，會不會還粗心弄丟鑰匙、錢包，住妳們那邊比租套房安心。假如方便，今晚我能去看看嗎？」

我和她約定七點吃過晚飯看房子，結束通話才發現不妙。

倉嶋舞美確實和我談得來，只是點頭之交當然不成問題，若是以我的朋友的身分介紹進來，我便有責任。要是她誤會，以爲這裡是朋友合住的宿舍就麻煩了。有一種女人，看不出別人畫的界線，會不客氣地擅闖禁區。比如，對方很累還頻頻敲門、沒徵求同意便吃掉別人的食物、用別人的洗髮精等等。以前數度發生類似的情況，導致「史坦貝克莊」氣氛變差，害我考慮乾脆搬走。

偏偏我的身體尚未完全康復，諸事紛擾之際，根本還不曉得倉嶋舞美是怎樣的人就輕易答應，我眞是瘋了。

我會這麼做的原因顯而易見。

在往成城學園前站的公車上坐下，聯絡房東和室友後，我暗暗嘖舌。以爲倉嶋舞美才三十五歲左右，原來年紀竟然和我差不多。這就是原因，有種遭到對方奇襲的感覺。

這次我在蘆原邸的二樓拿出相簿翻看。從接近九四年的照片著手，在九三年的相簿裡找到耐人尋味的照片。那是蘆原志緒利、吹雪、相馬大門與一名年長婦人的合照。背景拍到「奇特的雕塑」，地點應該在庭院。

這婦人不是「奶媽」，身上的和服要價不斐，會不會就是「來小老婆家的大老婆」？看起來不像。四個人挨在一起，如同一般的全家福。

沒找到山本博喜的照片。從帳本看得出，蘆原吹雪的個性一絲不苟，相簿絕大多數註明拍攝日期、場合、人名，但有一些照片是沒附註的，比方她與相馬大門的合照。或許山本博喜也是不能寫下名字的人。

即使如此，我仍依照「谷川植木」的人形容的「個子小、文質彬彬」比對，卻沒找到相符的照片。

無奈之餘，我放棄照片，到市區尋找九四年左右出現在帳本裡的業者。包括肉鋪、酒行、花店、室內設計師、建商，和繼「谷川植木」之後的園藝公司。

令人驚訝的是，連酒行、肉鋪都不復存在，也沒找到室內設計師和建商。園藝公司人事更迭，沒人知道二十年前的事。仔細想想，當時泡沫經濟破滅沒幾年，九七年的山一證券倒閉後，許多企業隨之消失。

要查二十年前的事實在太難，就在我的士氣愈來愈低落時，找到收據上的花店。可是，岩鄉早來問過。

「沒想起什麼。不光是那名偵探，許多雜誌記者、電視節目來採訪。明明拒絕受訪，電視卻播出我們在拒絕時的影片，導致蘆原女士從此不跟我們訂花。」

約莫是憶起二十年前的忿恨，花店女老闆狠狠瞪我一眼。

於是，我改變話題，詢問蘆原吹雪喜歡的花。

「她喜歡玫瑰。」

畢竟是開花店，老闆談起花便雙眼發亮。

「妳也知道，她演了『玫瑰系列』的電影。大概是這個緣故，她非常瞭解玫瑰，尤其喜歡一種叫芬德拉（Vendela）的德國白玫瑰。她還感嘆，家中庭院也種玫瑰，可是花季一結束就空蕩蕩，讓人若有所失。雖然沒買過幾次，但她每次一買，都是五十朵或一百朵。」

「那麼，志緒利小姐喜歡什麼花？」

「我不清楚。不過，志緒利小姐跟池田老師學過插花，就是在成城車站大樓裡的花藝教室。以前池田老師是在附近的自家開課，那是一幢美麗的古典大宅，木牆相當氣派。可惜她母親逝世後，繼承問題搞不定，最後賣掉了。如今那塊地上，擠著火柴盒般的四棟房子。」

二十年來，附近那樣的房子變多了，老闆不禁嘆氣。

「岩鄉報告」裡沒有池田老師的訪談，大概是親友名單中不小心漏掉。

搭公車來到成城學園前站。車站大樓裡，開設好幾種藝文相關的教室，「池田老師」恰巧在裡頭休息。

「志緒利小姐？我當然記得。那場媒體騷動我到死都忘不掉。幸好，當時志緒利小姐已離開我們教室二年，沒人來採訪。」

她語氣優雅，卻話中帶刺。要有多年功力才能這麼說話。

「志緒利小姐對插花不感興趣，是母親要她來，她才不甘不願地來上課。爲了準備結婚，包括插花、茶道，她什麼都學，卻根本不投入，恐怕不像母親說的那麼想結婚。她母親拜託我，如果有好對象務必幫忙介紹，但本人的心在別的地方。」

池田老師一臉不在乎，優雅銜起吸管。她喝的是加鮮奶油、香料，一堆有的沒的冰咖啡。

「『別的地方』是指……？」

「別的地方就是別的地方啊。以我的立場，怎麼好多說什麼呢。更何況，那時大久保先生家裡八成也鬧得雞犬不寧，如今事過境遷，爲以前的事再起風波不太好。」

「大久保先生？」

「哦，這一帶提起大久保先生，當然就是大久保義式餐廳的主廚。大久保主廚的烹飪教室，以前深受女性朋友喜愛。二十年前主廚正値盛年，蘆原家的千金也意外受到異性歡迎。」

「您的意思是……」

「哎呀，我可是什麼都不知道。不過，既然當母親的是未婚媽媽，女兒走上相同的路也不足爲奇，畢竟愛情多麼美妙。話雖如此，我們還是要給其他學生一個交代，便請她不要再來我們教室。」

「當時，大家都曉得這件事嗎？」

「不清楚。主廚夫人的祖先代代都住這一帶，開店的費用約莫也是娘家出的。她派頭大得很，最討厭不入流的閒話，我想不會有太多人知道。」

啊，休息時間快結束了，不好意思……池田老師用這句話打發我離開，我懷著難以置信的心情步出車站大樓。

二十年前的「岩鄉報告」裡，在志緒利的人際關係方面毫無線索，這次我打算從母親的人際關係著手，居然湊巧矇到。要是平常訪問的對象都肯知無不言就好了。這也是「葉村晶的幸運」嗎？或者，是最愛興風作浪的狐妖戲弄我？

搭從神戶屋前開往澀谷的公車，在第三站下車，走十幾公尺就抵達「大久保義式餐廳」。然而，餐廳只在三層建築的樓梯旁掛上名信片大小的招牌，我看著街景完全沒注意到，在門前來來回回走好幾趟。以前像銀座或青山這種地方，在人來人往的主要街道上掛出明顯的招牌，才能證明是一流的店。這年頭，在不起眼的地方悄悄開店，僅憑常客和口碑做生意的店才算一流。

看來，二樓是餐廳，三樓是烹飪教室。午餐是十一點半開始，現在是十點半，通常主廚應該已在店裡。

向他施加一點壓力吧。我爬上二樓，出現一道辦公室常用的灰門，貼著名片大小的紙，寫著「大久保義式餐廳」。果然只有常客才會出入這裡，我一開門，傳來如雷貫耳的叱罵。

「你腦袋有病啊？這種爛青菜定這什麼價錢！有機有機，說得多了不起，這年頭的菜不都是有機的？」

我嚇一跳，探頭一看，只見一個穿白色廚師服、繫頭巾，留著滿臉鬍鬚，完全是標準廚師模樣的人，拿著青菜破口大罵。推測六十五歲左右，小腹突出，是頑固職人風格。

這麼講可能不太妥當，但在老派的我眼中，主廚和醫生有鮪魚肚才能放心。話雖如此，一想到曾經「深受女性喜愛」的主廚，如今竟是這副德性，不免教人感傷。

「又要砍價嗎？別鬧了，多的是想要我們菜的店。上個月的款項，也是這樣雞蛋裡挑骨頭沒付，我可是心知肚明。」

曬得黝黑的四十幾歲男子反駁道。現在才四月，他已穿短袖T恤，背後印著大大的「I LOVE世田谷蔬菜」的字樣。

一個年輕廚師出來阻止主廚，主廚甩開他，大呼小叫。聲音雖大，卻有些欲振乏力。

「大久保先生，太太把你的錢管得死死的，你想出去花天酒地，我能理解。可是，拜託別把算盤打到我們身上。請按當初的合約付款，否則從明天起，不，從今天起，我們不再提供蔬菜。順便公開澄清，你們常拿外面超市的菜裝成是我們種的，宣稱是本地有機蔬菜的事。」

「怎麼，你想威脅我？」

「不要說得這麼難聽，是你在威脅我吧。」

「住口！」

雙方終於動手，我關上門逃走。

我在樓梯下等待。不到五分鐘，穿「I LOVE世田谷蔬菜」T恤的男子衝出來，開著停在附近的小貨車離去。激動不已的「大久保先生」奔下樓，朝遭紅燈攔下的小貨車大喊大叫，真是一場好戲。別的車都減速行駛看戲。

小貨車不見蹤影，主廚的激動終於平息。待他回過神，喘著氣要回店裡時，我出聲叫喚。

「請問是大久保主廚嗎？」

「妳是誰？」

我迅速解釋，遞出名片。一搬出蘆原志緒利的名字，大久保的臉色驟變。

「妳想討罵嗎？多少年前的事了，我哪知道。」

他匆匆走向樓梯。我揚聲問：

「有人恐嚇你，不准你說嗎？」

「……什麼意思？」

「比方，山本先生之類的。」

主廚停下腳步，一張臉脹得通紅，握緊拳頭，顯然是我說中了。同時，我察覺自身的危險。依目前的狀況，他輕輕一推就能讓我受重傷。

「我有個提議，如果您能提供資料，我會回報一點謝禮。」

主廚眨了眨眼，「謝禮？」

「三萬圓如何？」

錢都是老婆在管，這一點似乎不假。主廚視線游移，眼睛眨得益發厲害。

「眞的可以拿到三萬圓？」

「當然。只要您談談二十年前的往事，就能拿到三萬圓。」

一強調「二十年前」，主廚的肩膀明顯放鬆。

「我要準備開店，二點左右好嗎？」

我沒異議，約定地點便離開。

由於有一段空檔，我決定走回車站，邊聯絡櫻井。

「資料我收到了。不好意思，我這邊沒什麼進展。只查出一點，就是石倉花已死。」

「好慘。所以，她是被殺？」

「在法律上似乎不算。她在昏迷中拖了三年又七個月才斷氣，就案子來說，是殺人未遂。當然，如果打官司，被害者死亡對判決影響甚大，可是凶手還沒抓到。」

「不是討債的人嗎？」

「警方查過，他們都有不在場證明。石倉達也借錢的對象以熟人爲主，幾乎沒找金融業者。只有一筆是找有掛牌的金融業，但那裡不會找惡質的人上門討債。況且，從凶器的電線上找到疑似凶手的部分指紋，卻沒人吻合。」

「所以，案子沒破？」

「沒錯。只是，聽負責辦案子的刑警說，她老爸石倉達也……」

「怎麼？」

「堅稱是蘆原吹雪幹的。」

「蘆原吹雪幹的？意思是，蘆原吹雪是凶手？」

「對。」

這得仔細問清楚。不曉得和志緒利的失蹤有什麼關聯，但必須與石倉達也見面，直接問他。

「這是我和負責刑警談過的直覺。石倉達也會這樣鬧，是想向蘆原吹雪拿錢。鬧了一陣，最後蘆原吹雪幫他出女兒的住院費。不過，那筆錢沒有經過石倉的手，直接付給醫院。所以，石倉吵著要精神賠償，闖進蘆原家，甚至驚動警察上門。」

「警方爲石倉花的案子調查過蘆原吹雪嗎？」

「唔……負責人是說調查過，到底有沒有仔細調查很難講。」

「這也是櫻井先生的直覺？」

「對。關於偷懶打混這檔事，我是嚴以待人，寬以律己。」

櫻井表示，正在努力調查幫傭和奶媽。看來沒在摸魚，但一問起山本博喜的聯絡方式，他的語氣十分嚴肅。

「一點眉目都沒有，不過我打聽出他是什麼人。我詢問認識的前政治新聞記者，指出他是相馬大門的祕書。」

「哦，這……」

原本想說「我知道」，但櫻井打斷我，繼續道：

「而且，在那段期間，山本博喜被稱爲相馬大門的財務長。」

13

「山本博喜，眞是令人懷念的名字。」

前政治新聞記者大野說著，假牙喀喀有聲。

我表示想見那位記者，櫻井立刻告訴我聯絡方式。電話一接通，他回覆在澀谷，可以一起吃午飯。無論時間或距離，對我都是極好的提議，但一到他指定的餐廳，我才恍然大悟。那是知名高級日本料理的分店，門口可沒放午餐菜單那種平民化的東西。

不愧是曾任一流報紙的政治新聞記者。這場訪談，會多可怕？

然而，一切都是杞人憂天。大野一頭白髮全往後梳得服服貼貼，穿著馬球衫，笑說年過七十實在吃不了多少，選擇價格較低的便當。

「當記者時，往往一大早就喝啤酒、吃牛排，畢竟還年輕。如今一吃便想睡，我們趕快談一談吧。妳要問山本博喜的事？」

「您是相馬大門的專屬記者嗎？」

「這樣講不太好聽，請說是負責採訪。」大野一笑，「不過，有段時間眞的算是專屬。相馬大門是個毀譽參半的人物，但這位老爹的活力實在非比尋常。追他的新聞時，根本沒辦法分心。而且，老爹擅長籠絡別人，連我都不知不覺站在他那邊，實在深諳如何捧人、如何鼓動人心。明知他在給我戴高帽子，可是人嘛，聽到好話總是舒服的。」

大野喝一口送上來的茶，拿濕毛巾擦擦嘴角。

「傳聞相馬大門有『喬王』之稱？」

「沒錯。老爹和大型市銀的高層一向交情匪淺，我還看過銀行的副總經理被叫來下跪。地產商和大型承包商的相關人士，也頻繁拜訪相馬大門。然而，他的權力有沒有坊間傳說的那麼大，我抱持懷疑。相馬老爹很想當上總理大臣，也有過好幾次機會，每次都撒出不少錢，卻都沒當成。有一次他喝醉，心情沮喪，不禁發起牢騷，說人人只曉得求他幫忙，拿了錢就裝成什麼都不知道。」

「幫他管錢的，就是山本博喜？」

「是的。當時泡沫經濟正要開始，幫老爹管錢的人觸犯《外匯法》，遭東京地檢特搜部逮捕。特搜部盯上的當然是老爹，但在查到老爹前，主掌辦案的支倉檢察官遇到肇逃車禍，案子不了了之。經過這件事，相馬大門被說成惡勢力的化身。半年後逮捕的肇逃犯，是個女大學生。酒駕撞上慢跑中的檢察官，她害怕得逃跑，跟陰謀八竿子打不著邊。」

便當送上來，但大野連蓋子都沒打開，繼續道：

「可是，在抓到肇逃犯之前的那半年，臆測滿天飛。正義的檢察官一死，『喬王』便逃過一劫，這麼一來，人人都會加油添醋。」

「眞的沒有陰謀嗎？」

「車禍當時，老爹正握有成爲總理的機會。如果眞要殺人再布置成意外，會更早叫人出來自首。老爹的惡勢力形象，就是經過那件事才深植人心。」

「那麼，在那之後，山本博喜就開始爲相馬大門管錢？」

大野的談話內容固然有趣，但總不能一直偏離主題。我決定在便當附的湯冷掉前，讓話題有點進展。

「對。妳知道山本當過蘆原吹雪的經紀人吧？」

「知道。」

「相馬老爹像疼女兒一樣疼吹雪女士。愛屋及烏，也十分喜歡山本。他腦筋靈光，膽量很大。最重要的是，老爹對吹雪女士心醉神迷。一九七〇年吹雪女士隱退，山本博喜便成爲相馬大門的私人祕書。之後，老爹的人脈和金流一部分開始流經蘆原家。我去過成城八丁目的豪宅，從位於柿木坂的相馬家開車要不了多久，而且受邀到女明星家，感覺實在不賴。被叫到祕密別墅，在老爹身邊那群人眼中，是一種地位的象徵。更不用說，還有風韻猶存的女明星盛裝打扮來款待。」

「您知道蘆原吹雪私生女的事嗎？」

「那是公開的祕密。只是，志緒利小姐多半不是相馬大門的女兒。」大野相當篤定。

「您爲什麼會這麼想？」

「蘆原吹雪不是老爹喜歡的類型。她本來是反串男性，個子又高又苗條吧？老爹喜歡的是所謂的transtor gramour。這種說法，像妳這麼年輕的人聽得懂嗎？」

「指嬌小豐滿的女性，是嗎？」

「夫人也是這樣。麻布的二房，及老爹追求過的幾個銀座的女子，全是這種類型。」

原來如此，但畢竟是男人與女人，難免會有例外。

我這麼一說，大野頭一偏，應道：

「就算是吧，相馬老爹應該會認志緒利這個孩子。如果眞心想瞞，就不會帶著夫人到吹雪女士家玩了。」

我找出手機裡的那張合照，大野看著點點頭：

「對，穿和服的就是信子夫人。老爹隱退後，鞭策激勵兒子相馬和明勉力成爲獨當一面政治家的，便是這位夫人。相馬和明的老婆是大承包商的女兒，這樁親事提升老爹的地位，但這個媳婦是千金小姐出身，最討厭向別人低頭。選舉期間，她照樣到巴黎血拼購物，要是沒有信子夫人，相馬和明早就從政治舞台上消失。」

「信子夫人也是吹雪女士的金主之一嗎？」

「不如說，信子夫人才是歌劇團的忠實影迷。據說老爹當吹雪女士的後援會長，是應信子夫人的要求。老爹雖然花名在外，其實十分懼內。而且，妳也知道，老爹隱退前一年志緒利小姐失蹤，媒體不是炒作私生女的事炒得很凶嗎？策動那場騷動的，就是當時老爹的第一祕書，一個姓柠林的男人。」

聽他直接道出，我心頭一驚。說什麼消息是岩鄉克仁走漏的，果然是瞞天大謊。

「原來是這樣。可是，他怎麼會……？」

「爲了搶老爹的位子啊。本來，老爹的地盤幾乎確定要由柠林接手，不料最後關頭，趨勢卻往兒子和明繼承的方向走。柠林自然不是滋味，才打出截斷後方補給的戰略。」

「意思是，引導媒體將焦點放在蘆原吹雪身上，以阻擋蘆原邸的金流？」

「答對了。柠林躲在幕後，除了老爹，還向媒體放出好幾個志緒利小姐的父親人選，意外把話題炒翻天，做得實在太過火。要是金流遭揭底，不要提銀行，連地產商、承包商都會倒大楣，這麼一來，柠林根本達不到目的。所以，他非常著急，爲了滅火，反過來打出一個冒牌父親，要他去上八卦節目，一口氣收掉整件事。」

哦，私生女騷動背後果然有陰謀，但——

「不好意思，請問大野先生怎麼知道這些內幕？吹雪女士似乎以爲那次騷動是別人搞的鬼。」

大野得意一笑，「別看我這副德性，當年可是個優秀的記者。我擅長蒐集資料。而且，那個八卦節目的製作人，因爲這件事遭到處分後，被調到其他公司，不過T電視台跟我們報社屬於同一集團，我之前就認識他。一問之下，安排冒牌貨上節目的人和柠林同鄉，是他的手下。我向雜誌社那邊打聽消息來源，也是同一個人。這樣事情不就明白了嗎？」

「大野先生，這件事您告訴過相馬大門嗎？」

大野笑出一個酒窩，偏了偏頭。

他告訴相馬大門了。

「鬧出私生女騷動時，志緒利小姐已失蹤。您認為此事柠林祕書也脫不了關係嗎？」

「這就難講了。只是，不管是吹雪女士或老爹，感覺都不怎麼擔心。吹雪女士可能吃過不少未婚生女的苦頭，一心希望志緒利小姐能有幸福的婚姻。據說志緒利小姐厭煩到極點，母女之間有吵不完的架。志緒利小姐手上有一大筆錢，老爹也拿她沒轍，以為她大概是去哪裡逍遙。」

不知為何，一提到志緒利失蹤，話題總會模糊掉。

「話說回來，相馬大門為什麼決定在那個時期隱退？難不成志緒利小姐的失蹤也是原因之一？」

「隱退的原因嗎？志緒利小姐失蹤後，老爹愈來愈瘦，人人都懷疑他生病。所以，當老爹公開表明要隱退時，大家自然而然就接受了。」

和志緒利的失蹤無關嗎？可是——

「大野先生知道岩鄉克仁嗎？他是志緒利小姐失蹤一個月後，吹雪女士為了尋找女兒的下落聘請的偵探。」

「吹雪女士請偵探？我倒是沒聽說過。」

大野似乎真的十分詫異。

我不想聽退休人士大談當年勇，但內幕則多多益善。而且，我希望他儘量談志緒利。看來一時三刻無法結束，我提議「邊吃邊聊吧」，大野點點頭，掰開筷子。

我們邊閒聊邊慢慢品味便當。便當裡裝滿竹筍飯、生吻仔魚、款冬、海瓜子、艾草丸子等春季當令食材，果然美味。但大概是假牙的關係，大野吃得頗辛苦。我心想這樣很難聊下去，但他吃一半左右就停筷，要來一杯水。

「我把腎臟搞壞了，血壓也相當高，平常只能吃六分飽。由於能吃的有限，既然要吃就要美味的。沒能吃完，抱歉啊。」

接著，他拿出藥放在桌上，一顆顆吞下去。如今一副慈祥老先生的模樣，當年他可是爭權逐利的記者，和政治家並肩活躍政壇，並引以爲樂。雖然是記者裡的老鼠屎，但一起吃著藥，不由得產生同病相憐的親近感。

「您一直當記者到什麼時候呢？」

「就到相馬老爹引退。所有人都當我是相馬派，認爲我根本遭相馬洗腦。因此，老爹不在後，我到哪裡都被嫌棄，也不能待在總社，只好聽從指示調到北海道上班。於是，我抱定每一分退休金都要拿到的打算，待到屆齡退休……啊，對了。」

大野表情突然嚴肅起來，繼續道：

「確定調動後，我和山本博喜喝過一次酒。約莫是九五年的秋天吧。我問他，有志緒利小姐的消息了嗎？山本狠狠瞪我一眼，說忘掉她對每個人都好。」

「忘掉她嗎？」

這是什麼意思？

「以前有幾門親事找上正值適婚期的志緒利小姐。只是我聽說，凡是和相馬大門有關的親事，吹雪女士完全不考慮。」

「爲什麼？」

「我也不清楚。吹雪女士十分尊敬老爹，就算被人說成是大門權力軍團的武則天，仍爲相馬老爹盡心盡力。然而，待在那個世界，不得不目睹政治家的盛衰起伏。想想她娘家那些親兄弟，因財閥解散瞬間沒落，僅剩自尊比天高，難怪她不願靠老爹牽線嫁女兒。俗話說『樹倒猢猻散』，領頭的人倒下，如果只是失勢還好，但要是爲此離婚、遭受欺負呢？她總不希望女兒遇上這種狀況吧。」

「會不會是這些親事中，有志緒利小姐屬意的對象，卻在吹雪女士的反對下告吹？」

「沒錯。」

「對象是誰？」

大野直盯著我，「這要請妳直接去問吹雪女士，她應該記得。」

裝假牙的嘴說得含糊不清，卻也表明不想透露的意思。

瞬間，一陣強烈的徒勞感襲來。沒錯，一直以來我調查的事，絕大部分問蘆原吹雪即可。岩鄉的事除外，那百分之百是蘆原吹雪的誤會……剛這麼想，又覺得不能如此武斷。或許不是這樣。或許吹雪將那場騷動怪在岩鄉身上是有原因的。

我想到調布東警署的澀澤漣治。要是得知私生女騷動有內幕，他會怎麼想？人生竟然被這些人改變，他會不會更生氣、更受傷？

「我想確認一下，」打起精神，我繼續問：「山本博喜說，最好忘掉志緒利小姐，是不是代表他曉得志緒利小姐在哪裡？」

「也許吧。」

不曉得是不是我想太多，大野有些坐立不安，可能是覺得說太多。爲了避免蘆原吹雪不願告知，我希望先對志緒利心儀的相親對象有更多瞭解。我從手機找出志緒利在皇家好萊塢大飯店見的男子畫像，拿給大野看。

「最後想請教，您認得這個人嗎？」

大野從胸前口袋取出老花眼鏡，看著手機。從他的肩膀，看得出緊張已解除。

「認得。這不是和明嗎？」

「和明……相馬大門的公子？」

「是啊。」

他自行操作我的手機，找出相馬和明的網站。畫面上出現一個頭綁毛巾，看似在發表競選演說的男子照片。

眼睛小、鼻孔朝天，粗硬的頭髮橫戳直豎的「清新」政治家的臉。

跟人像畫確實很相似。

14

告別大野記者，我尋找能靜下心打電話的地方。如果在人車雜沓中電話照打不誤、邊走路邊滑手機是這個時代的必備技能，我會認眞懷疑自己是不是不適合二十一世紀的都市生活。四周亂糟糟，打個電話都有困難。

澀谷車站前當然不會有安靜的地方。沒辦法，我只好前往大久保主廚指定的碰面地點，東京農大前的複合式餐廳。午餐時間早就過了，但店裡客人依然很多。由於還有一點時間，我走到馬事公苑，坐在長椅上，撥打櫻井幫忙查到的「受處分的T電視台製作人」電話。

那名製作人聽到蘆原吹雪，態度十分不友善。但我一搬出大野記者的名字，他儘管百般不願，仍證實大野的話。對，陷害我的就是相馬大門的第一祕書杼林。我怎麼知道的？那傢伙被逐出大門軍團潦倒落魄時，我請他喝酒，全問出來了。那個混帳，連我的名字、長相都不記得。不過，據說他最近跟上野的遊民混在一起。活該。

以上證詞不時穿插不雅用語，萬一要公開播出，一定會「嗶」聲連連，熱鬧得像正值繁殖期的燕子窩吧。

回到複合式餐廳，裡面空得彷彿剛剛的人潮是一場夢。向服務生解釋我要等人，能否安排最顯眼的桌位時，大久保主廚出現，於是反過來要求最不引人注目的位子。大久保主廚摘下頭巾，改戴皮質獵帽、太陽眼鏡，夏威夷襯衫上套皮外套，抖著腿斜睨四方。乍看之下，一副只想出風頭的樣子，卻聽他以低到幾乎聽不到的音量解釋：

「不方便被認識的人看到。」

最後我們在一個小角落坐定，大久保小聲點了漢堡排定食，縮著身子，雙手不安地搓動。

跟我談話被看到也就算了，以他的職業，遭人目睹在複合式餐廳吃漢堡排定食才更不妙吧，但這不重要。我開口問：

「聽說您和蘆原志緒利小姐交往過？」

「妳聽誰說的？反正還不是開口閉口『我們家族好幾代以前就是在成城，可不是半路發跡的暴發戶』的那些臭老太婆。經過二十年我才說，但妳不能讓第三個人知道。女人最會記恨，老婆至今還會翻舊帳。」

大久保反覆強調不能告訴任何人，還沒進入正題，漢堡排定食就送上桌。

「聽說大久保主廚年輕時桃花很旺。」

我決定換個角度發動攻擊。主廚翹起小指握住叉子，以口就叉吃著漢堡排，頓時拿餐巾紙抹抹嘴角，哼一聲。

「沒錯。人們把我說得像花心大蘿蔔，其實是女人不放過我。我心軟，人家積極倒追，就狠不下心拒絕。而且，女人啊，一開始明明約定偶爾見面，卻往往馬上改口，說什麼想永遠在一起、何時要和太太離婚，搞得很麻煩。」

「志緒利小姐也是這樣嗎？」

「她倒沒有。怎麼說，很中立？」

「意思是……？」

「就是『都可以』的感覺，她從頭到尾都是這樣。當初是她倒追我，下課後，我在收拾東西，她說忘記拿東西又折回來。一雙水汪汪的眼睛瞅著我，一邊貼過來。坦白講，她不是我的菜，不過總是個水嫩嫩的年輕女孩。我不是石頭，但她畢竟是學生，我一罵，她就應聲『是嗎』，轉身離開。這種情況發生好幾次，我漸漸被她搞得上火……啊，在神聖的廚房幹那種事，我發誓那是第一次，也是最後一次。」

沒人問你這麼多。

「您和志緒利小姐的交往持續多久？」

「說是交往，也只是肉體關係，大概二個月吧。有一次玩得太過火，在我脖子上留下傷痕，被老婆發現就結束了。我的餐廳、教室和房子，全是老婆娘家出的錢，所以她很有自信，稍微偷吃她都不為所動。可是，不管財力或權力，蘆原家都比她娘家多不止十倍。老婆如此抓狂，至今只有那一次。」

「您和志緒利小姐，是九二年左右在一起的吧？」

「是嗎？我不記得了，大概吧。」

「她有沒有和您談起私事？」

「志緒利嗎？其實也不是談……純粹是我的感覺。」

大久保吃得乾乾淨淨，折起餐巾紙放在盤子上。

「之前她似乎嚴重失戀，才會自暴自棄做出那種舉動。因為她經驗沒多豐富，卻放得很開。坦白講，交往到一半我差點應付不來，所以老婆發現時，我反倒鬆一口氣。我說要結束關係，她也是應聲『是嗎』，爽快分手，再也沒來上課。」

「那麼，您和志緒利小姐就沒有再聯絡嗎？」

「嗯……」

大久保的視線游移。他老婆眞可憐，偷吃就偷吃，至少要把嘴巴擦乾淨啊，這人未免太好懂。

「您什麼時候又和她碰面？」

「那個啊，我跟妳說……」

大久保額頭冒出冷汗，我想起他聽到「山本博喜」這個名字時的反應。

「山本博喜恐嚇您絕對不准洩漏這件事嗎？」

大久保拿手帕擦擦臉。

「也不是恐嚇啦。只是在電話裡告訴我，最好忘了她。」

「那通電話是何時打的？」

「這我怎麼說得上來……」

「是分手後重逢之前，還是之後？」

「之後。」

果然，志緒利的失蹤和山本博喜有關。

我的臉大概垮了下來，大久保由下而上窺探我的神色。

「妳千萬別誤會，我根本沒那個意思，算是擦槍走火吧。碰巧兩人獨處，才會那樣。那是最後一次，後來眞的沒見面。」

「那是什麼時候？」

「分手兩、三年後的夏天。」

「這麼說，是九四年的七月或八月？」

「大概吧。」

「確定是九四年嗎？」

我不禁強硬起來。大久保一震，搓搓手。

「嗯，不是九三年。九三年夏天我去義大利。九五年又是大地震又是奧姆眞理教，鬧得不可開交不是嗎？所以，只能是九四年。那年夏天好熱。」

「你們在哪裡碰面？」

話一出口才發現太衝，我暗叫糟糕，大久保卻老實回答：

「那似乎叫『作框式工法』吧？在一間牆壁很薄的公寓，沒有冷氣，可是總不能把窗戶整個打開，我以爲會熱死。啊，眞的是巧合。我去朋友家回來，還沒走到車站，她就迎面走來。我們都吃了一驚，等我回過神，她已拉我進屋。」

公寓。

我的膝蓋微微發抖。搞不好，這是查出志緒利去向的有力線索。

我握緊拳頭壓抑激動的情緒，緩緩吐氣。大久保怯怯喝水，抬眼看我。此時，我終於明白。這男人外表狂野，實際上他對「世田谷蔬菜」的人態度也非常粗暴，但在女性關係方面，反倒喜歡被嚴厲對待。跟志緒利歡愛，會在脖子上留下傷痕，想必是此一緣故。

早知道就穿細高跟鞋，我盡力裝出最冰冷的語氣：

「是哪裡的公寓？」

「就是那個……高圓寺……」

「高圓寺哪裡？說清楚。」

大久保一臉哭相，一改之前隨便的語氣，恭恭敬敬說明公寓的地點。

一小時後，我來到高圓寺。學生時代有朋友住在這裡，偶爾我會來找朋友過夜。熱鬧的長長商店街、口袋空空的年輕人、東南亞異國小館、家飾雜貨店，整體氣氛和當時沒什麼差別。

話雖如此，整條街仍歷經盛衰枯榮。看到以前去過的店會覺得穿越時空，曾和朋友常去的居酒屋卻變成藥妝店。飄散著濃烈印度香料味的一角和以前一模一樣，但也有整整小我一輪的年輕人開起小店，販賣自製的小東西、甜點和麵包。

我緩緩沿著大久保主廚奮力想起的路徑走去。一開始，他不願花力氣思索，推託二十年前的事不太記得，不過在我冷酷的逼問下，他的記憶很快復甦。

儘管只見過那麼一次，但後來每次去朋友家，我都會故意行經她住的公寓。可是，過了三個月再去，那邊住著別人，她已不在。而且，五年前偶然經過時，公寓整棟拆除。我沒騙妳。

是二樓正中央那間，我在那裡沖過澡。

公寓裡的樣子嗎？一片空蕩蕩，只有被褥和一個黃色行李箱。衣服掛在門框上，似乎有個茶壺，沒有冰箱……嗯，沒有。

大久保扭扭捏捏地拿出手機，找出街景說：「啊，就是這一帶，公寓就在獨棟房子隔壁。」在這一點上，大久保幫了我的忙。不過，他似乎非常中意我冷酷的態度，最後竟拿出我的名片，讚嘆：「妳叫晶啊，好美的名字。下次什麼時候來找我？若不嫌棄，要不要到我的餐廳？我會爲晶用心做出美味的料理。」

等我想到就會跟你聯絡，我丟出一句，抽回名片。接著，把裝三萬圓的信封給他，在傳票上留下我的飲料錢，以最快的速度離開複合式餐廳。

冷冷追問便如此配合，這樣的訪問對象眞是不可多得。讓他舔舔鞋子，搞不好能省下三萬圓。可是，再折騰我的身體，肋骨恐怕會直接斷掉。

我邊看地圖邊找，很快發現目的地隔壁的獨棟房子。印著「犬」的貼紙一連貼了五張，屋裡傳出陣陣狗叫。

大久保想不起志緒利住過的公寓名稱。那個地點擠著建商先建後賣的四棟房子。

依外觀和大久保的敘述推測，屋齡應該是五年左右。位於東京二十三區內，中央線沿線，距離車站步行十五分鐘。從外表看來是小到不能再小的住宅，但恐怕要價超過四千萬圓。別人怎麼花錢我無意批評，但換成是我，絕對不會買。擔心將來年紀大，沒人肯把房子租給我，我打算買房子。只是，我沒勇氣冒險買下這裡。

其中一名冒險家帶著孩子，提著購物袋回來。我調整語氣，叮囑自己千萬不能一個不小心回到冷冰冰的口吻，主動上前攀談。不好意思，我想打聽以前蓋在這個地方的公寓的事，請問您知不知道？

「哦，妳是說路易宮殿大樓啊。」

冒險家主婦不假思索地回答。太過意外，害我絆了一下。

「路易……？」

「路易宮殿大樓，很誇張的名稱吧？我從小就住在附近，對這一帶很熟。小時候就覺得，怎麼會有人給小小雙層木造公寓取這種名字啊。」

今天運氣簡直好到懷疑是神明顯靈，我湊近一點問：

「那麼，您認不認識房東或房仲？」

「房東往生了。」主婦哄著不耐煩開始吵鬧的孩子，繼續道：「所以，本來住得很遠的女兒處理掉公寓和自宅，向M銀行貸款蓋了這些房子來賣。之前公寓的房仲，呃，應該是大貫不動產吧。就在車站前，啊，是丸之內線的新高圓寺車站。」

我再三道謝，往南走到新高圓寺。車站前的確有大貫不動產的招牌，但鐵門拉下來。蒙塵的鐵門中央貼著一張紙，直截了當寫著「本店歇業　大貫不動產」。紙泛黃，字跡也變淡了。

我在四周巡視一番，沒發現值得注意的地方。建築物本身是早年一樓店鋪、二樓住家的形式，但店門旁的信箱以膠帶封住，二樓也看不出有人的樣子。連建築物看來也有些傾斜。

「葉村晶的好運」用盡了嗎？

時間超過四點。白天比冬天長，相較於剛進入這一週的日子，吹起東南風的今天更暖和，但接下來氣溫一定會往下掉。我突然覺得十分疲憊，眞想回家倒在床上。

我甩甩頭。即使生病和受傷導致體力大減，可是現在才四點。既然來到這裡，得多加把勁。

新高圓寺車站緊臨青梅街道，四周便利商店和速食店特別多。我隨意走進一家便利商店，買一組牙刷牙膏找開萬圓鈔。這樣就算吃大蒜也可稍稍安心。

我將三張千圓鈔對折再對折，放進包包外側口袋，好方便拿取。我在附近晃一圈，尋找看起來較有歷史的店，進去打聽消息。造訪十幾家店，沒有一家熟悉大貫不動產。甚至有人反問：咦，收起來了嗎？爲什麼？

快要放棄時，我走到一家澡堂，坐櫃檯的是有如畫裡走出的老婆婆。駝背，眨著睜不開的眼睛，彷彿從上個世紀初就一直坐在那裡。膝上雖抱著一隻貓，但我想她並沒有征服世界的野心。

起初她大概以爲我是客人，態度還算親切，一得知我不是，耳朵立馬重聽。我將準備好的千圓鈔拿出來，放在她看得到的地方。只見她的眼睛驟然睜大，聽覺重生。

「大貫不動產的老闆？今年二月去世啦，聽說是心臟的問題。在一個下大雪的日子，出門在外倒下後就沒再睜眼。他的體型像信樂燒的碰碰狸，病發沒人感到吃驚。他家裡的熱水器故障，放了七年都沒修，所以他每天都來。」

「誰很清楚大貫先生的工作，妳知道嗎？」

婆婆乾咳兩聲，眼睛縮進皺紋裡。我又把一張千圓鈔往前推，她的眼睛再度張開，鈔票消失在三毛貓肚子底下。

「那就要找和田啦。她在大貫不動產做了五十年，老公跑掉，一個女人養大三個孩子。大貫不動產等於是靠和田撐下來，碰碰狸老闆人很好，但也就是人好而已。房客和房東起糾紛，他不知所措，全是和田搞定。」

「我想與和田女士聯絡。」

婆婆的眼睛再度縮進皺紋裡。我又取出一張千圓鈔，推過去。

「我不知道和田的住址。她就住在附近一間沒有浴室的公寓，所以每天都會來我們這裡。妳等著，總會見到她。大貫不動產收了，和田根據碰碰狸的遺書領到一筆退休金，卻被得她老公好吃懶做真傳的兒子全部捲走。」說到這裡，婆婆壓低音量，「和田現在啊，在做夜裡的營生。」

「……和田女士多大年紀？」

「她說八歲之前住在下町那邊，遭空襲燒毀後，才搬來高圓寺，算算應該是七十七歲。哎喲，跟我只差三歲。」

高齡化社會真是到達顛峰了。但願我七十七歲時，還有偵探的工作可接。夜裡的營生我實在沒辦法。

「我可以在這裡等和田女士嗎？」

「我們這裡可是澡堂啊。」

語畢，婆婆的眼睛第三度消失。無奈之下，我付了入浴費，買一套包括毛巾、洗潤髮乳、潔顏慕絲等用品。三張千圓鈔沒了，我看錯人，原來婆婆的目標就是征服世界。

好久沒在大浴池泡澡，實在舒服。白天洗澡格外享受，除了必須穿回剛才還在身上的內衣，簡直是通體舒暢。

明天起，包包裡得多放一套內衣褲。明明是必要裝備，我居然沒帶就出門。休息一段時間沒當偵探，整個人就不靈光。

用澡堂的吹風機時，櫃檯婆婆大聲招呼：

「和田啊，歡迎歡迎。」

「和田女士」是個膚色黝黑、精明幹練的婦人，實在不像七十七歲。可是，也不像陪酒賣笑的，反倒更像學校的老師。

我一直投零錢坐按摩機，等她洗完澡出來。泡澡放鬆的肌肉，經過按摩，舒服得不得了。可能是時間還早，沒有其他客人。我忍不住發出喔喔喔之類的怪叫。

很早來的和田女士十分鐘洗好澡。等她坐在椅子上吹電扇時，我才靠過去，取出名片解釋原由。

「這個二十年前離家出走的女兒，曾在大貫不動產管理的物件出入。公寓叫『路易宮殿大樓』，她住的是二樓中央那一間。」

默默聽我解釋的和田女士，忽然重重點頭：

「我記得那棟公寓，是房東在退休那年，用退休金蓋的。約莫是昭和五十七年（一九八二）吧，當時附衛浴的單人套房很少，就算有，租金也非常高。『路易宮殿大樓』的租屋有淋浴間，房租比有澡盆的便宜，相當受女性喜愛。一有空房，馬上有人租。一九九四年，那是平成幾年？」

「平成六年。」

「那資料可能還在店裡。」

「有資料啊？」

「全部直接堆著沒處理。逝世的大貫社長沒有親人，話雖如此，我只是個員工，不能自作主張去處理。」

「方便幫忙查一下那份資料嗎？抱歉，這麼麻煩您，我會送上謝禮的。」

和田女士微微皺起眉，「意思是，要我拿個人資料來賣錢？」

哇，果然是老師型的人。我趕緊解釋：

「如果冒犯您，我向您道歉。委託人留了一點錢給我，如果有人替她實現見女兒最後一面的願望，希望我能代她聊表心意。假如您願意收下，我想委託人也會感到欣慰。」

「妳眞會說話。」和田女士一副受不了的表情，「好吧。一個命不長久的母親，想見二十年音訊全無的女兒一面。姑且不論謝禮，這教人怎能不盡點心？」

今天我得去工作，要查必須等明天了——和田女士說道。交換電話後，我離開澡堂。

15

我返回高圓寺車站，來到吉祥寺。在ATRE百貨公司裡新開的雜貨店，買放得下鈔票的長信封裝謝禮。信封上印著富士山的畫。我順便在無印良品添購內衣、襪子和旅行用的毛巾，及收納這些東西的壓縮袋。雖然不能說浪費，但也挺奢侈。因為我住處的壁櫃裡，應該有類似的用品。

儘管奢侈，但坦白講，我喜歡新事物。雖然愛看雜誌常刊的「只買好東西，妥善保養，長久愛惜」之類的文章，但我絕對沒辦法過那樣的生活。我就是會忽然想要新東西，看到便宜忍不住就會買，所以沒錢買昂貴的東西，也不環保。

包謝禮的信封積存很多，把不要的給室友們看看，問她們要不要吧。我邊想邊搭公車回仙川。跟倉嶋舞美約定的七點就快到了。我們約的是飯後，但已來不及。

中午吃過好料的，晚上想隨便解決，我在京王商店買冷凍茄汁義大利麵和早餐要吃的麵包。趕到車站唯一的出口時，從頭到腳打扮得完美無瑕的倉嶋舞美早就等在那裡。她手上的包包是名牌，要價數十萬，手表更貴。原來中堅建設公司的ＯＬ薪水這麼優沃啊。是年過四十仍持續工作，加上未婚，所以經濟寬裕嗎？或者，是家裡有錢？在東京生活最花錢的就是房租，光是住在家裡，便能省下大筆開銷。

無論如何，我不相信這麼有錢的大小姐，會看上我們那破爛分租屋，根本是浪費時間。

她完全沒發現我的心情，盈盈一笑，舉起紙袋。

「這是在麻布十番買的起司蛋糕，大家可以一起吃。就算吃完聽到熱量，也不會後悔的。」

以前我讀過仙川的學校，車站前變了好多——她說，當時根本沒有車站大樓，也沒有圓環。櫻花樹四周是停車場，那邊本來有一家書店。我的《川蟬客棧》（御宿かわせみ）系列的文庫本就是放學回家在那家書店買的。

一到分租屋，看了外觀她又燦然一笑。

「啊，十分理想。」

「……眞的？」

在黑暗中，這幢木造平房更顯得老舊。保全公司的貼紙突兀地發光，岡部巴居住的主屋聳立其後，看起來果然是傾斜的。

「嗯，我家要拆掉重蓋的房子也是這種。木造房子眞的很棒，國中時雖然嫌窮酸，現在卻覺得能夠在像骨董一樣的房子裡長大眞好，非常滿足。只是實在太舊，老鼠會在天花板上開運動會、咬破冷氣管，塵蟎又多，害姪女得易位性皮膚炎，貓咪也怕老鼠怕到離家出走，所以決定改建。可是，改建後就不會是原來的樣子。要是沒有老鼠，能在這麼一幢房子住半年便太幸福了。」

「我是不曾看到……」

「太好了。」

事先收到通知的四個室友，及房東岡部巴都在等我們。爲大家引見後，我把義大利麵放進冷凍庫，回房換衣服。保險起見，拿竊聽偵測器檢查，也巡過插座。然後，我將今天新的照片和其他資料從手機備份到電腦，並傳給櫻井。

這些工作花了我十五分鐘左右。等我驚覺把人丟著太久，匆匆下樓時，倉嶋舞美在餐廳的大餐桌旁，跟岡部巴和瑠宇正聊得起勁。其他室友做飯的做飯、看電視的看電視，自己做自己的事。看來，至少室友對她沒有戒心。

「不過，妳這身打扮好貴氣，家裡很有錢嗎？」

岡部巴倚老賣老，毫不客氣地問。舞美爽快回答：

「啊，這是我兼差買的。我去朋友開的店幫忙，把賺的錢存起來。年過四十在公司上班，不能沒有行頭武裝一下。」

「是嗎？還眞麻煩。」

「就是啊。但打扮得讓別人一眼就覺得妳很有錢，結果大不相同。至少不會被瞧不起，而且用膩了還能高價賣掉，所以買好東西反倒划算。這樣一來，也可以再買二手的新包包。」

「咦，這個是二手的？」

「我知道不錯的店，算是常客。一進好貨他們就會聯絡我，如果有興趣，下次要不要一起去？」

「眞的？到時一定要帶我去。」

岡部巴注意到我，愉快地揮揮手。

「舞美明天會搬進來。」

「這麼快就談好了啊。看過房間沒？」

「舞美住一樓向南的房間。只待半年，家具和家電之類的能不買就不買吧。那間有冷氣，也有床，而且原本就有衣櫃，人來就能住。」

倉嶋舞美微微行一禮。

「葉村小姐，謝謝。多虧妳的介紹，我不必流落街頭。其實，我們家大後天就要拆掉，我還在擔心來不及找到房子，現在就不用怕了。」

大家一起享用她帶來的起司蛋糕，確實美味。一邊吃，瑠宇邊說明這裡的規定。不過度干涉他人，不擅自使用或食用他人的物品。可利用公共空間，但必須互相禮讓。基本上，要省水電瓦斯。關於保全系統，不接受「不小心關掉」的理由，請好自爲之。

倉嶋舞美一臉認眞，聽一句點一下頭。

我的東西不多，請朋友開車幫我搬，明天四點會提早下班，所以應該是六點左右會到。聽倉嶋舞美這麼說，岡部巴決定明天辦迎新會，大家一起吃火鍋。這應該是本季最後一次吃火鍋，每人出二百五十圓，青菜就吃她種的。

岡部巴帶頭一聲么喝，大家散會，立刻分頭過自己的生活。舞美驚訝地看著這一幕。

我送她到車站。這是個宜人的夜晚，不冷也不熱，傳來田地翻過土的味道，及植物成長的味道。東京的天空仍有星星露臉，行駛在甲州街道上的車聲，如河水源源不絕，襯著匆匆回家的人們的腳步聲。

「對不起。」舞美忽然開口。

「什麼事？」

「葉村小姐其實覺得很麻煩吧，我也意識到這一點，當初太強勢了。時間緊迫是事實，我很喜歡那個房間，也想體驗和別人合租，而且大家看起來十分開心。眞想住在這裡，於是我搶著把事情定下來，給妳添麻煩了。」

「多一個人輪值打掃，不會麻煩。」

「嗯，我會盡房客的義務。」

「麻煩妳了。萬一妳偷懶沒打掃，或沒聯絡好，出了什麼問題，大家一定會怪到我頭上。」

「我明白，要請妳多多包涵、多多指教。」

倉嶋舞美鄭重行禮，卻突然笑出來。

「我忽然想到，素不相識的女人住在同一個屋簷下，這種設定的推理小說，通常沒好事。」

「像是今邑彩的《室友》？」

「還有新津清美的《分歧年代》。如果女生宿舍也算，我想到海倫・麥克洛伊的《祕密穿鏡而過》。」

「戶川昌子的《幻影之城》呢？」

「好可怕！要是先想到這個故事，我大概就不會跟人家分租。」

我們笑著抵達車站，互道「明天見」。我目送倉嶋舞美穿過收票口，車站的時鐘顯示即將九點。

得回去吃飯和吃藥。我默默思忖，剛轉過身，便感到有些疑惑。一個體形巨大的年輕人大步從我左側出現，穿著工作靴，活像一隻大猩猩。

好像在哪裡見過……我思索片刻，想起是在「MURDER BEAR BOOKSHOP」，維多利亞羅曼史書架前，看著維多莉亞・荷特作品的金髮青年。當時覺得很假的頭髮，顯然眞的是假髮，因爲現在是理得頗短的黑髮。

然而，錯不了，是同一個人，同一雙靴子。

倉嶋舞美走下往新宿方向的階梯，大猩猩跟在後頭。

怎麼辦？是巧合嗎？

我趕緊拿出手機拍一張照片，又迅速收起。照片不知拍得如何，總好過完全沒資料。

我緩步離開，猶豫著該不該告訴她這件事。假如純粹是偶然，就變成嚇唬她。話雖如此，不讓她有所警覺，又可能會害她暴露在危險中。

電車進站的警示音響起。不方便打電話，要發簡訊嗎？話說回來，他當時會大大方方走進小小的店裡，應該不會是倉嶋舞美的朋友吧。同行？那他的跟蹤技巧未免太差勁。況且，如果要掌握目標的行動，通常不會單獨出任務。

想到這裡，我覺得情況不妙。

我憶起「佐藤圭子」的側背包。瑠宇也說，明明一身年輕女孩的流行服飾，卻只有側背包是呆板厚實的黑色皮包。大猩猩來過的第二天，我在「MURDER BEAR BOOKSHOP」裡看到相同的包包。那是屬於專注聆聽舞美和我談話的套裝女子，我還以為她是愛貓人士。

竊聽器會不會是針對倉嶋舞美裝的？

可是，要調查舞美，也不會將竊聽器裝到一個剛認識的朋友住處吧。

等等，「佐藤圭子」出現在「史坦貝克莊」是星期一。舞美在部落格寫下我和分租屋的事，表示希望能入住，是在前一天，也就是星期日。當時我認為，雖然沒寫出具體的名字，但有心想查，要查出「MURDER BEAR BOOKSHOP」的女店員是葉村晶、分租屋是「史坦貝克莊」並不難。換句話說，可以預測舞美遲早會出現在「史坦貝克莊」。

這到底是怎麼回事……

我邁開腳步，擔心會有人跟蹤。於是，我改變主意，繞到車站後面。這裡比圓環那一側暗了些，也沒什麼行人。可是，如果出事一定會有人看見。

走到一半，我回頭望去。一輛白色轎車緩緩跟過來，我往路旁走，車子就開到我身邊停車。

「是葉村晶小姐嗎？」後座的男子搖下車窗問。

「請問您又是警視廳哪個部門的長官？」

我反問。男子打開門下車，默默出示警徽。當麻茂，職位是警部。我還沒看到部門，但當麻很快收起警徽。

「不愧是偵探，相當機警。有事找妳，請上車吧，我不會吃掉妳。稍微兜個風，我再送妳回『史坦貝克莊』。」

隨他坐進後座，駕駛座上的年輕男子讓車子緩緩前行。

當麻茂身材中等，小腹微凸，大概三十八、九歲吧。穿著比調布東警署的澀澤稍微好一點西裝，稍微好一點的皮鞋，左手無名指戴著戒指。以為他繫的是圓點領帶，仔細一瞧，原來是國民偶像貓咪機器人的圖案。五官平凡，耳朵長得像花椰菜（註）。儘管一肚子火，我還是決定不要惹他。

「我聽調布東警署的澀澤說了。」

車子來到甲州街道，向西行駛後，當麻便直視著駕駛的後腦勺開口：

「他是借助妳的智慧才偵破白骨案。」

「原來用那種便宜貨，也能聽得很清楚。但我倒是不記得有沒有在竊聽器前提到澀澤先生的名字。」

我刻意強調「竊聽器」三個字，當麻卻沒什麼反應，打著哈欠應道：

「無論哪個組織，都會有不受控制的人。團隊裡有個愛爭功、頭腦卻笨的部下，主管只能吃苦當吃補。」

對比自己年長，但位階低的澀澤直呼名諱，說話故意選用平民化的「主管」。菁英分子既然愛現，就現個徹底啊，幹嘛不乾脆繫有母校校徽的領帶，選那什麼圖案。

實在看他不順眼。

「這樣的部下眞是不成材。即使如此，上司仍得爲這種部下的不法行爲負責。」

「不法行爲，是嗎？」

「法院總不會准許別人在我家裝竊聽器吧。如果准許，倉嶋舞美一定是恐怖分子，正在策畫消滅首都半數人口的大規模恐怖行動。」

「哦，竊聽？不成材的部下做了這種事？」
「能不能不要再裝蒜？我有證據，竊聽器在我這裡。」
「妳是指這個嗎？」
當麻舉起一個便利商店的塑膠袋，裡面裝的是那個擴充插座。
我硬生生吞下驚叫聲。
櫻井說要將竊聽器拿給「前鑑識科大叔」。所以，是前警察礙於前「公司」的人情，流出證據嗎？
只有櫻井知道竊聽器的事。我連室友和房東都沒說，也沒給她們看。簡單地講，這下我遭到竊聽的事實已抹消。
可惡！
「不成材的部下做了什麼，已不重要。我們繼續談吧，主要是關於兩件不法行爲。」
當麻不顧咬牙切齒的我，三兩下收起擴充插座。
「第一件，是違反《探偵業法》。我想妳也知道，二〇〇七年六月一日開始施行的法律。」
「我知道。」

註：又稱柔道耳。柔道高手常因過度練習，導致耳朵變形像花椰菜。

「依照此法規定，未申請便從事偵探行為，得處六個月以下徒刑，或三十萬以下的罰金。」

「是，我知道。」

「借用名義也一樣。」

「借用名義？」

「比方……這麼說吧，既不是『東都綜合研究』的員工，又沒依法提出申請的人從事偵探工作，還要『東都』讓妳僞裝成員工，不就是借用名義嗎？至少，以借用名義來辦，會遭受處分。啊，遭受處分的不是妳，而是『東都綜合研究』。」

「你……」

「決定行政處分的是公安委員會。這條法律滿新的，對於如何運用會衍生出各種不同的想法。當然，本來《偵探業法》就是為了保護委託人和調查對象所訂的法律，從這個觀點來看，目前還沒出現被害者，要怎麼辦？由於跟蹤狂的案子，社會大眾看待偵探是很嚴厲的。或許公安委員會知道借用名義的事實，為了殺雞儆猴，會想嚴正處理。」

當麻的雙手在肚子上交握。

我很久沒這麼凶暴了。我有多少年沒眞的動氣？

我想依法接受蘆原吹雪的委託，才會說服泉沙耶，採用透過「東都綜合研究」這個辦法。我大可未經准許偷偷調查，三百萬圓全部落袋，可是，我仍照規矩向業界大哥大「東都」交付正規費用。這麼一來，不僅可利用大公司的情報，我若發生什麼事，調查也不至於停擺。我是爲了保障委託人的權益才這麼做。

這樣他卻說我違法？而且，帳不是算到我頭上，而是算在「東都」？豈有此理。

車子大大震一下，我回過神。車子行經平交道，現在通過國領車站前方，似乎打算從狛江通南下。

我赫然清醒。在這裡向他抗議，一點好處都沒有。雖然嘔得要死，但此刻當麻領先了我幾十分。

「那你要我做什麼？」

深呼吸後，我出聲問。

當麻的側臉露出笑容。

「妳這麼明理就好辦事了。那麼，我來說明另一件不法行爲。」

16

星期四早上，我前往醫院。由於睡眠不足，我沒有食欲。大概是硬塞麵包和牛奶才出門，總覺得頭好痛。鳴海醫生一看到我，便歪著頭。爲我的肺聽診、測呼吸量、照X光後，他的頭歪得更厲害。

「奇怪，病情明明在好轉。」

做醫生的頭不要隨便亂歪！你知道這有多不吉利嗎？我差點放聲尖叫。

「可是，妳臉色極差，像是睡眠不足，太過勞累。妳出院才一週，千萬不要逞強，避免抽菸、飲酒和大吃大喝。」

其實，眞正應該避免的是警察，這樣對健康最有幫助。

藥換了。藥效更溫和，要再吃一星期。絕對不能中途停藥，下週要來回診——醫生和上次一樣叮嚀我。我看起來這麼不聽話嗎？明明我就是謹遵醫囑的膽小鬼。

道了謝，臨走前，我忽然想到要問一下：

「鳴海醫生，您也是蘆原吹雪女士的主治醫師嗎？」

「怎會這麼問？」

在寫病歷的醫生，轉身面向我。

「蘆原女士拜託我幫她一點忙。聽說她是癌症末期，情況眞的那麼差嗎？」

「哦，葉村小姐和蘆原女士同病房。她本人是說，一直單獨住在大房子裡，最後的日子希望能感覺到一些人的氣息，主動要求住一般病房。可是，她是名人，有其他患者認出她引起騷動，加上她的狀況不好，前天又搬回單人房。雖然她本人不願意回去。」

「那麼，時間……是不是差不多了？」

「很遺憾，若眞的發生也不足爲奇。」

「頭腦還很清楚嗎？」

「妳是指，判斷能力有沒有問題嗎？」

「是的。」

「唔，癌細胞已擴散到全身。大約兩星期前，護士告訴我，她不只一次半夜吵著說產生幻覺。可是，最近都滿正常……我昨天提醒她外甥女，差不多該聯絡親戚了。」

又聽到這番令人洩氣的話，我陷入這幾年來最嚴重的沮喪中。雖然自認是硬拖著殘破的身軀拚命，但我恐怕找不到志緒利。即使找得到，也可能來不及。不要說找到，志緒利究竟還活著嗎？岩鄉克仁呢？還有倉嶋舞美的問題……此外，「東都綜合研究」會遭受處分嗎？要是眞的走到那一步，我在業界就混不下去了，然而……

麻煩堆積如山，乾脆病情惡化算了。我頭一次體會到被查弊藉口住院的政治人物心情。

爲了強迫自己轉換情緒，我到販賣處買提神飲料，一口氣喝完。然後，在盥洗室裡洗臉，重新化妝。逝世的祖母教過我，臉色是醫生判斷的依據之一，去看醫生時不要化妝。我遵從祖母的教誨，可是，現今年過四十、不化妝就去看醫生的女人，搞不好已絕種。那麼，醫生會歪頭就是我自找的。

我撲上平常不擦的腮紅，順便爲自己打氣，搭電梯到十二樓。在護理站詢問蘆原吹雪住哪間單人房。這裡的氣氛和我之前住院時的七樓大不相同，護理站猶如飯店大廳，護理師也有幾分姿色。

護理師露出「窮人來這裡有什麼事？」的眼神，在我報上姓名的那一刻，便鬆一口氣。

「哦，葉村小姐，蘆原女士一直盼著妳。從早上就問好幾次妳怎麼還沒來，我都不曉得怎麼辦。」

我剛要回答，走廊深處突然有人在哭泣。聽起來是號啕大哭，我不禁感到疑惑，她邊填寫著文件聳聳肩：

「請別介意，誰都有想哭的時候。」

眞的可以不管嗎？但護理師說的對，咳到喘不過氣時，我也怕得想哭——如果在那個狀態下還哭得出來。要不是蘆原吹雪幫我按呼叫鈴，我一定哭不出來，直接去見閻王。

我的救命恩人斜倚在床上，望著窗外。從這層樓望出去，只看得到天空。蘆原吹雪凝視淡藍青空的側臉，神情非常凝重。

聽到聲響，她渾身一震。我默默在鐵椅坐下。

「我會產生幻覺，」她喃喃低語：「大家都這麼告訴我。沒辦法，我只好回答，應該是大限快到了吧，於是大家都鬆一口氣。死期快到是事實，卻只有快死的人才能說。妳不覺得十分僞善嗎？」

「有時禮貌和教養也是一種僞善。」

「也對。」蘆原吹雪輕輕嘆氣，「那麼，請葉村小姐報告查到的事實吧。」

「好的，我會向您報告……可是，要講究禮貌和教養嗎？」

「什麼意思？」

「我可能連您不願意別人查的事都查了，換句話說……」

「志緒利的父親。」蘆原吹雪直接點破，「倒也難怪，換成我是妳，也會想查清楚吧。之前僱用偵探時，他連這些都查了，我差點氣壞，可是現在覺得，他也只是做了份內的工作。只是，他不該把消息放給媒體。啊，這件事……」

「我知道。不過，設計那場私生女騷動的，並非岩鄉偵探。」

我依序說明。我先去找岩鄉偵探，卻查出他在私生女騷動前便失蹤。在調查過程中，總會扯上相馬大門，於是得知騷動是第一祕書杼林設計的。

「這樣啊。既然是報社記者大野先生說的，應當錯不了。」吹雪淡淡一笑，「一般政治人物還沒有他那麼熱愛政治。他常自豪地說，上次的民意調查數字有變化，是他執筆的專欄造成的影響。男人都喜歡認爲，是自己在背後推動整個世界。可是，正因如此，大野先生收集的資料準確度很高，相馬議員也給予肯定。這麼一來，是不是姓岩鄉……我對不起那位偵探。我一心以爲是他，甚至到警署抗議。」

因爲妳的抗議吃足苦頭的不是岩鄉先生——原本我想這麼回答，又吞下肚。這與正題無關。

「那麼，妳也認爲志緒利是相馬大門的私生女嗎？」

「不。」

蘆原吹雪露出銳利的目光。「哦，爲什麼？可能是眞的呢。」

「志緒利小姐，應該是相馬大門的孫女吧？」

有一半是亂猜，但這樣許多事就解釋得通。

大門夫婦頻繁前往蘆原邸，對志緒利百般疼愛。志緒利對許多事疏於防備，連她和大久保主廚的事，教花藝的池田老師都知道，卻爲她在皇家好萊塢大飯店與相馬和明碰面臉色大變，並加以隱瞞。和明與妻子的婚事提升大門的地位，然而，和明的妻子不僅不替和明助選，甚至幫倒忙。

蘆原吹雪的情人、志緒利的父親，是相馬和明。由於他必須迎娶「有助政治生涯的妻子」，吹雪成爲未婚媽媽。相馬大門夫婦對吹雪和孫女感到既虧欠又愛憐，便以種種形式支持她們。和明的妻子當然不是滋味。

蘆原吹雪瞪著我，一動也不動。害我十分擔心，要是她突然發病怎麼辦？

「眞是驚人。」

終於，蘆原吹雪緩緩開口：

「妳竟然看得出來。一般人都以爲志緒利是相馬議員的孩子。沙耶那些親戚也一樣。我們是故意讓身邊的人這麼想，尤其是發生騷動的九四年，次年和明議員要出馬承接相馬議員的地盤，更加不能讓人知道。而且，當然……」

「現在也是如此吧。他仍是現任的政治人物，何況……恕我冒昧，就經歷而言，稱不上是出色的政治家。要是社會大眾得知此事，立刻就會斷送他的政治生涯。」

「要是讓社會大眾得知，的確會演變成這樣的後果。」

蘆原吹雪直勾勾地盯著我。我聳聳肩，接著道：

「即使我洩漏此事，也沒有證據。若相馬和明一口否認，會怎麼樣？我就變成一個大騙子，一個違反保密義務的缺德偵探，一切落幕。」

「妳是想讓我放心？」

「意思是，我不會做出對自己不利的舉動。」

蘆原吹雪微微一笑，「葉村小姐，有沒有人稱讚妳很會說話？」

「昨天才有人提過。」

我繼續報告。志緒利與大久保主廚發生不倫關係，她失蹤後，主廚曾在高圓寺與她重逢，及公寓的事。

我自認盡量省略腥羶的部分，但蘆原吹雪驀地發抖，緊緊抓住被子。我不禁站起，詢問：

「您還好嗎？要不要找護理師來？」

我伸手要去按呼叫鈴，蘆原吹雪卻用力抓住我的手腕，阻止我。她的力氣大得驚人，顯然是激動得講不出話，但感覺得出她的抗拒。我任她冰冷的手抓著，坐回鐵椅，等她恢復平靜。

終於，她慢慢鬆手，輕輕放回膝上，深深嘆氣道：

「這麼說，那孩子還活著。她還活著啊。」

「是的，至少剛失蹤時還在世。我認爲大久保主廚沒撒謊。不過，公寓不可能是志緒利小姐以自己的名義租下。那公寓在當時極受歡迎，而且簽約不能沒有戶籍謄本和保證人。一定有人幫她。恐怕是……」

「山本博喜。」蘆原吹雪低喃：「只有他了。」

「您和山本先生仍保持聯絡嗎？」

「最後一次見到他，是在二〇一〇年底。他長年幫相馬家管錢，大概是爲了讓我在經濟上不至於發生困難。像是找人來給房子重新上漆、補強避震工程、寄送新的禮服等等，爲我安排他心目中的蘆原吹雪該有的樣子。」

我想起她房間有多樸素。對她本人來說，或許這是令人困擾的好意。尤其是大門隱退，不再需要接待相關人士。

「那麼，二〇一〇年後，您就沒見過他？」

「我們用電話或電子郵件聯絡，每年二次他會各寄一筆整數給我。只是，最後一次聯絡是去年十一月。我得知自己生病，幾次想聯絡他，但手機似乎已解約，都打不通。」

「他是怎樣的人？相簿裡沒看到他的照片，岩鄉偵探的報告中也沒出現他的名字。岩鄉偵探不知道山本先生嗎？」

「哎呀！」蘆原吹雪搓搓額頭，努力回想。「不，他們見過，只是我都在場。岩鄉偵探詢問山本許多志緒利的事，山本就他所知的回答，都是當著我的面進行，自然不會寫進報告。」

如果是這樣，十分合理。

「那相薄呢？」

「這麼一提，我也不清楚有沒有他的照片。對我而言，山本太重要反倒看不見，如同空氣一般。他來自山形縣一座貧寒的小村子，家裡孩子多，童年相當凄慘。我是在進電影界的第一天遇到他。我目睹導演和副導奴役山本，他簡直要趴在地上了。那時他十六歲左右，卻因營養不良，外表像個孩童。我覺得他很可憐，硬要他當我的跟班。」

「於是，他感恩圖報，跟著您一輩子……？」

「對。現在回想，我不該那麼做。他絕頂聰明，又有膽識，不用我去管，他也會憑自己的力量成功。這樣他才會幸福，也才能結婚，建立家庭。」

「他一直單身嗎？」

「依我所知，是的。」

「關於他的籍貫、家人、目前可能在何處，什麼都行，您有任何頭緒嗎？」

蘆原吹雪搖搖頭，閉上眼。

她看起來比我進病房時又小一圈，益顯枯瘦。我輕輕將她的手放進被子裡，默默等待。

「對了，」蘆原吹雪終於睜開眼，低語：「山本應該買了一戶度假公寓。他無法定居在同一個地方，一直在飯店、短租公寓之間換來換去，有一次突然說要買房子，我十分詫異。」

「那是什麼時候的事？」

「大約二十年前。」

二十年前？

「是志緒利小姐失蹤那時候嗎？」

「哎呀，是呢。」

「那間度假公寓在哪裡？」

「小田原。我覺得很好笑，他討厭溫泉，又不喜歡魚，怎麼會選擇小田原？不過，他什麼都沒說。」

蘆原吹雪的話聲愈來愈小，體力恐怕已到極限，但我必須確認一件事。

「九五年發生阪神淡路大地震後，志緒利小姐寄來一張明信片。那是不是山本先生和您的小花樣？」

「很厲害吧？筆跡和志緒利的一模一樣，我一直在想，他是怎麼變出來的呢？其實相當簡單……」

話聲戛然而止，我心頭一涼。聽到她睡著的平靜呼吸聲，一顆心才放下來。避免吵醒她，我悄悄開門，踏出走廊。

下一秒，我發現自己夾在兩個人中間。一個是泉沙耶，另一個是不像好東西的老頭。兩人怒目相視，溜出病房的我不巧介入。

我蹲低鑽出他們之間。老人看也不看我一眼，大聲說：

「反正我要見蘆原吹雪，讓她寫遺書把財產留給我。」

「石倉舅舅，我說過了，阿姨不想見你。」

泉沙耶一副隨時會咬人的樣子。原來如此，這就是石倉達也。我本來腳底抹油準備溜走，卻爲石倉達也停步。

仔細一瞧，其實他的年紀還不算老人。由於五分頭全白，滿臉老人斑，身上的衣服沒保養，老人臭又重，才容易造成誤會。看他的腳步身形，說是老人太年輕，約莫六十五歲左右。

石倉達也噴出可怕的口臭，吼道：

「沙耶，妳幾時當起吹雪的看門狗！」

「忘了嗎？吹雪阿姨早在十年前就和石倉家斷絕關係。說是遠親，其實跟外人沒兩樣，你根本沒有權利繼承阿姨的財產。我喊你一聲『舅舅』，純粹是出於禮貌。若你依然是這種態度，我不會再稱呼你『舅舅』。」

「妳說什麼？一個女人家對長輩這是什麼口氣？有點家教的人，不會如此目無尊長。」

「你才是，明明是不相干的外人，敢硬闖病房，我就叫警察。要是你在病床旁大吵大鬧，害阿姨斷氣，那就是謀殺！」

一旦牽扯到遺產，泉沙耶變得不是普通凶悍。石倉達也完全爲她的氣勢壓倒，囁嚅道：

「我有權利向那女人要錢，她殺了我的寶貝女兒。」

「都是你沒憑沒據胡亂妄想，到處嚷嚷，阿姨才會遭到警方調查。你害慘阿姨了。」

「因爲她是凶手，警方才會調查他。」

「阿姨是清白的，所以警方馬上就放人。」

「一定是那女人背後的政治家去把事情壓下來。如果她不是凶手，幹嘛付小花的住院費？」

「還不是可憐小花！當父親的籌不出醫藥費，變成植物人的小花差點被趕出醫院。」

「那時她竟直接向醫院付住院費！我一再交代要把錢給我，她居然不理我。如果那筆錢給我，我早就把錢翻個五倍、十倍，讓小花接受更好的治療，搞不好現在小花早就康復，還讓我抱孫子。」

我終於明白，泉沙耶為何對石倉達也毫不退讓。石倉嗓門大、嘴巴壞，又不識相到極點，但只是在發牢騷。本人自我感覺非常良好，眞心相信原本會有彩色的未來。

這一架實在吵得太厲害，引來數名護理師。泉沙耶擺出高姿態，告訴護理師：我們給過名單，請不要讓名單以外的人進入。要不是我在場，這個人很可能擅闖病房，對阿姨亂來。這家醫院的保全未免太差。

警衛趕到，攆走石倉達也，我連忙跟上。一押到醫院外，他像個被玩伴孤立的孩子，在大門前晃來晃去。但顯然沒膽量再次闖關，垂頭喪氣地轉身離去。

在調布車站前，我追上嘆著氣把零錢放在掌心的石倉，叫住他。一說要請教蘆原吹雪的事，石倉看也不看我就罵：

「那女人是殺人凶手，勒死我女兒。妳也知道吧，那女人演的電影。電影裡出現的專門勒脖的殺人魔，便是那女人的眞面目。說什麼有演技，笑死人。那根本就是她自己。」

「您有什麼證據？」

「證據？她是殺人魔，看過電影就知道。」

「可是，電影是電影。」

「小姐，搞清楚。」石倉頭一次正眼看我，「妳不是剛從那女人的病房裡出來？見了她，覺得怎麼樣？即使燈枯油盡，依然很有魅力是不是？唬人是她的拿手好戲。她靠這門本事混一輩子，手法不是普通的高明。可是，妳要小心。那女人身邊的人一個個都會消失不見。妳知道她女兒不見了吧？還有女人在她家工作時消失。奶媽也不曉得跑去哪裡。」

石倉摳下眼屎，捏成一團，吹掉。

「告訴妳，我家小花不管幾歲都跟孩子一樣。只要我交代，在我回家前，不准讓任何人進家門，有不認識的人來都不必理會，她一定照辦。警方也說，沒有強行闖入的跡象。所以凶手一定是小花認識的人，是小花會開門讓對方進去的人。」

原來如此，倒是有理。可是——

「她認識的未必就是吹雪女士啊。」

「妳笨蛋啊！去哪裡認識第二個主演殺人魔電影的人？」

我八成是露出傻眼的神情吧，石倉跺一腳，大吼：

「玫瑰掉在地上！失去意識的小花身邊，掉了一朵那女人最喜歡的白玫瑰！」

17

與石倉分別後，我帶著處方箋回藥局。藥劑師爲我說明這次的藥，忽然驚叫：

「咦，妳的手怎麼了？」

因爲很熱，我脫下風衣，聽著藥劑師的囑咐，邊捲起襯衫袖子，仔細一看，蘆原吹雪抓過的右腕留下紫色印記，明顯是指痕。我當時雖然覺得痛，但沒想到會這麼誇張。蘆原吹雪的力氣相當大。

藥劑師給我試用的藥布，我領藥來到外面，打開在醫療院所裡關機的手機。通訊紀錄裡有一排來自櫻井的未接電話。我避開陽光，繞到大樓後側。

「喂喂喂！」櫻井無力地問，「那是怎麼回事？」

「就是我信裡寫的那樣。」

「借用名義，這種情況以前會查得這麼嚴嗎？」

「我不知道，但那個竊聽器不見了吧？」

「那個待過鑑識科的大叔躲著我。我已想辦法逮到他，罵他說，我不會叫你不要幫警方的忙，可是你總要先通知一聲。」

昨天擺脫當麻後，我大略整理來龍去脈，聯絡櫻井。只是，我沒告訴他當麻提出的交換條件……

「葉村小姐，妳知道『柏靈頓咖啡館』嗎？」

我實在懶得回答當麻，便默默點頭。炸魚薯條、英式烤牛肉、牛排、蘑菇派，「柏靈頓咖啡館」是以這些英國酒吧餐點爲主的連鎖餐廳。曾一度差點倒閉，後來不知什麼企業買下，更改商標和菜單，減少店數，縮小餐廳規模後，起死回生。由於強調酒吧風格，每一家都有飛鏢、健力士和吧檯。有些店營業到清晨五點，所以名爲咖啡館，其實算是平易近人、餐點又可口的西式居酒屋。

大約三年前起，這家連鎖餐廳的某一家店，偶爾會在晚間十一點以「本店包場」爲由提早打烊。名目是舉辦「飛標大賽」、「觀看足球賽」、「聯誼會」等不一而足。這種事十分常見，也沒人起疑，但實際上是開地下賭場。其中流動的金額，多的時候一晚高達三千萬圓。

警視廳掌握情報，耗費一年多，針對賭場何時何地舉辦、如何通知賭客等進行祕密偵查。最後，查出地下賭場的全貌，如主辦賭場的中心人物和金流、「柏靈頓咖啡館」內的幫手等等。

於是，今年二月，在萬全的準備下，攻進理應在開賭的「柏靈頓咖啡館」笹塚店。豈料，裡面舉辦的卻是以交換物品爲主題的女性聚會。挑衣服挑得正開心，警方大隊人馬蜂擁而至，與會的四十幾名女子嚇得花容失色。有人過度震驚嚇哭，有人緊抓著警察不放，有人向主辦人追討報名費，有人偷拍全程上傳到網路。以當麻爲首的偵查小組出了個大洋相。

那場女性聚會的主辦人——

「就是倉嶋舞美。」當麻面無表情地說。

實在不該笑，可是我差點笑出來。這個可恨的警部也有遭歇斯底里的女子包圍、滿頭大汗的一天。哇，痛快。

「噢，不過，晚上十一點開交換物品的女性聚會嗎？眞少見。」

「據說，原本是一個討論失眠問題的女性網站『失眠夜的枕頭』發起。她們常在假日前的星期五，舉辦像那樣的交換物品會、讀書會、電影欣賞會之類的小型活動。倉嶋舞美不是網站管理人，但有時會帶頭借用『柏靈頓咖啡館』舉辦活動。只是，那次在網站上公告要舉辦交換會，是當天下午四點半。我們通知實動部隊強制搜查的時間，是在那之前三十分鐘。」

「換句話說，搜查隊裡有人向地下賭場通風報信，倉嶋舞美接到賭場方面的指示，幫本來應該舉辦的賭場墊檔，是嗎？」

「『柏靈頓咖啡館』規定，所有包場預約都要向總公司報告。這家店是在一週前以倉嶋舞美的名字預約。當初她並未宣稱是女性聚會，純粹是物品交換會。當然，平常應該是取消預約就算了，他們卻沒這麼做，而是辦了其他聚會。於是，連警方上層都開始懷疑搜查的方向是否有誤、是否眞的有地下賭場。」

「眞的有嗎？」

當麻茂不答，繼續道：

「我們立刻針對知道行動時間的所有員警進行調查，包括我在內。然而，相關人士的手機及其他工具，不要說和賭場相關人士聯絡，根本沒有任何可疑的通訊紀錄。從四點到四點三十分內，也沒人離開警署。」

意思是，人人都有不在場證明嗎？我倒認爲嚴謹地說並不成立。只要偷偷告訴前線專案小組所在的警署其中一人，由那個人將消息傳出去就行，而且——

「那麼，偵訊倉嶋舞美不就好了嗎？她是在什麼情形下決定在那家店的那個時間舉辦活動，問一問就很清楚了吧。」

「她聲稱是忽然起意，原本打算早些上網公告，卻不小心忘記，才會變得如此臨時。平時頻繁臨時取消，這次變成臨時通知。她說自己在『柏靈頓咖啡館』兼差，包場費用十分便宜，食物又好吃，所以常選這裡當活動會場。由於公告太晚，雖然想取消，可是那個時間取消會收取全額費用，不如乾脆就辦了，反正是花一樣的錢，幸好來了四十個人。」

「當麻先生不相信她的說法？」

當麻拋來冷冷一瞥。

「倉嶋舞美有朋友在『柏靈頓咖啡館』總公司上班，就是我們視爲內部幫手的人。倉嶋舞美受那個朋友之託，不時去打工。打工的店鋪不固定，但每一家都開過地下賭場。」

「或許是巧合。」

「她只在下班後去端幾小時的盤子，打工時間一個月頂多十五、六個鐘頭。不過，看她在部落格上寫的，以打工存的錢繁頻購買要價不斐的名牌包包。雖然是二手的，那些包包、手表都不下十萬圓。」

「可能打工費只是表面說說？搞不好她把薪水全拿來花。」

「倉嶋舞美的薪水幾乎都充當家裡的生活費。房子的改建費，是將來要同住的姊姊一家出的。原本做生意的雙親，目前靠打工補貼家用，因爲之前沒確實繳納國民年金，如今領不到什麼錢。她們家之所以要改建，就是打算一半當出租公寓，拿這些租金做爲父母後半輩子的養老費。葉村小姐，不然妳以爲倉嶋舞美幹嘛搬進『史坦貝克莊』這種破爛分租屋？」

當麻吐出瞧不起人的語氣。要是有機會，我一定要狠狠給這臭傢伙一拳。不，要在他腳底下扔香蕉皮。最好滑倒摔個四腳朝天，跌到尾椎骨痛死他。

「簡單地說，倉嶋舞美收的是不合常理的打工費？」

「對。我們認爲，這就是情報洩漏的關鍵。」

聽到這裡，當麻要我做什麼極爲明顯。但我還是不想主動開口，於是冷冷地問：

「不愧是警察。既然把倉嶋舞美調查得這麼徹底，何不再把她叫來偵訊一次？」

「她的口風很緊。」

當麻不情不願地承認。

「當她是外行的千金小姐錯估實力，不該以施壓的方式出手。所有嫌疑她一概否認，也拒絕詳細供述。而且，問題不在她。很遺憾的，是在我們這邊。她的朋友已離開『柏靈頓咖啡館』。往後，『柏靈頓咖啡館』恐怕不會再開地下賭場。案子結束，一整年的調查都白費，我們輸得一敗塗地。」

往外一看，車子穿過品川通，行經杜鵑丘車站北上，越過甲州街道，正在神代植物公園通奔馳。

「所以呢？」

「如果不查出走漏消息的源頭，把這個洞補起來，同樣的情況仍會發生。倉嶋舞美是引導我們步向源頭的唯一線索。」

「你們查過她的人際關係，還是沒找到她和警方的關聯吧？」

「她應該是以某種不會敗露的形式接觸，絕對沒錯。我不相信那次物品交換是巧合。」

「會不會是她在『柏靈頓咖啡館』的朋友聯絡的？不是她直接和警方的人聯繫。」

「我們當然也監視了她那名朋友。可是，坦白講，這個案子已結，能夠動員的人力有限。所以，我想請葉村小姐監視倉嶋舞美。」

就知道他會這麼說。

「地下賭場不是關閉了嗎？」

「能夠賺大錢，又曾順利躲過警方的搜查。憑藉兩大成功經驗，他們一定會很快讓賭場復活，只是會換個形式。在那之前，要找出並銷毀情報漏洞，然後一舉將他們破獲。警方呢，就算地區戰偶爾戰敗，總體戰不可能會輸。」

我不懂他在耍什麼酷，總之——

「意思是，要我當警察的臥底？」

我剛認識倉嶋舞美。我們還算不上朋友，僅僅是認識而已，但我還是不想當間諜。更何況，就算她眞的和地下賭場有關，居中擔任從警方內部問出搜查情報、進而把警方要得團團的小角色，那又怎樣？固然是犯罪，可是，又不是什麼榨光別人一輩子心血之類十惡不赦的罪行。儘管警方是一定要偵辦的，不過，不至於希望警方加緊查緝。

當麻立刻看穿我的心思。

「還有另一則沒公開的情報，就算查了也無法得到證實……地下賭場的其中一名核心人物，上個月死於肇逃車禍。我們認爲，那是某些深信『賭博是我們的營生，怎麼能讓外行人攪局』的人幹的。妳明白我的意思吧？只要和這類無法見光的生意扯上關係，就會不得好死，倉嶋舞美也不例外。無論用什麼方式，幫她脫身，才是爲她著想吧。」

當麻裝模作樣地調整機器貓圖案領帶的位置。先以不法行爲威脅，又換一種方式再威脅一次，他以爲這樣能夠說服別人嗎？

眞的讓我一肚子火。

「我不會叫葉村小姐監視倉嶋舞美一輩子，只要妳們一起生活的這段時間就足夠，畢竟妳有工作在身。雖然是很可能觸法的工作，但觸不觸法，我想，得看葉村小姐自己了。」

「你……」

「葉村小姐已和倉嶋舞美打成一片。其實，我們也曾派女搜查員與她接觸，卻無法親近她。」

「因爲案子了結，沒有優秀人才可用嗎？」

「請葉村小姐監視她的事，只有我，和開車這位知道。」

我全力挖苦，當麻茂充耳不聞。

「他是郡司。這次的事，能夠相信的只有他。畢竟從提報強制搜查到實際執行，他都在我眼前片刻不離。換句話說，他有完整的不在場證明。不過，倉嶋舞美應該會安分一陣子。以後郡司會不定期與妳聯絡，到時麻煩妳向他報告。」

車子繞到中原三丁目十字路口南下，行駛在甲州街道上。我還沒回答，車子已開進葡萄園前的路。

郡司停好車，拉起排檔桿、熄滅車燈後，回頭遞出名片。郡司翔一，名片背面以原子筆寫著手機號碼。我接過來，拿手機拍照就直接還給他。在路燈下看來，他才三十出頭，卻顯得疲累不堪。倒也難怪，誰教他有這種上司。

「話說在前頭，我討厭偵探。」當麻茂冷冷地說，「所以，麻煩妳千萬不要惹火我。平常我為人溫和敦厚，但要是有人妨礙我主持正義，我也會發飆。」

「話說在前頭，」我模仿他的語氣回嗆，「你那個拿著『佐藤圭子』名片跑來的竊聽狂部下，想必知道我和倉嶋舞美愈走愈近吧。那麼，她應該也知道，當麻警部極可能找我監視倉嶋舞美。該不會就是她走漏消息？平常我為人冷靜，但要是有人嚇到我，我也會發飆。」

當麻眸中掠過一絲冷光，卻沒回答。我用力甩上車門。

18

「葉村，那怎麼辦？妳答應警方的交換條件了？」

櫻井肇在我耳邊大呼小叫。我搖搖頭，甩掉昨晚不愉快的記憶。

「我不能造成櫻井先生的困擾。」

「抱歉，早知如此，上週就正式讓葉村成為我們的社員。」

說歸說，櫻井似乎鬆一口氣。或許他怕我大抓狂，惹火警方，那他就頭大了。實際上，「東都綜合研究」是警察二度就業的一大窗口。預定出任下任社長的白峰常務，當初也出身警察廳。即使當麻警部出動公安委員會，我相信也不會輕易就以什麼借用名義、行政處分鬧上法庭。

然而，就算這樣，櫻井的立場一定會十分為難。所以，我只有聽命於當麻這條路可走。我太天真，以為和「東都綜合研究」這麼大的公司正式簽約，所有問題都能迎刃而解，才會給當麻可乘之機。自己捅的漏子，只能自己收拾。

不法偵探葉村晶，是嗎？做的事明明和以前沒兩樣。

「妳這件事就再說吧。」

櫻井像整個人活過來似的，精神奕奕。

「我有幾件事要告訴妳。首先，曾在蘆原邸工作的兩名幫傭都失蹤了。」

我想起石倉達也的話，渾身一陣冷顫，卻故意唱反調：

「真的是失蹤？櫻井先生，不是你本事退步？」

「先談高田由起子。關於她，平成元年八月十日有報警協尋紀錄。換算成西元，唔……是一九八九年吧。報警的是她隸屬的家事幫手派遣公司『冷杉樹』的老闆。高田由起子和老闆同鄉，都來自長野縣茅野，她爲了逃離丈夫家暴，投靠以前就認識的老闆，這是昭和六十二年八月的事，呃，就是一九八七年。之後服務過多戶人家，八九年三月到七月底，住在蘆原邸爲她們服務。」

「這我知道。」

「七月底合約到期，高田由起子的行李送到『冷杉樹』的辦公室。幾天前，她本人也打過電話，說八月一日會去辦公室。可是，她從此沒露面，也沒聯絡。老闆非常擔心，於是報警。」

櫻井報出家事幫手派遣公司的地址和電話，我抄下來。

「至於奶媽安原靜子，她出身相馬大門的故鄉長野的中信地方，丈夫與孩子相繼過世後前往東京，在相馬邸工作。蘆原邸蓋好後，就換到蘆原邸工作。約莫是大門要她去照顧蘆原吹雪和志緒利，她才以奶媽的身分入住，和母女倆形同家人。可是，接下來就有問題了。」櫻井清清喉嚨，「一九九八年二月三日，通報安原靜子死亡。死因是急性心臟衰竭，開立證明的是一個姓笠松的醫生，在柿木坂開設一家大醫院。」

「柿木坂？」

「對，他和相馬大門是鄰居是高爾夫球友。」

我試著回想，九八年的帳簿裡並沒有安原靜子葬禮的紀錄。不對，九四年五月就沒付錢給奶媽，我以爲她當時便辭職。難不成辭職後，她回到相馬邸？

「不無可能。只是，在相馬邸做到九九年的司機說，他不記得安原靜子返回相馬邸工作。那司機大概是年紀太大，有點痴呆，我不敢保證絕對可靠。不過，以前的事他描述得鉅細靡遺，應該不會錯。」櫻井繼續道。

「奶媽沒有家人嗎？」

「勉強稱得上親人的，只有她丈夫的姪子。可是，安原靜子到東京後，他們就沒見過面。當初，所有親戚都怪她害死丈夫和兒子，爭先恐後地搶她丈夫的遺產。曾有這段過節，無論是她或那些親戚，都不想再相見吧。姪子根本不記得她的名字，更不知道她去世。」

「換句話說，安原靜子死了，但不清楚是何時、死在哪裡？」

「文件上的紀錄是一九九八年死於相馬邸。可是，不覺得事有蹊蹺嗎？於是，我往下追查笠松院長。這個醫生是泡沫時代得意忘形、去投資房地產的傻瓜之一。九八年，銀行中止他的融資，自家、遊艇、兩輛高級進口車都遭到扣押，醫院的經營權也差點被拍賣。然而，不知爲何，這一年二月，銀行又恢復融資，所以他順利度過危機，醫院跟著院長一起留下。」

「那家銀行該不會是……」

就是大野記者提到的，副總經理被迫下跪的那家銀行。

「沒錯。」

單看這些事實，不免會認爲笠松是受相馬之託，以銀行融資爲交換，僞造安原靜子的死亡證明，只是沒有證據。

「關於山本博喜的部分，再等一下。不好意思，要妳一直等，但我們取得的資料太少。現在我們又不能去查戶籍，要找人實在很難。」

「就是啊。」

「所以，我說動山本博喜的一個兄弟，請他給我看相關資料。山本博喜的戶籍始終在老家山形，沒有動過。住民票（註）上則一直是蘆原吹雪家的住址。山本博喜似乎不怎麼與兄弟來往，父母逝世時鬧得不太愉快，從此二十多年音訊不通。」

這是常有的事。

「不過，山本博喜的兄弟說，小他們二十歲的妹妹祐子很久以前就到東京，應該是跟著博喜。雖然與其他兄弟不和，博喜卻很照顧妹妹。由於妹妹還在襁褓中時，博喜不小心燙傷她的腳，覺得很虧欠。可是，妹妹抵達東京不久就生病，在博喜的安排下住進療養院，然而，生的是什麼病，這個兄弟也不知道。我倒覺得他在裝蒜，害怕博喜無法照顧妹妹，他們便得出療養費。弄清妹妹生的是什麼病，要查是哪家療養院才有頭緒。」

「蘆原吹雪說，九四年山本博喜在小田原買下一間度假公寓。她十分驚訝，因爲山本

註：相當於台灣的户籍謄本。

博喜明明不喜歡溫泉也不喜歡魚，或許與妹妹有關。」

「小田原嗎？好，我知道了。」

結束通話，我看了看時間。光是候診、探病和處理其他瑣事，很快就超過下午一點。在調布車站附近的「男爵亭」吃完可樂餅套餐，服下剛領的藥。我上網搜尋家事幫手派遣公司「冷杉樹」，在品川站與大崎站之間的地區，辦公室則位於三樓。

搭京王線轉井之頭線，再從山手線來到品川。我在巨大的車站裡迷失方向，好不容易從往「冷杉樹」的方向出來時，已是下午三點多。更糟的是，費這麼大的勁找到目的地，「冷杉樹」的老闆講話卻不得要領。老闆說，她跟人家的老公搞在一起，一定是和男人私奔。我問「她」是指高田由起子嗎？結果根本是另一個人。因爲這裡有大批女性出入，他不小心搞混，眞是浪費我的時間。只曉得即使高田由起子消失，也沒人會替她擔心。

就像我一樣。

沐浴在春天卻令人嫌熱的陽光下，我走向品川車站。幾天前還冷得發抖，此刻竟擦起汗。我懶得再說今年天氣很怪，總覺得年年這麼說，年年在變老。氣候變遷彷彿與我這條命直接相關。

待在毫無季節感的臨海地區，不由自主想起趕到腦中小角落的事——得和岩鄉克仁的兒子聯絡。他住的灣岸摩天大樓，應該在附近。

一查之下，原來剛剛走動時，不斷映入眼簾的摩天大樓，就是岩鄉克哉住的高級公寓。看起來頗近，但步行過去至少要十分鐘。那棟大樓在一九九四年十一月落成後，便成爲這個地區的地標之一。

最近，朋友家的屋齡已屆二十五年，於是進行水管、下水道的維修工程。清洗這些水管，並替損傷的內部上防鏽蝕塗層。他們住的是共二十戶的三層小公寓，一維修要好幾個月。假如岩鄉克哉住的摩天大樓要進行類似工程，究竟會是什麼情形？房子老朽不得不拆時，又要怎麼辦？萬一有住戶反對改建，難不成住到房子倒塌才動工？

我對高級公寓產生好奇，但平日這個時間，岩鄉克哉應該忙著上班。我把手機放回包包，莫名鬆一口氣。現下連找蘆原志緒利都變得相當棘手，還要我去安撫失蹤偵探的兒子，我實在沒辦法。

不過，因爲品川和岩鄉克仁，倒讓我想起志緒利的朋友矢中由佳。根據櫻井告訴我的地址，她就住在台場的高級大廈。

我打電話過去。解釋情由後，歷經一段沉默，她終於表示，今天家人會較晚回來，如果我能到她家，她願意和我談談。於是，我搭上湊巧出現的計程車，前往台場。

每次來到這座人造城，我都不禁納悶。身爲一個生長於關東壤土層上的多摩原住民，我實在不明白怎會有人要住灣岸地區。然而，這裡的居民卻看似非常幸福，矢中由佳也不例外。她請我坐在視野極佳的客廳沙發上，不稱讚一下怎麼行？矢中由佳，現名江上由佳，誇耀了一番煙火與夕陽美景。

我環顧屋內，揣想她的現況。江上由佳對現在的自己似乎極爲滿意，我不必有所顧忌。丈夫是大食品製造商的課長，女兒上高中，兒子讀國中，她是專職主婦。而且，一家人住在如此漂亮舒適的家，不是很令人羨慕嗎？

我望著窗外，屁眼一陣痲癢，只得開口提起蘆原志緒利。江上由佳放下茶杯，雙手覆住膝頭，正色應道：

「其實，我一直相當掛心。二十年前，我並未將所知的一切，全部告訴志緒利母親雇用的偵探。」

「怎麼說？」

「知道這件事的，除了志緒利，應該只有我。志緒利找我商量，可是我們當時才十八歲……實在超過我能負荷的範圍。」

「到底發生什麼事？」

由佳吁一口氣，講得很快：

「志緒利被強暴了，就在我們十八歲的那個暑假。而且，對方是志緒利很崇拜的人。是她母親合作過的大明星。」

「合作」兩個字，讓我聯想到週刊報導中，可能是志緒利父親人選的大明星A．K。

「難不成是安齋喬太郎？」

由佳點點頭。

「很慘，志緒利邊說邊哭。安齋喬太郎常造訪志緒利家，志緒利從小就認識他。志緒利一直希望安齋是自己的爸爸。然後，十八歲的暑假，安齋邀志緒利到他家玩。她母親不准，志緒利還是偷偷跑去。誰會料到那樣的大明星會在自家亂來？可是，安齋住處只有他一個人，得知志緒利是背著母親出門……就發生悲劇。那個人渣以蠻力強迫沒有經驗的女孩，甚至惡狠狠地恐嚇志緒利，絕不能告訴別人。他揍了志緒利的肚子好幾次，壓迫胸口導致她無法呼吸，害她差點昏厥。」

由佳一陣寒顫。

「她向我傾訴，我不知如何是好。要是現在，我會說服她向母親坦言一切，也會帶她去看醫生。視情況或許會報警，但……」

那時我才十八歲。

從志緒利吐露這個祕密以來，她恐怕就不斷對自己說這句話吧。才十八歲，所以根本無法幫志緒利。

「除了妳，志緒利小姐不曾告訴別人嗎？」

「我想應該是的。那時暑假過完剛開學，我蹺課溜到屋頂，志緒利一副想不開的樣子出現，突然要跨過護欄。我擔心萬一她跳樓自殺，學校會封閉這個蹺課的好地方，便出聲阻止她。我跟她說，不曉得妳出了什麼事，可是，我曾和在俱樂部認識的男人去唱歌，然後就沒有任何記憶，所以她才會告訴我吧。在那之前，我們並沒有特別親近。」

由佳嘆一口氣。

「可是，那時我就覺得，志緒利的情況和我不一樣。她不僅遭到強暴，還被虐待。」

「虐待……」

「事已至此，我全盤托出吧。那個人渣對志緒利亂吐許多不堪的話，像是『妳媽媽喜歡勒別人脖子，我看妳是喜歡被勒吧』，然後就勒她的脖子。接著，他說『我竟然會被妳這種醜八怪挑逗，我眞是落魄』，還說『當母親的也生一個沒爹的孩子，血統果然勝過一切』，並拿香菸燙她的背，咒罵『妓女去死』，又勒她的脖子。最後，志緒利無法呼吸，拚命掙扎，因爲太痛苦，就尿失禁了。那個人渣嘲諷『好醜的臉，哇，不知恥的東西，髒死了』，不斷大笑。」

我聽得啞口無言，安齋喬太郎居然是性虐待狂。

「由於實在太慘，一開始我無法相信。可是，志緒利背上殘留香菸燙傷的疤。大概是她的手搆不到，沒辦法擦藥，傷口化膿爛掉留下疤痕。從此，我一瞥見那個人渣就想吐。只要他出現在電視上，我便大叫轉台，丈夫和孩子都很受不了我。有一次，他在連續劇裡演爸爸，當時我兒子在上幼稚園，吵著要看。我丟下一句『你要看媽媽就出去』，帶著錢包離家出走。後來，我們同意不讓那個人渣出現在家裡。」

由佳拿起涼掉的茶杯，沒喝又放回原位，邊自言自語：

「我曾勸她，最好告訴大人。因爲情況太慘，不能讓那種人逍遙法外。可是，志緒利不肯，尤其顧慮母親。要是母親知道她就活不下去，所以我束手無策。我年輕時玩得很凶，決定結婚後，含羞忍辱全向丈夫坦白……志緒利的遭遇，明明不是發生在我身上，我卻怎麼也說不出口。那名偵探上門時，我還是不敢面對。雖然我告訴他，志緒利曾在新宿的飯店跟男人碰面。」

看來，岩鄉克仁盯上由佳果然是對的，她有所隱瞞。身爲一個經驗豐富的搜查員，岩鄉克仁直覺認爲由佳不對勁，可惜沒能讓她坦白。

此外，大久保主廚提到，志緒利似乎是失戀，明明經驗沒多豐富，卻放得很開。傾慕的人竟對自己做出那種罪大惡極的事，當然不是「失戀」，但心一定碎了。

「再確認一下，關於志緒利小姐離家出走或她的去向，妳有沒有頭緒？」

「那時志緒利的狀況糟透了。有一陣子，她甚至偷偷在特種行業當ＳＭ女王，大概是藉由踢打、侮辱男人來保持心理平衡吧。可是，她眞的很脆弱，動不動就自嘲『我是最醜、最下流的賤貨』，不停哭泣。然而，她還是不願讓母親知道，在家裡和她母親那些人面前，她都扮演乖巧內向的女孩。」

「扮演……是嗎？」

「她可是女明星的女兒，演技好得很。連她母親也完全沒發現，幫她找許多相親對象。失蹤前，她說『這次要去河口湖，好痛苦，眞不想相什麼親，明明向母親傳達過心情，母親卻只會生氣，都不肯聽進耳裡』，還說『相親對象在想什麼我都知道。他們想的是，一個女明星的私生女，醜陋又下賤，可是她有錢，我就忍耐一下吧』。我當然是安慰她沒這回事，但口頭上這麼講，她一定不會相信，我覺得好無力。」

「由佳小姐，把她帶出家裡的是妳嗎？」

由佳聳聳肩，「如果她拜託我，我可能眞的會這麼做。我勸過志緒利，認爲她應該離開家裡，雖然她母親沒有惡意，畢竟什麼都不知道。可是，硬要當時的志緒利去相親，實在糟透了。得知志緒利失蹤，我猜她終究是受不了，選擇離家出走。」

由佳望向窗外，美麗的夕陽爲天空染上色彩。她雙唇緊閉，搖搖頭：

「不，我不是這樣想的。其實，我想她大概是去哪個地方自殺，甚至覺得也許死亡對她反倒是一種解脫。志緒利就是這麼可憐。」

19

在強風吹襲中，我步行前往台場海濱公園站。原以爲走一走心情會好一點，卻還是不停嘆氣。

我想找人出氣，於是腦海浮現岩鄉克哉。他沒接電話，我在語音信箱裡留言：我是受令堂之託才與您聯絡，若您對岩鄉克仁先生的下落毫不關心，我當然無所謂。

掛斷電話後，我不禁後悔。岩鄉克哉也不是那麼簡單就放棄的吧。岩鄉美枝子說，父親失蹤後，他數度回家翻找資料。二十年，要這麼長的時間，才終於能將駭人的事實說出口，才能領悟到要見一個想見的人並不容易。

我又留一次言，爲出言不遜道歉：若您願意再次釐清岩鄉克仁先生的下落，請與我聯絡。我不會再主動聯繫，以免增添您的困擾。

我搭百合海鷗號在汐留下車，爲了換車走向大江戶線途中，有人來電。一時之間，我以爲是岩鄉克哉打來，做好心理準備，卻是大貫不動產的和田女士。

「找到文件嘍。」和田女士的話聲雀躍。「平成六年，路易宮殿大樓二〇二室，對吧？要我念給妳聽嗎？」

「我想借看一下文件，不曉得方不方便去打擾？」

和田女士六點必須開店。現下剛過五點，還必須換車，無法預估抵達高圓寺的時間。最後約定去店裡找她。我詢問從新高圓寺站到店裡怎麼走，搭上地下鐵。望著漆黑的窗外，泛起一股混濁的黑暗情緒，不同於昨晚與當麻茂交鋒的怒氣。以貶低、否定一個十八歲無辜女孩的人格爲樂，這種人最好下十八層地獄，永世不得超生。

忽然間，咳嗽襲來。看來，我是被自己的殺意嗆到了。

和田女士工作的店叫「小酒館奈津子」。我以爲「奈津子」是和田女士的名字，其實是店裡媽媽桑的名字。和田女士是爲住院中的媽媽桑代班。

我不是很愛喝酒，滿少踏進小酒館。想像中是會出現吧檯、蝴蝶蘭、包廂、卡拉OK、桃紅地毯、坐在圓筒沙發上調威士忌加水的小姐——這種警探劇場景般的店，推開紫色塑膠材質的門，我嚇一跳。

店裡只有六人座的民俗風木製吧檯。和田女士在吧檯裡，看顧關東煮的砂鍋。幸好還沒有客人，我打過招呼，坐下來。

「原來這樣的店也叫小酒館。」

和田女士一笑，「大家都這麼說，我覺得也沒錯。吧檯裡有接待顧客的女人，我想這樣的店就是小酒館。」

幫忙試個味道吧——她遞給我冒著熱氣的關東煮，入口即化的昆布真美味。或許是和田女士人品的影響，坐五分鐘我整個人都放鬆了。跟祖母的廚房一模一樣的味道包圍著我。醬油、酒、烤焦的年糕、氧化的油、廚房強力清潔粉的味道，全混在一起。

好想悠閒地泡在這家店裡，喝個爛醉也不錯。我不想回分租屋和那些樂天無知的人強顏歡笑，也不想看到倉嶋舞美。

正要開口要燒酌加水時，我振作精神。

「不好意思，我要烏龍茶。然後，麻煩再添一些關東煮。有的話請給我蛋、竹輪麩和白蘿蔔。」

「妳不用勉強點菜。」

「不會呀，我想吃。」

「是嗎？」

那妳看看這些稍等一下，和田女士將文件遞給我。平成六年八月五日簽的租約，路易宮殿大樓二〇二室。

立約人，山本博喜。

我不禁嘆氣。

這下就一清二楚。果然，是山本博喜協助志緒利失蹤。

只是，我仍有許多疑問。

多虧江上由佳，志緒利離家出走的動機非常明確。受到那樣的對待，誰不想逃離？逃離母親，逃離眼前的自己。她當然會想到沒人曉得她是蘆原志緒利的地方。

然而，山本博喜為何以這種形式幫她？即使是志緒利告訴他受虐的事，表明想遠行，山本才替她租公寓，但有必要瞞著蘆原吹雪嗎？暫且不論事發當下，蘆原吹雪要聘請偵探時，他難道不該說明情由，勸她先讓志緒利靜一靜嗎？若山本無法說服吹雪，還可透過疼愛孫女的相馬大門夫婦這個管道。

而且，依目前為止的調查，我也不相信山本博喜在得知事實後會放過安齋喬太郎。

「怎麼？和妳料想的有差距？看妳的表情好像很嚴重。」

和田女士將烏龍茶放在我面前。

「契約上除了立約人，還有居住人。您記得這個山本祐子嗎？」

和田女士拿出老花眼睛，看著租約。

「簽約的是妹妹呀，我不記得了。如果沒出什麼問題，只有簽約和退租時會見面……啊，等一下。明明簽的是兩年約，但不滿三個月就退租。解約日期是平成六年十月二十五日，連押金和禮金都不要，怎會這麼早退租……」

和田女士搔搔太陽穴，瞪著對面牆上整排菜單。

「對了，當時出過命案。」

「命案？路易宮殿大樓嗎？」

「不，附近的空地發現一具女孩的屍體。這一帶大學生很多，不曉得是不是年輕無法自制，以前就常有色狼、變態之類的問題，但畢竟人來人往，幾乎沒發生過嚴重的案子。哥哥跑來說，妹妹一個人住他會擔心，希望妹妹搬家。來解約的是哥哥，我只見過妹妹一次。」

「那件命案解決了嗎？」

「沒有。」和田女士答得篤定，「當時還有好幾個女孩，也是父母來解約接回家。房子都空了，房東氣得到警署罵人，要警察趕快抓到凶手。當然，我們社長也十分關心，還曾要我送提神飲料給專案小組。可是，不僅沒抓到凶手，連遇害女孩的身分都沒查出，專案小組便解散。」

和田女士大大嘆氣，盛關東煮遞給我。我顫抖著接過來，又是命案。在另一種意義上，又有年輕女孩消失。

我告訴自己要冷靜，調整呼吸，拿筷子夾雞蛋。順利夾起，剛要咬下的瞬間，回頭看著文件的和田女士大叫一聲「哎呀」。雞蛋一滑，掉在盤子上，湯汁濺得到處都是。不過，聽到和田女士說的話，湯汁怎麼噴都不重要了。

「妳瞧，有偵探來找這對兄妹。」

「偵探嗎？」

「對，妳看這裡。」

和田女士指的文件下方一角，以鉛筆草草寫著「H6．10．16，D」。

「這個D就是偵探。社長總愛秀英文，說什麼偵探就是detective。這是社長寫的。」

「換句話說，一九九四年十月十六日，有偵探來打聽過山本兄妹？」

「對，不過……」

我一定也不自覺提高音量，只見和田女士往後退。

「和田女士見過那個偵探嗎？」

「沒有直接交談。我在招呼別的客人，是社長和他談的。」

「可是，您看到他了吧？」

我拿出手機，找出岩鄉美枝子擺在餐具櫃上那張和「孩子的爸」的合照。

「是有點印象……」和田女士歪著頭，「唔，對不起。畢竟都二十年了，實在沒辦法連長相都記住。」

倒也難怪，我收起手機。

「常有偵探來大貫不動產嗎？」

「是啊，常有偵探來找人，一年會有兩、三次吧。最近大家對個資的處理變得十分小心，不能隨便透露，可是以前都不太在意。有時是親兄弟上門找離家出走的手足，有時是爸爸從外地趕來東京找私奔的兒女，用口音很重的國語拜託有消息務必通知。社長都很同情，還會跟著一起哭。」

和田女士一臉懷念，接著似乎又想到什麼：

「那名偵探應該是茨城人。我們社長是群馬人，不過母親是從笠間嫁過去的，所以辦公室裡擺著笠間燒陶器。偵探說他和太太也出身笠間，跟社長聊得好投機。」

之前岩鄉美枝子端出笠間燒的杯子請我喝茶，應該要加以確認，但一定錯不了。那個偵探，就是岩鄉克仁。

「那麼，社長會不會也告訴偵探山本兄妹的事？」

「八九不離十。畢竟要找人的是他們的親生母親，沒有理由拒絕。」

蘆原吹雪和岩鄉克仁是在十月六日左右解約。後來，堅持不懈的退休刑警仍一步步進行調查。或者，也可能是在解約之際，對山本博喜產生疑問，進而針對他展開調查，並且終於找到蘆原志緒利。

……奇怪。

然後呢？岩鄉將志緒利的所在地告訴吹雪了嗎？從吹雪身上看不出來。那麼，岩鄉沒告訴她？還是，無法告訴她？或者，吹雪明明知道，卻佯裝不知？爲什麼？

十月十六日岩鄉克仁找到房仲。

十月二十日岩鄉克仁離家後下落不明。

十月二十五日山本博喜解除租約。

難不成……

「歡迎光臨。」

和田女士的招呼聲把我拉回現實。兩名男客熟絡地與和田女士寒暄走進店裡。我匆匆吃掉關東煮、灌下烏龍茶，付帳後，向和田女士致上謝禮。

「眞的非常感謝。」

「哪裡。有沒有幫上忙？」

能讓那位母親在有生之年見到女兒嗎？

我答不上來，默默行一禮，倉皇逃離「小酒館奈津子」。

我前往位在YODOBASHI電器行後面、開到晚上八點的吉祥寺圖書館，抽出一九九四年的報紙縮印本。高圓寺住宅區空地上發現女性被害屍體的新聞，出現在十月二十二日晚報的社會版一角。我找了三家報紙來比較，內容幾乎相同。

二十一日晚間十一點半左右發現屍體。死者身穿粉紅色運動服、牛仔裙及帆布鞋。包包與其他物品都查不出她的身分。頸部有繩索狀的壓迫痕跡，臉部遭到劇烈毆打。在發現屍體前不久，有人聽見女性的叫聲。從青梅街道到早稻田通，這一段路包括高圓寺在內的杉並、中野地區，過去便經常發生女性遭到陌生年輕男子毆打臉部、緊抱等案件，專案小組推測極可能是這類案件加劇的結果。

闔上縮印本的聲響太大，圖書館員投來嚴厲的視線，我不甘視弱地瞪回去。本人沒工夫在意這些瑣事。

死因是勒斃，和石倉花一樣。

蘆原志緒利消失了。偵探消失了。由起子消失了。奶媽消失了。

石倉達也說過，那女人身邊的人一個個不見。

步出圖書館，一打開手機電源，發現一大堆聯絡紀錄，來自「史坦貝克莊」。倉嶋舞美順利搬家，火鍋歡迎會馬上就要開始。

快回覆完「我會比較晚回去，請大家先開動」時，有電話打進來。一看來電顯示，就覺得好煩，是調布東警署的澀澤漣治。即使是二十一世紀的現在，還是沒人發現告別警察的方法。

「這次換岩兄的兒子聯絡我。」

聽起來，澀澤的厭煩程度與我不相上下。

「妳打電話給他後，感覺他情緒十分激動。妳到底跟他講些什麼？」

哦？這倒是令人有點意外。

「岩鄉太太前天打給我，要我說服她兒子。」

「她怎麼又找上妳？」

我解釋與岩鄉美枝子的通話內容。可是，這對母子到底是怎樣？明明見面講清楚就好，偏要找別人，而且是各找一個，透過電話表態。

澀澤漣治哼一聲：

「兒子找我告狀，代表妳沒說服他啊。既然如此，我會好好跟他說，以後妳小心點，不要太亂來，千萬別增加我的工作。」

「你指的是處理岩鄉先生的兒子投訴？還是他媽的警部，不對，當麻警部找你麻煩？」

「都有！妳怎麼會被那個警部盯上？」

「我勸你還是別知道的好。」

「是嗎？那就算了。」

他準備掛電話，我連忙問：

「對了，岩鄉先生是茨城笠間人嗎？」

「咦？對啊。剛認識時，岩兄跟我說『漣治，我下次帶笠間燒給你』。我以爲是像今川燒那種吃的，不料他拿來的是茶杯，嚇我一跳。他堂叔夏天種菜，冬天燒陶。岩兄常提到，等他退休也想過那種生活。那個親戚在岩兄退休前去世，沒有後人，房子大概會變成空屋。岩兄相當感嘆，其實他們夫妻想搬過去，但那房子很老，水管什麼的不大修沒辦法住，要花很多錢。」

這個刑警一開口就滔滔不絕，很可能是沒朋友。

「抱歉，想再請教一件事。二十年前，發生私生女騷動時，到成城警署抗議的是蘆原吹雪本人嗎？」

「沒錯，所以鬧得更大，我連想起來都不舒服。這又怎麼了？」澀澤訝異地問。

該怎麼說才好？我深呼吸一口。

「看事情發展，或許能知道岩鄉先生碰上何種遭遇。」

「妳說什麼？」

「然後，搞不好能破幾件懸案。」

澀澤漣治在電話彼端笑道：

「女偵探，要吹牛皮也別吹破了。妳在胡扯什麼？」

「我知道你不會相信，但你想不想賭一把？即使沒中也沒損失，頂多就是一句『啊，猜錯了』。萬一中了，也許能讓你出一口怨氣。」

沉默半晌，澀澤回答：

「我告訴妳，要是以爲警察什麼都會告訴偵探，妳就大錯特錯了。這一點可要搞清楚。」

我當他沒拒絕，繼續道：

「你記得九四年十月二十一日發生的高圓寺女子勒斃案嗎？」

「女子勒斃……哦，連死者身分都不清楚就變成懸案。怎麼了嗎？」

「能不能請你查一下，那具屍體是不是蘆原志緒利？」

澀澤刻意嘆一口氣，「怎麼可能啊。蘆原志緒利是當年八月報警協尋的，專案小組早就拿十月二十一日那件命案的死者和尋人資料核對過。」

「對，可是沒查過尋人資料是不是正確的吧？」

「欸，親生母親怎麼會在協尋女兒的資料上亂寫……而且，還有照片。」

「高圓寺命案的死者，臉部遭到毆打，我想照片派不上用場。」

「是嗎？可是，也不能因爲這樣就……」

「蘆原吹雪報警協尋志緒利，是她失蹤一個月之後的事。她們身邊的人說，蘆原吹雪爲了要志緒利相親，母女之間的摩擦不小。志緒利在母親的前經紀人安排下離家出走，但他效忠的不是志緒利，而是吹雪。」

「妳想講什麼？」

蘆原吹雪抓過的右腕隱隱作痛。

我決定不顧一切說出：

「蘆原吹雪勒死志緒利。」

她瞳孔放大，勒緊女兒的脖子……

「大概就在志緒利失蹤的一九九四年七月二十五日那天。可是，志緒利運氣好，沒有死。於是她離家，逃離母親，前經紀人助她一臂之力。不是爲了志緒利，而是爲了不讓他心中至高無上的蘆原吹雪成爲殺人凶手。」

吹雪深信自己殺死志緒利，屍體交給山本博喜處理。另一方面，志緒利有溺愛她的祖父母。當著他們的面，就算拖延再三，也不能不報警尋人。但考慮到屍體被發現的可能性，便有必要在報警時謊報資料。否則，一旦找到屍體，萬一沒弄好，不管是殺人的事，或女兒的生父，全都會攤在陽光下。

聽到澀澤咬牙切齒，我把手機拿遠一點。

「所以呢？蘆原吹雪到成城署來抗議，也是爲了掩人耳目？」

「不是啦，又還不確定。」

「好吧。」澀澤大喊，「我就跟妳賭了，女偵探。這麼一提，倒眞的沒人會去想尋人時塡的資料是不是正確。可是，上次的白骨案也一樣，即使當時古濱啓造報警協尋老婆，塡寫的資料八成也會是捏造的。」

「愼重起見，我要再強調一下，目前只是有這個可能性，並不確定蘆原吹雪就是殺人凶手。」

「這我明白。不過我倒是有個大疑問，就算女兒躲在高圓寺，蘆原吹雪怎麼知道她的下落？」

我說出岩鄉克仁似乎在解約後仍繼續尋找志緒利，並找到房仲的事。

「岩鄉先生向吹雪報告後就失蹤了。緊接著，公寓附近的空地出現女子被勒死的屍體。幾天後，山本博喜解除租約。這一連串看下來，讓我有這種感覺。」

「那非得查一下那女子不可。」澀澤有些興奮，「好，包在我身上。我想辦法去查以前的資料。」

「請暫時不要讓別人知道。如果爲了這件事，澀澤先生又被盯上，流放到八丈島，我會良心不安。」

「妳啊，要煽動就煽動，要潑冷水就潑冷水，不要又煽動又潑冷水行不行？然後呢？蘆原志緒利有沒有明顯的身體特徵？」

我告知她背上應該有香菸燙傷的疤痕，便結束通話。

20

回到「史坦貝克莊」時，已將近九點。餐桌上有火鍋，及二十罐以上的啤酒和一瓶燒酎，全都空空如也。客廳裡，一群喝嗨的女人在地板上、沙發上續攤，兩個不會喝酒的，在廚房餐桌上給草莓加煉乳。倉嶋舞美黏著岡部巴親密地聊天。

我在酒氣衝天的「妳回來啦」和「好慢喔」聲中，回到房間換上輕鬆的衣服。在二樓的洗臉台卸妝，又替自己打了氣才下樓。一想到每次回家就要爲自己打氣的日子還得持續半年，就覺得好累。

餐桌上的餐具收走了，一只小砂鍋冒著熱氣，是不會喝酒的瑠宇幫我準備的。我滿心感激地開動，從廚房回來的醉鬼一枚，爬到我對面的椅子坐下。我一時沒認出她是誰。

「原來妳戴眼鏡。」

「唔，我是大近視，平常都戴隱形眼鏡。」

「妳一根眉毛都沒有耶。」

「嗯。」

倉嶋舞美搓搓不帶妝的臉，開始傻笑。

「我年輕時，爲了留細眉一直拔，拔到後來就變成這樣。因爲這件事，我跟一個大叔一見如故。大叔年輕時，因爲頭髮變少，乾脆剃光。不是說剃掉長出的毛會變多嗎？可是，這一剃，卻成了無可救藥的條碼頭。啊，搞不好可以當歌詞。妳覺得呢？無可救藥的～條碼頭～」

原來如此。縱然外表年輕，倉嶋舞美的確已年過四十。

兀自笑一陣，倉嶋舞美雙臂在餐桌交疊，下巴靠上去。

「可是，以此爲契機，我才會和大叔親近起來，找到不錯的打工。後來就沒了，那個打工。」

我不禁停下筷子，偵探的血液蠢蠢欲動。就是現在，快套出她的話。

「那個……」

不，算了。何必爲他媽的警部這麼賣命？爲了保護自己，我會提供已知的資料，但休想要我積極調查。這是不法偵探最起碼的小小自尊。

「那個大叔啊，任職於『柏靈頓咖啡館』的人事部。」

倉嶋舞美自顧自講個不停。我想起來了，當初她也是如此。消失的未婚夫，叫什麼名字來著？是不是藏本周作？愛貓的騙徒。從那次到現在還不到一星期。

「葉村，妳知不知道『柏靈頓咖啡館』？有沒有去過？他們的炸魚薯條超美味。」

「哦、哦。」

「那個打工眞的很棒。跟妳說，我去端過盤子，不過不止這樣，還有更容易賺的。好奇吧？妳很好奇對不對？」

「呃……還好。」

「騙人，妳明明就非常好奇。」

我一點都不好奇，眞的。

「欸，妳要保密喔。電話啊，有時候打來，有時候不會打來。」

嗚呵呵呵，倉嶋舞美邊扭邊說，下一秒就趴在桌上睡著。我頓時傻眼，繼續吃我的鍋。瑠宇出聲：

「她喝得挺多，發生什麼事嗎？」

瑠宇微微皺眉，這不是個好兆頭。我不在時，倉嶋舞美闖禍了嗎？

「啊，她不久前失戀了。」

「酒量明明不好，喝醉又很煩人，原來是失戀了啊。等她酒醒，妳告訴她，不會喝酒就不要喝。」

「抱歉。」

我暗暗想著，爲什麼是我道歉？人際關係，寫成「人際關係」，其實念成「身不由己」。有時要爲認識的人可能參與犯罪低頭道歉，有時也會被可能是凶手的人救了一命。

等我吃完收拾妥當，倉嶋舞美依然沒醒，餐桌上多出一灘口水。沒辦法，我只得叫醒她，帶她回房間。我肋骨還沒痊癒，不方便扶抱，動作滿粗魯的。打開她房間的拉門，我不禁一愣。

她沒鋪床，也沒裝窗簾，五個紙箱堆在中央。這就算了，連包包、皮夾等可能放有貴重物品的東西，全散落一地。我心想，妳要直接這樣睡嗎？但她本人毫不在意，踢開腳邊的障礙物，走到床邊，眼鏡也沒摘就倒下，開始打鼾。

眞糟。

我想悄悄溜出去，剛要關上拉門，聽到有人「嗚嗚」叫。倉嶋舞美坐起來，一臉傻相地環顧四周。

「哇，我忘記要整理房間。」

「先拿出明天要穿的衣服和寢具，其他再說吧。晚安。」

「等一下，葉村。難道妳不幫忙？」

「難道妳要我幫忙？現在十一點多了。」

「明知我要搬家，妳應該要早點回來啊。」

「這位小姐，爲什麼我非得幫妳整理不可？我又沒答應妳，而且我工作也很忙！」

「可是，平常在這種情況下，不都會幫忙嗎？」

倉嶋舞美鼓起腮幫子。活到四十歲，還裝什麼可愛。

「妳是大人了，自己的東西自己管好，不要依賴剛出院沒多久的人。」

「至少幫我把棉被之類的拿出來啊。」

我只好拉出棉被袋，將一條繡著鮮豔花朵的絲被丟到床上。

「怎麼，四十幾歲的單身女蓋新娘被很好笑嗎？」

倉嶋舞美一副要咬人的模樣。

「噢，原來這是新娘被。」

「對，本來應該是我的嫁妝。人家呀，這時候應該跟男友一起窩在東小金井的公寓裡，養兩隻貓。你說該取什麼名字呢？就取妳喜歡的名字吧。那麼，叫摩斯和路易斯（註一）好不好？凱索和貝琪（註二）？乾脆取日式一點的，點與線？」

「不要吧。」

「我們應該要這樣恩恩愛愛，就算被家裡趕出來也不怕，才不會在這種沒人要的女人聚在一起的分租屋被嫌棄！」

倉嶋舞美哭哭啼啼，五秒後又倒在床上打鼾。

我幫她蓋上那條誇張的棉被，將其中一個紙箱推到床頭，鋪上掉落在地的素面絲巾，弄成像床頭桌一樣，替她把摘下的眼鏡、散布地上的隱形眼鏡盒和錢包等等，全放在這裡。接著，我攤開床單，掛在窗簾軌上充當窗簾。

走向門口，小趾頭撞到隨便堆的紙箱。那紙箱好重，蓋子上寫著「木工用具」。這種危險的東西就該先塞進壁櫃！我按著小趾頭蹲下，心裡一陣咒罵。這段期間，倉嶋舞美悠哉的打鼾聲仍在房裡作響。

我不禁懷疑，這有可能嗎？

一邊是被愛情騙子甩得團團轉，樂天傻氣、衝動講不聽、粗魯又隨便，另一邊卻玩弄警方於指掌之間，這種事可能嗎？

小趾頭的疼痛減緩，我扶著紙箱想站起。紙箱只以短短的封箱膠稍微封住，我頓時感到好奇，她究竟帶什麼到只住半年的房間？

……不，算了。翻開我就眞的成爲間諜。

步出倉嶋舞美房間，剛要上樓時，有人來電。一看名字，我的心跳頻率立刻激增，是岩鄉克哉。

「我向調布東警署的澀澤刑警打聽過妳。」

傳來岩鄉克哉高亢的話聲。我請他等一下，要移動到方便講話的地點，他大概打算裝作沒聽到，自顧自講個不停。

「他要我有話自己打給妳。就是有警察朋友才拜託他隨便應付一下，眞是一點用處都沒有。反正，我不曉得老媽說了什麼，但妳一個外人，請不要再管我爸的事。我想忘掉這

註一：英國小說家柯林・德克斯特（Colin Dexter）筆下的兩名警探。

註二：美國影集《靈書妙探》（*CASTLE*）的男女主角。

件事。我爸失蹤二十年，現在還有什麼好找的。」

「我沒有尋找岩鄉先生的意思。」

我以最快的速度穿上拖鞋衝到屋外，過馬路來到葡萄園中央，才總算敢回答。

「我的目標不是岩鄉先生，而是岩鄉先生失蹤前尋找的女子。只是，令堂拜託我，既然在找那名女子，希望我能稍微幫忙留意岩鄉先生的消息。」

「這我已聽說，我是在告訴妳，那種拜託不必理會。我媽是鄉下愚婦，到現在還相信二十年前消失的老爸會回來。老爸的退休金和存款，全交給老媽，她早就可以搬出又舊又髒的老房子，住到有看護的公寓。她總說要是不待在那個家，老爸回來會找不到人，講也講不聽。如果老媽就這樣獨自死掉，變成人乾被發現，我這個兒子便要背起所有罵名。」

把親生母親講成這樣，你不覺得太過分嗎？話湧到喉嚨，我還是吞回去。批評別人的親子關係，對誰都沒好處，只會讓相關的人都不愉快。

「我明白。聽說克哉先生在一流商社上班，工作一定非常辛苦，還要替父母操心。」

我盡力表示同情。岩鄉克哉大概沒料到我會是這種反應，帶著困惑回答：

「這倒是。」

「像我這樣的人，與菁英的世界無緣，但克哉先生似乎住在摩天大樓？果然，有身分的人就是不同。」

「沒什麼，都住二十年了。」

「可是，還是非常厲害。而且，在商社工作滿累的吧。」

「每一種工作都不輕鬆啊。不過，我剛升爲副部長，有許多擔心不完的事。」

「哇，原來你是副部長，眞了不起。令堂一定很高興吧。」

「我沒向母親提過升職的事。即使告訴她，她也只會口頭恭喜。我向她報告兒子考上大學，她也只包一萬圓給孫子。她那樣過日子，根本用不到什麼錢，現在祖父母幫孫子出學費可以免稅，出個入學金、寄付金也不爲過吧。」

一奉承他是菁英，語氣就收斂許多。虛榮好，虛榮妙呀。

「令堂還是相信岩鄉先生會回來。」

「二十年過去，早該當他走了。」岩鄉克哉彷彿在說給自己聽：「根本早該宣告失蹤，要是法律上認定死亡，母親也能夠死心。她一直堅稱『孩子的爸會回來』，我實在不應讓她一直這樣下去。」

「我不知道克哉先生的想法，搬出岩鄉先生的陳年往事，驚擾到你了。只是，令堂說，克哉先生手邊有岩鄉先生以前的資料，也許裡面有什麼與我在尋找的女性有關，才與你聯絡。」

沒有回答。我還以爲是斷訊，但聽得到岩鄉克哉那邊的車輛往來聲。一想到他也住在一個不方便打電話的家，不由得心生一絲同情。從摩天大樓的十八層來到外面，肯定比我從「史坦貝克莊」出來麻煩得多。

「哦，老爸的資料。抱歉，我全丟了。」

沉默半晌，他言不由衷地道歉。

「全部嗎？」

「是的。我和母親不同，必須往前看，也必須養兒育女。我想忘掉老爸的事，所以都丟了。」

「但是，爲了尋找令尊的下落，你看過內容吧？」我不肯放棄，「你還記不記得，其中有沒有提到高圓寺的部分？」

「高圓寺？」他重複我的話，「這個嘛……老爸的記事本我當然看過。爲了蘆原吹雪的女兒，他見過不少人，提到高圓寺也不足爲奇，可是我不記得了。」

可以了吧——他丟下一句，便掛斷電話。

我這才發現四周一片黑暗，葡萄園旁的路燈似乎壞了。我趿著拖鞋，回到「史坦貝克莊」。剛剛應該告訴岩鄉克哉高圓寺公寓的事嗎？或許能得知岩鄉偵探的遭遇。既然跟澀澤說了那麼多，也應該告訴兒子一聲。

我改變主意，畢竟目前事情還不明朗。岩鄉母子的代溝，常見於所有不和的家庭。兒女認爲父母的錢是孩子的錢，當然要用在孩子和孫子身上。父母當年不靠他們雙親的錢，憑自己的力量養大孩子，發現孩子竟然這麼想，大爲受傷。類似的例子屢見不鮮。

然而，這種狀況卻因岩鄉克仁的失蹤益發複雜，難以處理。此時，若是投下「或許能解開二十年前的眞相」這顆炸彈，會發生什麼事？弭平代溝當然皆大歡喜，但反過來也可能加深代溝。

今天眞是個不停嘆氣的日子——我默默想著走進屋內，鎖上門。剛要走向樓梯的瞬間，瞥見倉嶋舞美的房門輕輕關上。

整理完今天的調查結果，將手機裡的新資料備份至電腦後，我鑽進被窩。插上兔子常夜燈，我忽然想到一件事。冒著冷汗的同時，暗自慶幸沒憑打鼾就判斷別人睡著，擅自打開別人的箱子。

「失眠夜的枕頭」，倉嶋舞美有失眠的毛病。

21

第二天早上，我沖過澡，回到房間。撕下濕掉的藥布一看，出現紫色手印，不禁想起小時候看過的恐怖漫畫，像是移植的手不聽使喚地去勒主角的脖子、人面瘡等等。我貼上藥布，纏上護具。雖然不痛，也不會影響活動，但實在是觸目驚心。

拔下手機充電器的同時，「MURDER BEAR BOOKSHOP」的富山打電話來。

「葉村小姐，明天是星期六。」

我暗叫不妙。我答應過週末要去看店，卻忘得一乾二淨。偏偏在這麼忙的時候。偏偏在一切就快揭曉的時候。

「好，那個……星期六是吧。」

「眞島又來找我們。地點在國分寺，巧的是，恰恰是麻生風深家。要整理風深大師半年前逝世的父親遺物。據說有不少推理作品，很令人期待吧？我跟他約明天下午三點，我們提早十五分鐘，到西國分寺站南邊的圓環集合。我請眞島開卡車載我們過去。」

「你可能忘了，我肋骨裂開，還不能提重物。」

說眞的，肋骨已不太會痛。只是，我不打算告訴富山。在富山店長面前，我的肋骨永遠都是裂的。

「可以見到風深大師呢！所以我會去，土橋也會去。妳不妨跟大師談談。」

「談？」

「就是蘆原吹雪啊！妳看過『玫瑰系列』吧？該不會還沒看？」

「我先看《白玫瑰之女》。」

「妳不覺得風深大師的玻璃藝術非常了不起嗎？」

一大早腦袋還沒清醒，富山的話我連一半都聽不懂。迷迷糊糊中，我逐漸明白他要幫我介紹一個蘆原吹雪的熟人。我卻只顧自己方便，差點要找藉口推託，眞慚愧。

「你是因爲和蘆原吹雪有關，特地找我一起去啊。」

「『玫瑰系列』的妙處，和麻生風深做爲一名玻璃藝術家的藝術性，我不指望妳會懂，但想說至少要問妳一聲。人多才熱鬧嘛。」

「……謝謝你想到我。可是，我們三個人都不在，店裡怎麼辦？」

「我不是在網站上公告了嗎？妳沒看哪？」

「不好意思，我很忙。」

「土橋朋友的兒子週六會來幫忙，星期日就麻煩妳。」

呃，星期日我搞不好也有困難。我還在囁囁嚅嚅，電話就掛了。

趁吹頭髮的空檔，我打開電腦上網。富山的部落格果眞提到新的打工店員，順帶提到蘆原吹雪。大概是我讓他突然想起一些有的沒的，他還去接洽經銷商，詢問能不能在店裡賣「玫瑰系列」的藍光豪華收藏版，不過對方以庫存稀少·口回絕。

我再次在網路上搜尋「蘆原吹雪」，找到鐵粉製作的網站。點進去，發現裡面也有關於麻生風深的網頁。吹雪還在歌劇團時，有一次爲了躲雨走進風深的個展，對她的作品大爲感動，兩人結爲好友。她將風深的雕刻介紹給土方龍導演，導演從中得到《白玫瑰之女》的靈感。

網站上刊出翻拍《白玫瑰之女》電影手冊的照片，果然就是蘆原吹雪庭院裡的「奇形怪狀的擺飾」。跟拔掉「谷川植木」的繡球花設置的玻璃藝術品一模一樣。

電影裡出現的玻璃藝術品，居然有三座在庭院裡。麻生風深與蘆原吹雪是好友這一點，顯然無庸置疑。藝術家也是人，光靠風花雪月無法過活，但若是討厭蘆原吹雪，也不會把三件作品都賣給她吧。

我跳到別的美術網站去看，有些寫出麻生風深玻璃藝術品的價格。二十公分見方的玻璃板中央，嵌著一個紅、金、綠奇妙交織的十字架。這個名爲《墓標》的作品主題與蘆原吹雪庭院裡的類似，但這個尺寸要價二百三十萬圓，而且已SOLD OUT。雖然藝術品不見得愈大愈昂貴，但庭院裡的藝術品八成是天價。

我餓了，於是關掉電腦。一關，便接到櫻井的來電。他得意洋洋地報告：

「找到嘍。」

「山本博喜嗎？」

「查出他在小田原的度假式公寓地址。」

我抄下來，盛讚櫻井一番，以最快的速度換好衣服。米色風衣、灰色薄針織背心，搭深藍色長褲，在全身鏡裡檢視一下。很好，現在這個時期，一節車廂裡大概有三名女性是這種打扮。

在玄關穿鞋時，聽到匆促的腳步聲，只見倉嶋舞美緊握早報衝出廚房，臉色大變。

「啊，葉村，我有點事想找妳商量。本來昨天就想跟妳說的，可是我很怕，不知道能不能相信妳。其實，警方因爲一件事懷疑我，根本是故意刁難。大概是覺得我打工的薪水太好了。」

哇咧，我在心裡暗叫。妳偏要挑這時候、在這裡講那件事嗎？

「抱歉，我有急事要出門，能不能等我回來再談？」

「妳要去哪裡？」

「小田原。」

「是喔。」倉嶋舞美咬住發白的嘴唇，「啊啊，那就算了。對了，小田原有一家充滿昭和氣息的麵包店，他們的紅豆麵包很好吃，要買回來喔！」

「我是去工作的。」

「就在車站前，店名叫『守谷』。」

「啊啊啊，要是有時間的話啦。」

我衝出「史坦貝克莊」，快步走在前往車站的路上，眞心後悔認識倉嶋舞美。至少，我應該拒絕讓她搬進來。這樣就不會跟他媽的警部扯上關係，也不用覺得舞美很煩。

我搭上九點二十七分，由新宿車站出發前往箱根湯本的「浪漫列車」。星期五早上，由於出遊季節正式來臨，火車幾乎客滿。我坐的是靠通道的位子，但旁邊和前面兩個座位的三名歐巴桑，隨便問句「可以吧？」便強迫我同意，將前座轉過來，於是我陷入音量驚人的聊天狂潮。這我還能忍耐，但她們散發出的濃烈防蟲劑味完全將我打敗，上輩子我可能是蟲子吧。如果叫我選防蟲劑或衣服被蟲蛀，我一定選蟲蛀。

本來打算在車上吃早餐，卻敗給可怕的氣味。爲了轉移注意力，我試著回溯倉嶋舞美的事。仔細想想，她願意找我商量被警察盯上的煩惱，其實也不錯。可以光明正大向本人問出事實，還可以勸她和我認識的警察談。直接交給當麻警部，我便不必再繼續幹偷偷監視別人的勾當。

有件事我覺得挺奇怪。藏本周作這個騙徒，爲什麼半路放過肥羊倉嶋舞美？他和舞美爲買房子的事吵架，但舞美馬上就後悔，打電話道歉。如果我是騙徒，便會一鼓作氣要她買。實際上，他卻斷絕聯絡。雖然幸虧如此，舞美才不必背房貸。

藏本周作發現警察在監視她嗎？如果是這樣才縮手，他是怎麼發現的？

搞不好，這件事也是警方內部有人走漏消息。

列車準時在十點四十五分抵達小田原。一下車，我馬上衝進車站大樓旁的咖啡店。大口吃掉披薩吐司，灌一杯冰咖啡，服下藥。

終於覺得自己活過來，想從包包拿出資料來研究時，看到一個不該出現的東西。昨天上午在醫院，應該要交還蘆原吹雪家的鑰匙，我忘得一乾二淨。

我趕緊聯絡泉沙耶。還以爲她會生氣，沒想到她心情絕佳，要我不必介意。

「阿姨談到一半睡著，石倉舅舅又跑來鬧，難怪葉村小姐會忘記。等妳來醫院再還就好。」

「吹雪女士狀況如何？」

「葉村小姐昨天來報告後，一直很穩定，頭腦也十分清楚，所以說要寫遺書。今天下午會找公證人來。」

「那麼，果真是要把財產留給照顧她起居的沙耶小姐？」

「阿姨對我說，很感謝妳。」

沙耶似乎壓抑不住喜悅，繼續道：

「阿姨頭一次對我說這種話。這陣子，阿姨明顯不對勁，吵著說看到幻影，吵著搬到一般病房，叫我穿志緒利的舊衣服，要求僱用偵探找志緒利。啊，對不起，我不是嫌葉村小姐不好。多虧妳臨出院還肯答應阿姨那麼胡鬧的請求，阿姨才能冷靜下來，考慮後事。」

「辛苦終於有回報，真是太好了。」

我不著痕跡地酸一句，但泉沙耶似乎沒聽出來。

「真的。當然，要整理阿姨留下的東西不是簡單的事，接下來才累。可能得找個好的遺物整理業者。妳認不認識值得信賴的業者？」

這是個推薦真島進士的公司「哈特福資源再生」的絕佳機會，但我說不出口，畢竟蘆原吹雪還沒死。如果我的推論沒錯，她現在死掉就麻煩了。更何況，我不是基於禮貌或教養才這麼說——有資格擔心還活著的人的遺物的，只有本人。

樂翻天的泉沙耶並沒有讓我覺得不舒服，反倒開始擔心。蘆原吹雪鄙視外甥女，若她把全部財產留給沙耶也就罷了，要是如意算盤最終落空，「多虧葉村小姐」很可能會變成

「都是妳這女人害的」。再者，要是又證明蘆原吹雪是勒人魔……被媒體炒作成連續殺人犯的外甥女，泉沙耶怎麼可能高興得起來？最後，她對我會怎麼想？我這個不法偵探，肯定會面臨比當麻警部更嚴重的危機。

算了，煩惱這些也沒用，先找到山本博喜再說。

他的度假式公寓雖然在小田原，卻是在風祭靠山那邊。在「浪漫列車」上差點被防蟲劑毒死之際，我仍不忘查詢車站前所有的租車公司，但果眞是旅遊旺季，一輛空車都沒有。

我想研究一下公車路線，卻對這個地方一點概念都沒有，坐公車實在太異想天開。為了節省時間和體力，我決定搭計程車。在車站二樓看了小田原城一眼，我下到一樓，從車站前的計程車招呼站，搭上一輛黑色計程車，告訴司機我要到山本的公寓「小田原綠丘度假村」。年紀大約在七十到九十歲之間的司機，在駕駛座上一個轉身面向我，頻頻打量我後才發動車子。

「客人，不好意思，妳有朋友住『綠丘度假村』？」

車子開在東海道上，穿過魚板主題公園時，一直保持沉默的司機開口。

「咦，怎會這麼問？」

「大家都知道那裡現在有糾紛。那是八層建築，半年前電梯故障，上面幾層需要電梯的住戶說要全部的人一起出錢修理，住下面樓層的卻說不關他們的事，不願出錢。吵半天吵不出個結果，高層的住戶待不下去，紛紛搬走。」

「哦，眞是不得了。」

我翻看櫻井給的資料。山本博喜住八〇二室，怎麼想都是最頂樓。

「我親戚在搬家公司上班，抱怨實在吃不消。要把冰箱之類的從八樓扛下來，難怪要發牢騷。依我看，是住下面的人不對。電梯一直不修，大樓遲早會變成空城。到時他們的房子也會貶值，短視近利不會有好結果。」

「他們沒有管理公司嗎？」

「就算有，未經居民同意，也不能自作主張去修電梯。泡沫時期規畫的度假式公寓果然不行，住戶根本不會珍惜，以爲交給管理公司，就什麼都不必管。最近又有許多人像泡沫時代那樣，鼓吹投資房地產、運用資產，想從中大撈一筆，眞想叫他們看清後果。希望輕鬆賺大錢，妄想不花一毛錢麻煩事便有人代勞，實在是一群傻子。」

談話間，車子開上山，不久出現一棟突兀的大樓。算是符合想像吧，曾經雪白的牆，陽台扶手爲了繁複無謂的裝飾扭來扭去，原本大概是綠色。屋頂及另一小部分，則是青瓦屋頂的作法。一種藉由建商品味，結合地中海度假風與日式城堡的建築。

付錢後，我拿收據下車。再次仰望，說空城是言過其實，但確實缺少活力。因爲是度假式公寓，定居的戶數可能不多，不過好幾處的窗戶沒窗簾、陽台上不見冷氣室外機。

購入時多半要價幾千萬圓，現在要賣，大概二、三百萬圓。若電梯一直不修，搞不好出價一百萬圓也沒人買。我有點心動，這樣我也買得起。

不不不，買了幹嘛？

只有大得毫無意義的入口，貼著仿紅磚的磁磚。裝飾的盆栽缺水，自動鎖上貼一張警告「故障」的紙。因此，玻璃自動門敞開。看來，居民不願付的不僅僅是電梯修理費。

土狼發現虛弱的獵物一擁而上的證據，便是信箱四周散落大量傳單。每一個信箱都塞滿傳單。一個拄枴杖、揹著背包的老婆婆，踩著滿地傳單走向信箱，從右上開始，非常仔細而悠閒地依序將手上的傳單塞進去。

我觀察八〇二室的信箱，上面沒標示姓名。雖然不認爲山本博喜會掛出自己的名牌，但這麼一來，無論如何都要爬到八樓。

儘管走路是我的工作，爬到八樓實在累人。途中覺得有菸味，探頭望向六樓的走廊。無人的走廊上，一個穿宅配制服的年輕人蹲著抽菸，大概是曉得這一層沒人住。原來如此，這棟建築已逐漸化爲貧民窟。

抵達八樓，我按下八〇二室的門鈴。不，應該是說，按了卻沒任何聲響，於是我敲敲門。

門開著一條縫，我發現沒上鎖，便輕推看看。門也沒上鏈條鎖，一推便敞開。

「有人在嗎？」

曾有人教我，遇到這種情況，要扯開嗓門放聲大喊。當自己是愛湊熱鬧、煩人、臉皮又無敵厚的雞婆歐巴桑，喊就對了。我遵從訓示，拋下羞恥心揚聲問：

「山本先生，你在家嗎？山本先……」

門敞開後，我探進屋內，不禁倒抽一口氣。走廊盡頭，微開的門後地板上，有一雙人腿。

22

「是吹雪老師派妳來的嗎？」

山本博喜舌頭轉不太過來。即使如此，他仍端正跪坐，挺直背脊，完全不像前一刻倒臥在廚房地板上流口水的醉漢。

不過，要讓他恢復到這種程度，耗費我好大的工夫。說盡好話又哄又捧，餵他喝水，並勸他去沖澡。冰箱空蕩蕩，只剩一根竹輪，其餘什麼都沒有，我還跑下八層樓到附近的便利商店買咖啡和解酒劑，又爬八層樓帶回去給山本喝。他聽我的話沖澡、喝咖啡，花了將近一小時，好不容易重拾人形。

緊接著，他便理所當然地問起「妳到底是誰？」。此時，我才搬出蘆原吹雪的名字。山本立刻切換開關，跪坐在地。早知這麼有效，剛剛應該在他耳邊連喊吹雪的名字。

「從去年十一月就聯絡不上你，蘆原女士非常擔心。」

我強調「擔心」。畢竟就算門沒鎖，發現一雙腿癱在地上，我終究是擅闖別人的家。這種情況下，將責任轉嫁到蘆原吹雪身上才是最上策。

「是嗎？讓吹雪老師擔心，也給妳添麻煩了。」

「麻煩是還不至於，要找到你的所在卻大費周章。」

「噢，虧妳能找到這裡。」

山本博喜的視線落在我的名片上。

「蘆原女士想起山本先生曾在小田原買公寓。」

既然對方跪坐，我總不能待在椅子上，但跟他一樣跪地板，腳背好痛。我邊說話，邊悄悄觀察屋內。

客廳的大小普通，窗戶很大。一進來，右側有一組小廚房和冰箱。走廊北側有另一扇半開的門，約莫是寢室。看來，這是一房一廳的格局。

最大片的牆上，掛著蘆原吹雪年輕時的巨幅黑白照片。應該是把白玫瑰捧在面前，露出妖豔嫵媚的笑容。

照片前，擺著一張老舊變形的沙發。菸蒂在菸灰缸中堆成一座小山，擺在一張矮茶几上。四周是東倒西歪的酒瓶，其中還有穿過的衣服，也有女性用品。茶几上散亂著鈔票，有成綑也有零散的。

看來，堪稱裝潢擺設的只有這些，我不禁傻眼。再來把槍，活脫就是電影裡會出現的殺手家。

「請教一件私人的事，過去您都在哪裡呢？」

「各式各樣的地方，因爲該做的事很多。」

「至少可以回個mail。」

「老師曾寫信給我，我已告訴老師那個信箱不能用了。」

「是嗎？那麼，難不成你不打算再見蘆原吹雪女士？」

「錢的方面，我會安排以後繼續匯過去。」

「不是錢的問題。你有意斷絕聯絡嗎？」

「這個嘛……」

山本博喜不正面回答，抬眼看我。六十五左右的年紀，過著成天喝酒的日子，活得更廢潦倒也不足爲奇，但他的皮膚白皙乾淨，和別人形容的一樣，有種瘦小斯文的印象。不過，眼神確實可怕。受到這樣的眼神注視，又提起孩子的事，聽起來除了是恐嚇，還是恐嚇。

要怎麼開口、從哪裡問起？當然，再怎麼離譜也不能問「蘆原吹雪是勒人魔嗎？」，也不能問「高圓寺的屍體是志緒利小姐嗎？」。

在我猶豫之際，山本博喜呼出酒臭味，卻仍端正跪坐。於是，我心一橫，決定觀察他的反應，問出多少算多少。

「山本先生，你曉得吹雪女士生病嗎？」

山本博喜似乎打從心底吃驚。

「生病？老師嗎？」

「詳情我不清楚，據說是癌症末期。」

「癌症末期……情況這麼糟嗎？」

「醫生認爲，時間不多了。」

山本博喜瞪大雙眼，僵在原地。

這消息似乎造成相當大的衝擊，我暗叫糟糕，但爲時已晚。不過，還有其他說法嗎？無論如何，事實都不會改變，我也不認爲迂迴婉轉就是體貼。

可是，還是得安慰他。浮現這個念頭時，手機響起，是調布東警署的澀澤漣治。我向山本道歉，邊起身接聽。雖沒跪坐多久，血液已循環不良，我雙腳發麻，行動遲緩。

「喂，女偵探。」澀澤劈頭語氣就很差，「高圓寺的屍體，背上才沒有燙傷的疤痕。」

「咦？」

我連忙來到走廊。偷瞄一眼，山本仍跪坐在廚房，右手就近抄起酒瓶往嘴裡送。我伸手掩住通話口。

「意思是，那具屍體不是蘆原志緒利？」

「當然。前提是，妳說背上有香菸燙過的痕跡是眞的。」

「你確定嗎？」

「我拜託認識的法醫，給我瞧瞧解剖書和驗屍單。最近都用電腦管理，舊文件也描掃成檔案，按個鍵就能看，所以，二十年前的資料瞬間全顯示在螢幕上。我親眼目睹，絕對錯不了。屍體腳上有疑似襁褓時期留下的燙傷疤痕，但背上沒有。鬧出一個大笑話，妳賭輸啦。」

「請等一下。」我不禁倒抽一口氣，「腳上有很久以前的燙傷疤痕……？」

「沒錯，這又怎麼了？」

我看一眼在客廳的山本博喜，只見他的三白眼緊盯著我。

我想起櫻井的話。根據山本博喜的兄弟給的消息，比博喜小二十歲的妹妹，到東京投靠他。博喜幾乎與其他手足斷絕關係，只照顧妹妹。在她還是嬰兒時，博喜害她的腳燙傷，至今仍非常內疚。

高原寺的屍體是山本祐子？

那麼，在療養院的山本博喜妹妹就是……

山本博喜搖搖晃晃起身。澀澤應該聽不到他站起的聲響，卻焦急地問：

「喂，女偵探，發生什麼事？」

「不好意思，我再跟你聯絡。」

我掛斷電話，重新面對山本，再次感受到一股見過大風大浪的氣魄。既然如此，只能先發制人。山本博喜剛要開口，我大聲說：

「蘆原吹雪女士希望在臨走前見女兒一面。」

山本停下腳步，「呃……？」

「我受吹雪女士之託，尋找志緒利小姐的下落。一九九四年失蹤後到十月下旬，志緒利小姐都住在高圓寺的公寓。租約是你出面簽的，你聲稱志緒利小姐是你妹妹，讓她住在那裡。」

山本默不作聲。

「我已向蘆原吹雪女士報告。」

我繼續發動攻擊：

「那孩子還活著，她還活著啊——吹雪女士這麼說，相當高興。」

「高興？」

山本博喜大步走近，抓住我的手腕，就是蘆原吹雪抓過的右手。

「眞的嗎？老師眞的很高興嗎？」

「眞的。」

我甩開他的手。正確地說，是十分震驚，至於高不高興就不清楚了。

「山本先生，志緒利小姐在哪裡？吹雪女士希望在有生之年，再見女兒一面，能不能成全她的心願？」

山本微微發抖，「呃，可是，要是讓她們見面……」

「志緒利小姐不願意見吹雪女士嗎？」

「那是……」

不可能的，山本小聲地說。我靈光一閃。

「二十年前，志緒利小姐是不是差點遭吹雪女士殺害？你謊稱志緒利小姐已死，讓她逃走，對不對？」

「是老師說的嗎？」

山本博喜咬人似地問。於是，我明白猜中了，和我推測的一樣。雖然弄錯高圓寺的女屍身分，但死者其實是山本博喜的妹妹，而凶手正如當初警方推斷，是在那個地區出沒的慣犯。山本祐子多半是經常應哥哥要求去探望志緒利，不巧遇害。

然而，山本博喜聯絡不上妹妹卻沒報警，明明他已發現妹妹遭到殺害。

原因有兩個。若是調查妹妹的人際關係，連帶讓志緒利的事浮上檯面就麻煩了。再來，只要警方一直查不出死者的身分，志緒利便能使用妹妹空出的身分。祐子與志緒利幾乎同年，親哥哥說志緒利是祐子，想必不會有人起疑。

「山本先生，蘆原吹雪女士是我的委託人。我絕不會做出不利於委託人的事。無論得知什麼，都不會從我口中洩漏出去。」

除了犯罪行爲以外——我在肚子裡加上這一句。不從口中洩漏，但不保證不會用電子郵件通知別人。

總之，眼前以說服山本博喜爲首要任務。

「無論二十年前發生什麼事，蘆原吹雪女士已命不長久。希望至少將吹雪女士想見面的心願，轉達給志緒利小姐。如果她仍不肯，我也會把她的意思告訴吹雪女士。」

說這番話時，我想起一件重要的事。「山本祐子」在療養院。

「目前志緒利小姐住在療養院吧？」

「對，用我妹妹的身分。」

「她的病是……」

「我認爲最好忘了她的一切。」山本抓著頭，「這樣對所有的人都好。怎麼會走到這一步？我也該忘記的。」

「志緒利小姐的病情這麼不樂觀嗎？」

「這幾年已恢復到經常可以短暫出院。」

山本博喜來回走動，文不對題地回答：

「她說想去玩，我就帶她到迪士尼樂園或御殿場購物。她看起來完全正常。去年十一月，醫生診斷，或許這次眞的能正式出院。」

去年十一月，山本和蘆原吹雪停止聯絡。

散落在屋裡的衣物中，混著女性衣物。

「病情又惡化了嗎？」

「我不知道。」山本垂下頭，「最近我沒去醫院，醫院也沒和我聯絡。我拜託他們有事要通知我，可是，我一直在這裡喝得爛醉，不省人事……」

原來是這麼回事。

我朝女性衣物瞄一眼。

山本博喜和出院的蘆原志緒利發生超友誼關係。就算是男歡女愛，但對於至今仍將蘆原吹雪視為女神的山本而言，那是絕不能發生的關係。所以，他不敢見吹雪，甚至不敢聯絡。

「志緒利小姐有心理上的問題吧。」

「要是能忘記就好了，要是能忘掉她就好了。」

山本癱在沙發上。我在他身旁蹲下，把手放在他的胳臂上：

「請聽我說。要是你不想見志緒利小姐，能不能告訴我她在哪家醫院？然後，麻煩聯絡院方，告訴他們有個叫葉村晶的人要去找志緒利……山本祐子小姐。說你以兄長的身分，准許我探望。由我來轉達吹雪女士的意思。如果志緒利小姐願意見面，我就帶她到吹雪女士那裡。當然，我會向主治醫生解釋。」

山本急促地吸氣，抬起頭。他看的應該是吹雪的照片。我也再次望向那張照片，裱框的透明壓克力上，有無數刮痕。山本一定是到哪裡都帶著這幀照片。

「聖瑪莉亞精神醫學暨成癮治療醫院．小田原療養院。」

山本緊盯著照片裡的吹雪，忽然吐出一句：

「從這裡開車大約五分鐘。看得到海，也有溫泉。」

我飛奔而出。

23

如山本所言，聖瑪莉亞醫院位於山上視野極佳的地方。圍牆不高，一大片保養得宜的草地，大門敞開。通往建築物的引道上，有一座抱著年幼耶穌的聖母瑪莉亞像。門旁設有管理室，警衛正在和人談笑。要不是外面掛著醫院的招牌，眞會令人誤以爲是女子大學。

我在管理室說明來意和姓名，對方便要求我塡寫訪客紀錄。還沒寫完，警衛突然神色凝重地放下電話。

「葉村晶小姐嗎？主治醫生東雲希望能馬上見妳，請趕緊過去。」

「東雲醫生這麼忙嗎？」

「好像不是這個原因。」警衛撇下嘴角。

這沒什麼好拒絕的，我加快腳步。踏進位於院區中央的建築物入口，一個穿白衣的男醫生跑向櫃檯。他看到我，扶了扶眼鏡。

「葉村晶小姐嗎？」

「是的。請問是東雲醫生嗎？」

「究竟是怎麼回事？」

醫生一開口就是罵人的架勢：

「剛剛我接到山本博喜先生的電話，說山本祐子小姐不在哥哥那裡。發生什麼情況？」

怎麼回事？

「志緒……山本祐子小姐不是應該在這裡住院嗎？」

醫生眨了眨眼，回答：

「三週前暫時出院了。她說家鄉的哥哥身體狀況很差，要去探望。這一去就沒聯絡，我們很擔心，打哥哥的手機也不通。」

山本喝醉沒聽到手機鈴響嗎？

這麼一提，在他屋裡沒看到手機，不過也可能是在寢室。我發現沒問到山本博喜的電話，不禁嘖舌。

「請告訴我她出院時的狀況。」

「狀況？」

「誰來接她？還是，她是獨自出院？」

「祐子小姐很習慣獨自出院。二十年前，她就在我們這裡住院，每次病情好轉便出院。她總是叫計程車，幾乎沒帶行李就一個人離開。畢竟哥哥的公寓離這裡很近。」

醫生語帶辯解。我不太瞭解這一類的醫院、病情和病人。治療方式大概每個人都不同吧。話雖如此，是暫時出院，又不是痊癒出院，讓病人自行離開應當不是常態。

「出院時要結算費用吧，她怎麼處理？」

「不，祐子小姐是長期住院，一年匯款四次結算。而且，由於是暫時出院，東西都留在病房裡。」

「目前她很健康吧？」

「三週前，狀況穩定到可暫時出院。不過，那是我這部分的情況。內臟方面，負責的醫生認爲按時服藥就沒問題。只是，距離最後一次診療已過三週，我無法掌握現況。這種情形實在太令人困擾了。」

「困擾的是我們吧。」我努力維持冷靜，「依你剛才說的，顯然貴院並未徵求監護人山本博喜的同意，僅憑病患片面之詞，便讓她一個人出院。這麼一來，她的安全難道不是貴院的責任嗎？」

「可是，這……」

「她的哥哥山本，爲了妹妹的生命安全，付給貴院的費用絕不便宜。」我的目光掃過東雲醫生及趕到櫃檯的職員，停留的時間足以讓他們腦海中浮現「訴訟」兩個字。

「不過，暫且不管山本會怎麼想，趕快找出她的行蹤吧。如果能夠平安找到，一切可以當沒發生過。請先讓我看看她的病房，她的東西都還在吧？另外，我想見見對她比較熟悉的人，像是負責照顧她的護士、跟她比較要好的患者，能不能麻煩你們？」

「我馬上安排。」

職員退回後台，東雲醫生邁出腳步，應該是要帶我去病房，於是我跟著他走。

這家醫院比我以爲的大。入口進來右側似乎是醫療部門，飄出消毒水味。此刻，我們所在的中央建築和後方，看標示都是住院設施。建築物本身十分古老，但打掃得很徹底，到處都插著明媚可愛的棣棠花和小雛菊。朝南的窗戶很大，隔著草皮，在樹木之間看得見春天的海。不知是義工還是治療的一環，散見著正在除草、打掃庭院的人。

「她的病到底是什麼情況？」我邊走邊問醫生。

「起初，是產生妄想、幻覺、錯亂，引發躁動，哥哥才帶她來。那些症狀是藥物和酒精造成，但並非常見的濫用藥物，所以在藥物篩檢時沒查出。只是，她有酒精成癮的問題，住院後很快出現所謂的戒斷症狀，又有進食障礙，催吐也導致消化器官受損。當時明明十分年輕，肝臟的數值卻很差，我們想盡辦法，耗費七年才讓她的病情穩定下來。」

「現在肝臟也不好嗎？」

「對，還有糖尿病。」

「醫生也負責心理諮商嗎？你知不知道她痛苦的原因？」

「她對母親有嚴重的心結。」

東雲醫生略顯不安地回答，邊以鑰匙卡打開盡頭的門。通過這道門就不同於剛剛經過的地方，建築物變得相當新穎。鋪著地毯，一整排看似單人房的門，簡直像飯店。

「現在這個時間，患者都去參加自助團體，這層樓應該沒人。」

「可以自由出入嗎？」

「需要主治醫生和宿舍長的同意。在室內的移動有一定程度的自由，當然，男性患者不能到女性患者的房間，反過來也有嚴格的限制。溫泉浴是我們治療的一環，但泡溫泉時男女也嚴格分開。」

「雖然不是監獄，也不能隨心所欲。」

我沒有挖苦的意思，東雲醫生卻正色將眼鏡一推。仔細一瞧，鏡腳以透明膠帶做了應急修補。

「人是一種難以抵擋誘惑的生物。而且，病情嚴重的患者，我們會二十四小時監視。這是為了患者本人著想。」

說得簡直當我是把患者委託給他們的顧客，他顯然習於導覽和介紹院內設施。

「不好意思，請問你是什麼時候開始擔任她的主治醫生？」

「兩年前。」

「在那之前，是由別的醫生診療？」

「是一名女醫生，但她辭職了。」

「爲什麼？」

「原因很多。」

醫生臉色顯得更差，是我多心嗎？

「不過，住院二十年，未免太久了。」

「祐子小姐的狀況時好時壞，不斷反覆。」

醫生繼續走到後面的樓梯，往上爬兩層樓。四樓的門需要鑰匙卡和密碼才能打開，似乎是女性專用病房。隨著樓層增高，走廊窗外的海看得更清楚，四周也更明亮。往下俯視，忙著除草的人們埋頭揮汗。花壇裡，三色堇、銀蓮花、芍藥都已開花。與外面道路的交界處，玫瑰茂密。大概是小田原比東京溫暖，才四月中旬，便有玫瑰開花。

「這裡就是山本祐子小姐的房間。」

醫生打開四〇〇二號房的門。

那是個小巧的房間。床，電視，放著電腦的書桌。單人沙發，小冰箱，沒有門的衣櫃。很像商務飯店的房間，但終究是住久了，鋪的是花朵圖案的床罩，衣櫃裡的衣服多得快滿出來，地上堆著漫畫和女性雜誌。全是十幾二十歲女孩看的流行時尚雜誌，和衣櫃裡的衣物相符合。跟蘆原邸的房間一樣，看來志緒利至今仍喜歡可愛少女風。

「這些東西都是在哪裡買的？」

「有時是由工作人員陪同到市內購物，應該也有暫時出院時採買的吧。不過，絕大多數都是網購。」

「醫院允許嗎？」

「住院患者中，不乏購物成癮患者，這些患者當然會受到限制。曾有患者大膽上網買酒，從此以後，我們要求患者所有包裹都必須在職員面前打開，確認內容物才能領回。」

我打開電腦，發現沒設定密碼。「我的最愛」名單中，大多是購物網站，但其中一個引起我的注意。一連上去，我嚇一跳，《白玫瑰之女》中蘆原吹雪的大特寫突然出現。這是吹雪鐵粉的網站。

是我搜尋得不夠徹底嗎？沒看過這個網站，我將捲軸往下拉，內容十分專精。蘆原吹雪演出的所有電影的介紹和感想就不用說了，幾乎沒人注意到的配角和小角色都查得一清二楚，連工作人員的幕後花絮都有。蘆原與麻生風深的交流祕事，安齋喬太郎向蘆原示好卻碰一鼻子灰等插曲，也介紹得詼諧有趣。不僅刊出經紀人山本博喜的照片、經歷，甚至有不知何時拍的兒時的志緒利照片。

網站最後一項是「最新消息」，連蘆原吹雪最近似乎在調布車站附近的醫院住院都寫了。這則消息是四週前更新。

「啊，山本博喜先生，就是哥哥吧。」

東雲醫生站在我身後，看著電腦說道：

「這樣啊。原來哥哥當過蘆原吹雪的經紀人，我倒是不知道，難怪……」

「難怪什麼？」

「山本祐子小姐會妄想自己是蘆原吹雪的女兒。如果否定，她有時會大鬧。奇怪的是，祐子小姐並非蘆原吹雪的影迷，反倒會埋怨身爲蘆原吹雪的女兒，備受欺凌。所以，就算當她是蘆原吹雪的女兒，她也會出現暴力行爲……」

那又不是妄想。我暗暗反駁，同時對東雲醫師感到抱歉。剛剛他在說明志緒利的病情時，講得不清不楚、不乾不脆的，我還懷疑這個醫生到底行不行。但志緒利的身分本來就是假的，醫生不曉得最重要的資料，難怪專業判斷會出現偏差。

「關於蘆原吹雪，她還有沒有說些什麼？」

「她說那女人會勒別人的脖子，是勒人魔。」

我背著醫生偷偷嚥一口口水。

「關於這一點，醫生怎麼想？」

「一開始她眞的顯得很害怕，我覺得怎麼可能。因爲我沒看過電影，聽宿舍長佐久間——她等一下就會過來，說了蘆原吹雪演的電影情節，才明白她的妄想是從中衍生，我差點相信了。我也想過，蘆原吹雪很可能是她自己和母親的象徵。」

「象徵嗎？」

「那部勒人魔電影，叫《白玫瑰之女》吧。其實，每年初夏玫瑰開花時，祐子小姐的狀況都會惡化。這是上上一位主治醫生發現的。」

「這裡種了好多玫瑰啊。」

「代表純潔的白玫瑰，是聖母瑪莉亞的象徵。所以，聖瑪莉亞醫院有許多白玫瑰。可是，在祐子小姐眼中，白玫瑰是蘆原吹雪的象徵，也是令她糾結的母親的象徵吧。天一冷，絕大多數患者會陷入憂鬱，或病情惡化，但祐子小姐在冬天一直很穩定，一到初夏玫瑰綻放，就會出現妄想，陷入錯亂狀態。」

「錯亂狀態？」

「聽說她曾坐著不斷拔白玫瑰。」

哪裡怪怪的。我想不出是什麼，繼續發問：

「蘆原吹雪是母親的象徵，這個我懂了……但她本身的象徵，又怎麼說？」

「意思就是，祐子小姐的心中，同時存在著被害者和加害者。飽受母親虐待折磨的被害者，與向別人施加暴力、折磨別人的加害者……更像是支配者吧，兩者同時存在。有時她會太想忘記身爲被害者的自己，而做出支配者的舉動；有時又會想起身爲被害者的自己，做出自殘的行爲。當她站在支配者的立場時，她會堅稱自己就是蘆原吹雪。」

不知爲何，醫師一陣臉紅。

就在我尋思下一個問題，沒立刻接話時，走廊吵鬧起來。有人尖叫，又傳出職員的安撫聲。我和醫師匆匆來到走廊。

山本博喜一副見人就打的樣子，一看到醫生，便一把抓住他的前襟。

「喂，在哪裡？她在哪裡？」

或許這一類的暴力型患者不少，沒有受到驚嚇的人。醫生眼鏡的鏡腳以透明膠帶修補，大概也是這種事層出不窮的緣故。但是，任山本博喜滿口酒味地胡鬧，被打鎮靜劑可就不妙。

「山本先生，請冷靜。這裡是醫院啊！」

我走近山本，很快低聲說：你在這裡鬧事，可能會傷害吹雪老師的名譽。

山本立刻安靜下來，蘆原吹雪眞是威力無窮。

「等一下我會和一些跟她比較熟的人談談，大家合力把她找出來吧。在那之前，請你先聽院方的解釋，主治醫生應該會向你說明病情。東雲醫生，對吧？」

醫生整整白衣，彷彿什麼事都沒發生過般點點頭：

「首先，我們來整合資料，確定祐子小姐平安。葉村小姐說的對，集眾人之力最重要。」

眾人三三兩兩離開，只剩下我和一名四十歲婦女。她是宿舍長佐久間，身穿灰色高領襯衫，黑色長裙，脖子上掛著一串大十字架，只差沒有披頭巾，儼然是個修女。可能是我小時候上天主教幼稚園，對修女毫無招架之力。更何況，佐久間與幼稚園園長簡直是同一個模子刻出來。我得小心，千萬不能抱住她的膝蓋啜泣。

是我杞人憂天了。她雖然從二十年前就認識「山本祐子」，但絕口不提個人資料。

「山本祐子」知道蘆原吹雪的電影。因爲喜愛恐怖片，在深夜電視台重播的時候看到，才能告訴東雲醫生內容。除了對蘆原吹雪的心結發作期間之外，她只對時尚和戲劇感興趣。她喜歡談論時尚，但佐久間聽不太懂她說的。對戲劇好惡分明，大家聚在客廳看電視時，她曾說不想看這一齣，突然拔掉電視機插頭。

其實只是任性而已。雖然實際年齡超過四十歲，本人還自以爲是十八歲。平常很聽話、很好相處，出身應該不錯。

「可以了嗎？我還有其他工作。」

沒有任何值得注意的資料。只是口頭上確認「葉村晶小姐嗎？」，就將患者的病情一股腦說出，甚至讓我進病房，我還以爲要從這家醫院打聽消息很容易，當上宿舍長的人行事果然謹愼。

「妳好像不擔心她？」

佐久間在門前轉身，面對我應道：

「我不擔心山本小姐。」

「方便告訴我，她之前的主治醫生爲什麼辭職嗎？」

佐久間的右手摸著脖子，「以我的立場無法回答。」

「與山本小姐有關，所以不能回答嗎？」

「我無法回答。」

「妳不否認啊。」

佐久間的嘴角浮現一抹笑意。接著，她什麼都沒說就離開房間。

剩下我一個人。我將整個房間徹底清查一遍，衣櫃裡的衣服一件件看過，有好幾件白色罩袍式的洋裝，我不禁感到心痛。每件尺寸都很大，她是不是穿著寬寬鬆鬆的衣服，站在鏡子前告訴自己「我依然是裝出大人模樣的純潔少女」？

我翻找抽屜和雜誌，掀開地墊，甚至連電視機底下都看過。

我望向書桌背面，打算檢查完這裡就死心。原以爲什麼都沒有，但仔細一瞧，有一塊和旁邊顏色不一樣，我試著用力去掰。紙箱的瓦楞紙完美嵌在抽屜後側，嵌得非常工整，乍看之下完全就是書桌的一部分。

我拆下那塊瓦楞紙，從書桌和瓦楞紙的隙縫中，出現夾鍊塑膠袋，裡面塞了一大堆藥。

我將書桌復原，在床上坐下，默默思索。有問題……我卻不知道問題在哪裡。

蘆原志緒利差點遭母親殺害。在那之前，她曾受到殘酷的性侵和虐待，精神幾乎崩潰。在山本博喜的保護下，她暫時棲身在高圓寺的公寓，然後到這裡住院。妄想、幻覺、錯亂……這些直到她住院七年後，狀況終於好轉。但是，每逢玫瑰花季症狀就惡化，她曾坐在地上不斷拔白玫瑰……

咦？

住院七年，也就是失蹤七年後。石倉達也僱用「海參」，逼蘆原吹雪承認志緒利身亡，然後石倉花遇襲，身旁掉落著一朵白玫瑰……

不會吧。

「請問……」

我驚詫地抬起頭，只見一個年輕護士探進門縫。

「妳是葉村小姐嗎？他們叫我來找妳，是關於山本小姐的事。」

護士的視線被我手中的塑膠袋吸引。

「天啊，那是山本小姐的藥。原本放在哪裡？」

「這是什麼藥？」

「抗精神病藥。每天一定要吃，原來她一直沒吃？」

護士一臉快哭的樣子。不願意吃藥的患者經常會把藥藏起來。只是，院方對山本祐子沒這麼警戒吧。這是表示，院方完全受她矇騙嗎？

「病情穩定後，患者都能暫時出院嗎？」

我單刀直入地問。護士小跑步進來，點點頭。她胸前別著「鳥井」的名牌。

「是的。山本小姐的哥哥似乎跟我們醫院的前任院長很熟。哥哥是有名政治家的祕書吧？據說是那名政治家介紹，他才帶妹妹來這裡。」

年輕護士知無不言、言無不盡，恰恰填補佐久間的空白。

「這樣啊。」

搞不好，相馬大門也從山本那裡得知志緒利的狀態和一切的經過。相馬大門後來急遽消瘦，令人懷疑他生病了。我不禁想起大野記者的話。

「病情穩定時，祐子小姐人眞的很好。大方把自己的衣服送給別人，雜誌也借給大家看，雖然有異性問題就是了。宿舍長不是對她十分冷淡嗎？之前，男患者爲她大打出手，躲過監視偷跑到她房間。聽說這就叫風紀紊亂，宿舍長巴不得早點把山本小姐趕出去。要不是發生那種事，她應該能更早出院。」

「她想出院嗎？」

鳥井護理師顯得頗爲訝異：

「唔。這麼一問，我也不知道。眞要講起來，好像不太想。她感覺像是只要偶爾能夠暫時出院就好。她說，在這裡比較安全，只要想出去的時候，可以出去就好了。大概是我資歷還淺，有時我看不出她是生病還是任性。」

「據說她曾因不喜歡某齣戲，就拔掉電視機的插頭？」

「沒錯，」鳥井護理士輕聲笑道，「她非常討厭那個人。不是有個號稱老牌演員，跩得不得了的人嗎？一個感覺極差的老頭，只要他一出現，不管是綜藝節目或戲劇節目，她一定會關掉電視，有一次還踢螢幕。她有時眞的很危險。」

「所以，之前的醫生才會發生那種事？」

我不動聲色地問，年輕護士立刻上勾。

「就是啊。居然差點被她用聽診器勒死，不過，沒人知道到底是哪裡惹到她。伊坂醫生雖然是個美人，可是有時說話很凶。大概是踩到山本小姐的地雷了吧。她吼著『妳是最醜、最下流的賤貨』，整個人撲上去，在場的護理師連擋都來不及擋。好不容易制住她，救出伊坂醫生時，醫生因窒息眼睛大出血，差點失明，三個月才復原……哇！」

我從床上跳起，鳥井護理師嚇得後退。

妄想、幻覺、錯亂……這樣啊，原來如此。

我完全搞錯。佐久間宿舍長的意思，我終於明白。

我不擔心山本小姐。

該擔心的不是她……

24

我催促烏井，要她帶我到會議室。「這是在她房間找到的」，我把一大袋五顏六色的藥放在醫生面前，催促山本博喜：

「走吧，我們去找蘆原吹雪女士。她應該也在那裡。」

聽到蘆原吹雪的名字，山本博喜反射性地立正，同時訝異地問：

「妳爲何這麼想？她不可能會去找吹雪老師。她很害怕老師。」

因爲差點死在蘆原吹雪手中。

「的確，一直以來可能都是那樣。」

然而，二十年過去。恐懼有時會轉變爲憤怒，甚至憤怒的比例愈來愈高。

由於癌症末期產生幻覺，醫生和蘆原吹雪本人都這麼說。

我沒問過是怎樣的幻覺，但萬一那是早該被她殺死的女兒呢？

最初吹雪以爲女兒的出現，如醫生診斷，是患病產生的幻覺。她害怕得無法獨處，找藉口搬到普通病房。然而，她應該很快就再也無法相信那是幻覺。

頭一次見到泉沙耶時，她穿著志緒利的舊衣服。據今天早上沙耶在電話裡所說，那是奉吹雪之命穿的。那莫非是一種測試？吹雪懷疑是泉沙耶扮成女兒，要她寫下有利於己的遺書，便測試沙耶看起來是否像女兒。

確定那不是泉沙耶搞的鬼，吹雪湧起找偵探調查女兒生死的念頭。同房的病人中，恰巧有個人營業、目前歇業中的偵探。由於事情不單純，她無法委託大型正派的調查公司。若是個人的話，一旦知道眞相，要封口也不無可能。當然，二十年前有岩鄉偵探那件事，這次山本博喜又不在。即使如此，一個剛從鬼門關回來的女偵探，應該很容易利用——她應該是這麼想，才僱用我。她以「臨死前希望能見女兒最後一面」爲由，懇求我幫忙尋找失蹤的女兒。

這個偵探查出女兒失蹤後仍活著。於是，吹雪明白她以爲的幻覺，其實並非幻覺。所以，今天她突然找來律師。

換句話說，志緒利就在蘆原吹雪身邊。她在那個影迷網站上得知吹雪住院，找理由順利離開醫院，度過三週。我不曉得她這三週怎麼生活，但護士說她擅長將男人玩弄於股掌之間，果眞如此，就算孑然一身，要在俗世中打滾，對她應該也不是難事。

「詳情在火車上談。不快一點，吹雪女士可能會有危險。」

我看了看時間，剛過下午二點。東雲醫生拿著裝滿藥的塑膠袋愣在原地，我顧不了那麼多，拔腿就跑，山本博喜跟上來。恰巧大門前停著一輛計程車，乘客正要下車。山本硬把乘客拖出來跳上車，從長褲口袋裡挑出萬圓鈔，朝司機大吼「快開車」，害我差點來不及上車。

搞了老半天，還是沒空去倉嶋舞美提到的麵包店——我腦海一隅掠過這個念頭，在小田原車站下計程車。本來考慮直接搭計程車到調布，但在車上聽到東名高速公路因車禍塞車二十公里的新聞，立刻改變主意。星期五白天，誰也不能保證南下車流不會在哪裡塞車。搭「浪漫列車」在本厚木或新百合丘下車，換車向東，到登戶或狛江那一帶再攔計程車應該比較快。

我們趕上二點三十五分出發的「浪漫列車」。星期五下午二點多，往新宿的車比早上的空，幾乎是我們一跳上咖啡色車廂，便同時發車。

聽說「浪漫列車」這個名稱，是來自於座位的設計能讓情侶卿卿我我、並肩而坐，所以雙人座之間沒有扶手。和山本博喜並肩而坐，令人無比忐忑。我向他說聲「抱歉」，離席到車廂連結處，打電話給泉沙耶。泉沙耶的態度與早上相比，有一百八十度的轉變，低聲接了我的電話。

「請問……蘆原吹雪女士的情況如何？」我懷著不祥的預感問。

「沒什麼變化。律師剛離開，她說累了要休息，連我都被趕出病房。」

「遺書擬好了嗎？」

「遺書是本來就備妥的，今天只是補充一些內容。阿姨的說法是『我會留一部分遺產給沙耶，謝謝妳的照顧』。」

「那眞是太好了。」

「妳在說什麼啊，怎麼只有一部分！阿姨的親人只有我，志緒利已不在，她又沒有比我更親的人，不是該全部留給我嗎？早知道她要留給別人，不該讓她寫遺書。不然，唯一的遺產繼承人可能就是我。」

只要女兒志緒利生死不明，就不會是妳。縱使我這麼分析，情緒激動的泉沙耶也聽不進去吧。我決定表示同情：

「好過分，沙耶小姐是誠心誠意照顧吹雪女士的啊。」

「可不是嗎？我的計畫全都泡湯。要是拿到遺產，就不必繼續忍受無聊的婚姻生活，即使離婚也能送孩子上大學。賣掉成城八丁目的房子，便能在市中心買高級公寓。她居然要把那個家直接留給志緒利，她瘋了嗎？眞不敢相信。」

「把房子留給志緒利小組……」

「志緒利早就不知道死在哪裡，她卻說房子是志緒利的，這樣麻生風深的藝術作品就能一直放到人家來要。那種亂七八糟的擺設有什麼好的？以藝術家自居的人做的事都莫名其妙。反正，我不想再和阿姨扯上關係，也不會幫她辦葬禮。我要把她的骨灰撒在那房子的庭院，明天妳把她家的鑰匙拿來給我。」

「請等一下。難怪妳會生氣，可是，我在前往『武州綜合醫院』的路上。能不能麻煩妳陪一下吹雪女士，等我趕到？」

「我才不要。」

「這是緊急狀況，詳情我無法說明，可是……泉小姐？」

電話掛斷，我不禁嘖舌。

我撥打醫院的總機，等了好久，一提到是關於蘆原吹雪女士的事，他們完全不聽解釋就掛斷。鳴海醫生說過，有患者得知吹雪住院，引起騷動。網站發出公告，昨天早上石倉達也又去大鬧一場，或許院方會加強警戒。但願如此。

我放不下心，試著再打一次。這次是找鳴海醫生，我報上姓名葉村晶。

「哦，就是那個……請稍等。」

電話順利轉給鳴海醫生。我想是與骷髏頭對撞的患者很罕見，醫院的人才會記得我。

我告訴主治醫生，有人要加害蘆原吹雪，請醫院加強戒備。醫生想知道詳情，我說在「浪漫列車」上，詳情稍後解釋，於是醫生答應了。我這麼一吵，蘆原吹雪的人身安全應該暫時可以放心。

我回到座位。山本博喜坐立不安地看著車窗，呆望丹澤山的稜線。

「妳打給誰？」

「吹雪女士的外甥女泉沙耶小姐，還有吹雪女士的主治醫生，拜託他們多留意吹雪女士。」

「老師在哪裡住院？」

「調布車站前的……」

「『武州綜合醫院』嗎？」

「你知道那裡？」

「那家醫院買增建用地時，有點交流。」

瞧不起陰謀史觀論者或許是我太武斷。所謂的黑幕，或權力無賴之類的人，可能眞的存在，到處出現，助紂爲虐，並從中獲取暴利。

「然後呢？妳不是說詳情上車告訴我嗎？」

於是我娓娓道出。山本博喜默默聽著，可能是殘餘的醉意都消退，隨著愈來愈理解內容，臉色也愈來愈差。

「那麼，妳的意思是，她躲在吹雪老師身邊，窺探老師的情況，然後伺機加害？」

「這純粹是我的想像，但我認爲並不離譜。」

「可是，她怎麼會……？」

「聽聖瑪莉亞醫院的護士說，二年前志緒利小姐差點勒死診治她的女醫生？」

山本博喜沒回答，我繼續道：

「志緒利小姐失蹤七年後，病情穩定，暫時出院。與此同時，石倉花遭人勒住頸部，失去意識，三年七個月後死亡。幫傭的由起、奶媽安原靜子，兩人下落不明。還有，在高圓寺志緒利小姐住的公寓附近，令妹被發現慘遭勒斃。」

山本博喜渾身一震。

「我一直懷疑，這些都要歸咎於蘆原吹雪。石倉達也堅稱是她殺了石倉花，再加上志緒利一躲二十年的原因，如果是她曾差點被吹雪女士殺死，那就說得通了。更何況，在《白玫瑰之女》中，吹雪女士的演技太逼真，令人不敢相信那是演技。」

山本博喜的嘴角微微上揚，我發現他笑了。

「可是，仔細想想，志緒利小姐更符合凶手的條件。曾與她發生關係的男子說，她勒過他的脖子，而且……」

我猶豫一下，不知該不該提安齋喬太郎，最後決定算了。山本若是知道，我不用說他也明白；不知道也無妨，志緒利連心理醫師都瞞了二十年，沒必要揭穿祕密。

「起因多半是奶媽的死吧，蘆原吹雪女士知道女兒勒斃奶媽。對母女倆而言，奶媽應該是非常重要的人。從帳本裡看得出，吹雪女士幫忙打點奶媽住院等事宜。形同家人的奶媽遇害，吹雪女士一定又驚又怒。然後，她恐怕也得知，殺害幫傭由起的是志緒利小姐。」

「老師不知道。」山本博喜低語，「聽到那名臨時聘請的幫傭回派遣公司了，老師完全沒放在心上。可是，奶媽不同。老師把奶媽當親生母親般敬愛。她從巴黎旅行回來，發現奶媽不見。我想蒙混過去，卻蒙混不了。到頭來，那孩子還是無法保持沉默。」

果然，幫傭高田由起子和奶媽都遇害。

「於是，吹雪女士發現女兒是怪物，盛怒之下，在七月二十五日當天，不禁在自宅緊勒女兒的脖子。她以爲自己殺死女兒，交給你收拾善後。志緒利小姐預定要去河口湖相親，所以，你們聲稱吹雪女士比志緒利小姐早一步出門。實際上，你『處理志緒利小姐的遺體』期間，吹雪女士都不在家吧？得知志緒利小姐沒出現在河口湖，她假裝生氣，認爲志緒利小姐無故失約。」

「老師很善良，無論再怎麼生氣，都不可能勒死親生女兒。那孩子就是不懂。」

車廂內的販賣推車經過我們身邊。咖啡香掠過鼻尖的瞬間，喉嚨咕嘟作響。山本大概也一樣，只見他點了兩杯咖啡。加入大量砂糖和奶精後，我們一起喝著。

「然後，你把志緒利小姐從那個家帶走了吧。」

「是搬走，搬到深山裡。原本打算將她丟在沒人知道的地方，大家一塊忘掉她。我早該這麼做。」

要是這麼做，山本祐子就不會賠上一條命。然而，山本博喜無法殺害甦醒的志緒利。因爲她是吹雪老師的女兒。

「爲何讓志緒利小姐住在高圓寺的公寓？你不覺得她相當危險嗎？在那個階段，她已殺害兩個人。」

「只有身邊的人。她們刺激那孩子，她才會做出那種事。祐子也一樣。」

「令妹？」

「我只叫祐子送錢過去。明明交代在門口給錢就立刻離開，祐子卻質問那孩子：妳和我哥是什麼關係？妳該不會在玩弄我哥吧？要不是她說這種離譜的蠢話……」

所以，你就把親妹妹的屍體丟在附近的空地上，以爲白然而然會被當成那一帶的歹徒幹的？

「殺死偵探的是誰？志緒利小姐，還是你？」

「偵探？」山本一臉困惑。

「你還記得吧，一個叫岩鄉克仁的偵探。我知道岩鄉偵探懷疑你，跟蹤你找到高圓寺的公寓。緊接著，他就失蹤了。」

「哦，那個偵探。我付錢要他保密。」山本說得滿不在乎。

「你給他錢？」

「他是退休警官，所以我一度考慮過更粗暴的方法。不過，他倒是十分明理。當時我在幫那孩子辦住院手續，便對他說『我不希望吹雪老師知道女兒有酒精和藥物問題』。起初他不相信，讓他聽了我和院方商談住院事宜的通話，才總算相信。所以，我將手邊的六百萬圓給他。」

「岩鄉先生收下了嗎？」

「我跟他分析，你已不是警察，所以這不是賄賂，也不犯法。要是他發現殺人的事，應該就不會收了，但他知道的沒那麼多。他在意的是藥物問題，不過，那孩子沒傻到去碰毒品。她吃的是安眠藥之類，雖然不是醫生的處方，可也不是什麼傷天害理的行爲。更何況，我告訴他，正要送那孩子到醫院治療。」

山本那雙令人發毛的三白眼緊盯著我：

「同樣的做法應該也能讓妳滿意吧。告訴妳，我絕不允許任何人傷害吹雪老師的名譽。跟妳講這麼多，是因爲妳發誓不會做出不利於委託人的事，無論知道什麼都不會洩漏。搞清楚，妳根本沒有任何殺人的證據。萬一那孩子向別人提及，吹雪老師勒住她的脖子，我會親手勒死她。換成妳也一樣。」

沒有，我才沒發誓。

我當然不敢反駁。該怎麼回答？維護委託人的利益也是有限度的。現下，光是山本博喜承認的，至少就有三條人命。

「那孩子是山本祐子。」山本博喜繼續道：「妳知道這麼多，我也明白，事到如今無法再裝作沒殺人。但吹雪老師的女兒是凶手的情況，是不能發生的。在高圓寺遇害的是吹雪老師的女兒，不斷殺人的是我妹妹，就這麼辦。」

「不可能，她本人也說自己是蘆原志緒利。」

「那是妄想。」山本博喜自信滿滿，「其實是山本祐子，也就是我妹妹，有一段時間住在蘆原邸工作。後來她產生妄想，以爲自己是蘆原吹雪的女兒，因幫傭和奶媽否認，便殺了她們，又殺了到高圓寺的公寓找她的志緒利小姐。我會請聖瑪莉亞醫院協助，妳也要幫忙。」

就跟你說行不通啊。那石倉達也怎麼辦？等這次的事一公開，石倉花究竟是被誰殺死的，石倉達也不會毫無所覺。以爲煮熟鴨子在最後一刻被不在世上的志緒利搶走的泉沙耶，想必會發現表妹還活著吧。她很可能會認爲志緒利是殺人犯，在繼承上她會比較有利。等警方搜查蘆原邸，看到那些帳本，馬上會拆穿山本祐子住在那裡工作的謊話。該怎麼說服山本，讓他死心？我正在煩惱，有人打電話來。郡司翔，那個對當麻警部亦步亦趨的疲勞部下。

眞會挑時間，但要是不理這些人，不曉得又會被怎樣，也不能不接聽。

我向山本打聲招呼，不等他回答就匆匆跑到盥洗間。郡司懶洋洋地說：

「警部交代我跟妳保持聯絡。有沒有什麼要說的？」

前天半夜，當麻他們來找我。想到才過一天半，眼淚差點掉下來。接二連三遭人威脅恐嚇，我到底觸犯什麼天條？

「沒有。倉嶋舞美昨晚搬進我們那裡，今天早上出門前，她告訴我，她和警方有糾紛。」

「然後呢？」

「我藉口很忙，表示回去再聽她說。就這樣，再見。」

「慢著。」

大概是用免持聽筒功能吧，當麻警部的話聲響起。看來，他很不信任部下。不信任的程度，依我所知，和每週都要解決爛部下的暴坊將軍旗鼓相當。

「妳沒遵守約定。倉嶋舞美主動想說，妳怎麼不聽？我們好不容易才把魚趕進魚網，希望妳不要毀掉大好機會。妳到底有沒有心幫忙？」

當然沒有。

「在工作空檔監視半年，這是你說的。我認為這種說法，就是口頭答應讓我以工作優先。我倒是覺得，她是個相當散漫又隨便的人。」

「那又怎樣？」

「你懷疑她最大的理由，是因為你們剛通知內部要進行強制搜查，三十分鐘後她就在網站『失眠夜的枕頭』上宣布舉辦交換會，對吧？所以，你認為是你們內部的深喉嚨和她聯絡，叫她緊急舉辦活動。不過，事情也可反過來想。」

「比方說？」

「要她先租場地，在網站上宣布。於是，活動如期舉行，但其中幾次叫她取消活動，讓他們開賭場。」

「不是一樣嗎？」

「不一樣。這個辦法有個好處，就是在得到搜查情報後，不必聯絡任何人。只要沒有聯絡，倉嶋舞美會照常舉辦活動。她沒宣布取消，便沒賭局。要是她宣布取消，等於是通知所有人她預約的場地就是賭場。換句話說，貴處走漏消息，並不是發生在你告訴參與行動的警官強制搜查的時間之後。喏，她不也提過嗎？不是臨時取消，而是臨時宣布。」

「意思是……？」

「這就是答案啊。他們判斷今天應該不會遇到強制搜查，決定開賭，於是臨時拜託倉嶋舞美『會場借我們』。爲了補償她臨時取消的損失，付給她高額的報酬。」

沒聽到當麻警部的回答，顯然是怕了吧。我愈說愈起勁，補上一句：

「所以，你那個不在場證明一點意義也沒有。即使宣布強制搜查到執行的期間，一直跟在當麻警部身邊，也可能洩漏消息。」

……嗯？

電話彼端靜悄悄。隔一秒，才傳出怒吼與尖叫，通話就斷了。我稍等一會兒，還是沒人打來。

算了，管他警方內部發生什麼狀況，都不關我的事。

掛斷電話，我轉身要回座位，差點撞上山本博喜。他以沒有情緒的怪異聲音問：

「又是強制搜查，又是警部的，妳在跟警察通話？」

「對，是……」

爲了另一件事——來不及講完，山本博喜徒手勒住我的脖子。

25

遠方有人高聲尖叫。好吵、好不舒服，我驀地睜開雙眼。

眼前出現白白的東西。同時，一股臭味嗆鼻，我忍不住抬起頭，轉向聲源處。對方倒抽好大一口氣，發出不知是哀號還是抱怨的聲音。

我渾身痠痛，腳和屁股發寒。環視四周，我突然一陣狂咳。

我坐在濡濕的不鏽鋼地板上，抱著凌空設置在牆上的馬桶，在狹窄的空間裡扭身，頭痛欲裂。我扶著馬桶想站起，只見血滴滴答答落在白色塑膠馬桶蓋上。

發出尖叫的人，驚噎一聲：

「還活著嗎？妳還活著？」

我擠不出半點話聲，拚命站起，走出廁所時差點撞到門和那名女子。我抓住前方的門簾，總算站直，卻被鏡中自己的模樣嚇到。我神色蒼白，下半張臉都是血，令人聯想到《蝙蝠俠》裡的傑克．尼克遜。

我輕摸鼻子。雖然痛得要命，又腫起來，但骨頭沒斷。我鬆一口氣，似乎只是鼻子挨揍，不是撞到頭流鼻血。想不起山本博喜對我做什麼，不過我大概是迷走神經受到壓迫。

慘歸慘，至少他沒把我的腦袋劈成兩半，謝天謝地。

「妳、妳還好嗎？要不要叫車掌來？」

身後的女子怯怯地問，手微微發抖。這也是當然的，打開火車廁所的門，發現倒著一個渾身是血的女人，可不是誰都遇到的狀況。

我乾咳幾下，減輕血滑進喉嚨深處的不適感，點點頭，出聲回應：

「我沒事。不好意思，這是鼻血。我似乎是滑倒撞到了。」

「眞的嗎？不是被別人打的吧？」

我刻意一笑，搖搖頭：

「又不是西村京太郎的推理小說，我不要緊。抱歉，我笨手笨腳，嚇到妳了。」

「是嗎？那就好。」

這是妳的吧？女子幫我撿起掉在廁所地上的包包，關上門。我洗完臉，拿紙巾擦拭。小時候我動不動就流鼻血，長大後倒是很久沒流。潑水冷卻鼻子眞的很舒服。我反覆沖洗鼻血，紙巾用光，就從包包裡取出手帕。於是，鼻血漸漸止住。

噗咻、卡嗒！傳來兩種聲響，車子搖一下。哦，要發車了。我心頭一凜，在廁所時沒注意到火車根本沒搖晃。換句話說，那時火車在靠站……

不會吧！

我衝到車門。火車緩緩開動，「本厚木」的站名指示牌緩緩向後離去。山本博喜快步從底下走過。我不由得捶打車門，不要說山本，連月台都遠遠拋在後面。

啊啊，眞是的！

我匆匆回到包包旁邊。剛剛那名女子恰巧走出廁所，一看到我就指著地板：

「那是不是妳的？」

她這麼一問，我踏進廁所望向地板，只見保護套鬆脫的手機面朝下躺著。撿起一看，螢幕破了，而且是粉碎的那一種。顯然不是被人踩好幾腳，就是拿去敲什麼東西。總之，這手機暫時成爲廢物。

可惡，那個天殺的王八蛋！

山本博喜打算怎麼解救志緒利和吹雪，我不知道。我只知道，他即將採取的行動，絲毫沒有讓警方介入的意思。

搞不好，這次他眞的會帶走志緒利，並殺了她。只要善後得當，讓人找不到志緒利的屍體，他就能聲稱那是妹妹山本祐子。高圓寺的屍體？那是什麼？女偵探指稱那是蘆原志緒利？聽說那個偵探在火車廁所裡流鼻血？那個出盡洋相的女人，會比曾任政治家祕書的我可靠？

不妙，非常不妙。

女子一回到車廂，我便照鏡子重新打量自己。短外套的衣襬被廁所地板弄髒，胸前部分噴到血。可是，只要脫掉外套，長褲是深藍色，髒污不明顯。我搓了搓，聞聞味道，雖然多少有點阿摩尼亞味，但這種程度還有救。

我脫下外套，塞進垃圾箱。這是去年春天買的便宜貨，在此一時期十分好用，我很捨不得。但反正我以後也不會想再穿。

自從經歷弄得渾身惡臭的狀況後，我一定隨身攜帶除臭噴霧。先噴長褲、包包、鞋子，接著拿出黑灰條紋的披肩圍在脖子上，重新化妝。鼻子整個腫起來，但總算恢復到可以見人的程度。

我檢查包包，錢包、包括iPad在內的其他偵探用具全安然無恙，還塞著五張萬圓鈔。搞不好，山本博喜其實是個講誠信的人。再不然就是顧慮到我身爲吹雪老師的代理人，不敢怠慢？

話說回來，手機不能用實在要命。此時此刻，應該要聯絡澀澤漣治。早知道就把他的電話號碼備份到iPad。這東西我買了隨身帶著，但往往只在我監視到無聊才會拿出來殺時間。

話說，以前有一次用ipad發信給「東都綜合研究」的櫻井……

回到座位，我盡速寫下目前的狀況，請櫻井聯絡調布東警署的澀澤，要他趕到「武州綜合醫院」。但願這封信能讓櫻井明白事態緊急。希望櫻井沒外出，一直固守在電腦前就好。

問題在於，山本博喜有多認眞。他終究沒對我痛下殺手。即使不要我的命，讓我受一些要住院兩、三週的重傷，對他比較有利，但他並沒這麼做。搞不好他其實很怕對別人施暴。

一這麼想，我稍微平靜了些，但還是無法樂觀。我只覺得「浪漫列車」的速度好慢，焦躁得不斷換坐姿時，車內廣播響起。列車行駛順利，將準時於十五點二十分抵達町田。

哦？

山本博喜在本厚木站下車，我誤以為這班車一直到終點新宿都不會停。運氣眞好，要是順利，我會比山本博喜更早趕到「武州綜合醫院」。

我在町田改搭急行車和普通車。一到狛江就衝過車站，攔下計程車。幸好一路到調布，都算沒有塞車。即使如此，我仍覺得這段時間堪比天長地久。

計程車駛進醫院的計程車招呼站時，司機低喃：

「搞什麼，多危險啊。」

入口正前方倒著一輛機車。橫躺在地的機車一半在自動門內，導致自動門開了又關、關了又開。沒看到警衛的影子，眾人茫然呆立，無法進出。

終於，出現一個看似護理師的年輕男子，俐落移走機車。我焦急等待被擋住的行動不便者和老人緩緩出來，才飛奔到梯廳，搶搭電梯。

到十二樓，電梯門一開，我剛要衝出去，又臨時煞車。那是一幕令人懷疑自己雙眼的景象。

山本博喜在護理站正對面的空地中央，亂揮滅火器。噴出的滅火劑讓四周瀰漫著粉紅泡泡，警衛滑的滑、跌的跌，急著制止山本博喜。

護理師害怕地縮在護理站一角，鳴海醫生緊貼著走廊牆壁，看似患者的老人走出病房舉起拳頭大聲呼喝。我呆立原地，想著完全無關的事：對喔，以前泥巴摔跤流行過一陣子。

最後山本博喜突破包圍，直接衝向病房。東倒西歪的警衛緊追在後，我奮勇跟進，鳴海醫生和幾個護理師也加入。

由於滅火劑的關係，地板很滑。走廊上到處是一張張萬圓鈔，沾到滅火劑黏在地面或牆上。八成是山本博喜以爲金錢萬能，看到機車就買或搶，以最快的速度從本厚木飛車過來。然而，他太激動了。要是冷靜解釋情由，院方應該會讓他進吹雪的病房，他卻急著塞萬圓鈔給警衛，附帶一句威脅的話，結果搞成這種局面。

爲了防止志緒利靠近的警戒線，竟然攔住山本博喜。以前聽過老鼠被蟑螂屋逮到，這下倒是反過來。

在石倉達也和泉沙耶曾發生爭吵的蘆原吹雪特別個人房前，山本博喜不愼跌倒。警衛撲在山本身上，以爲成功壓制，下一秒警衛便被彈開。我和醫生、護理師滑動著，擠成一團勉強閃開。一個護理師撞到腳跌坐在地，我和醫生想拉她起來，反而都摔倒。

「老師！老師老師老師！吹雪老師！」

山本博喜大叫著，抓住蘆原吹雪病房的門把，往旁邊推開。

蘆原吹雪躺在床上。她在軟綿綿的床墊上，看起來又小又乾。外面吵翻天，她卻毫無反應，枯瘦的胳臂無力地垂掛在床緣。

山本博喜剛要靠近，三個警衛合力制止他。我穿過他們身邊，奔向蘆原吹雪。即使在外行人眼裡，也知道狀況異常。

「快來人啊！」

說時遲那時快，醫生趕過來。我往後退，讓出空間。醫生和護理師快手快腳開始急救。有人送進器材，蘆原吹雪的身影轉眼淹沒在機器和人群中。

這段期間，山本博喜頑固地緊抓病房門把，不停喘著氣，全身黏糊糊的。幾個警衛合力想拉開他，但用力到紅了眼，他卻動也不動。我猶豫著該不該上前幫忙，山本博喜大叫：

「老師，您不要死！老師，請不要丟下我！」

山本那一瞬間的神情，我恐怕永生難忘。長相斯文卻有著一雙苛薄三白眼的老人，這一刻像遭父母親拋棄的孩子。

又有幾名警衛趕到，換山本博喜淹沒在警衛中。這麼一來，他大概也死心了。只聽他平靜地說「放開我」，過了一會兒，這群警衛才緩緩移動。從中現身的山本，朝著在醫護人員圍繞下、看不見身影的蘆原吹雪，深深行一禮，隨即被拉離病房。

山本和警衛一走，十二樓的走廊上，眾人既安心又興奮，秩序大亂。女看護責罵愛湊熱鬧的老人，將他帶回病房。從門縫觀望的探病訪客正在分享彼此拍的影片。處在冷靜應對的專業人士中，我派不上用場，不知如何是好，於是無所事事地晃著，剛要橫越滅火劑之海，一個認得我的護理師叱罵：

「清潔人員馬上就來，待在原地等他們清理乾淨，不然泡泡會弄得到處都是。」

「來不及了。」

大家都愛怎麼走就怎麼走，應該沒救了吧。放眼望去，不管是走廊或病房，連護理站中，都有濕亮的粉紅足跡。山本博喜要搭的電梯門一開，裡面的地板上也有粉紅足跡。這裡的每一個人都像蛞蝓一樣，凡走過必留下痕跡。

「有人出去嗎？」

「啊？」

護理師一臉莫名其妙。

「不是啦，電梯裡有腳印。」

話尾剛落，警衛和山本一行人便擠進電梯，腳印跟著消失。

「出去我倒是沒什麼意見，今天客人太多了。」

護理師大大嘆氣，接著道：

「律師、外甥女，影迷，還有那個亂來的人。我要嚴正聲明，葉村小姐，住院療養的不只蘆原女士一個人。你們好像都當這裡沒有別人，會打擾到其他患者⋯⋯妳的臉怎麼回事？」

我趕緊摸摸鼻子。

「呃，很明顯嗎？」

護理師驚呼，建議先冷敷，於是給我一個冷敷袋。在這當中，清潔人員來清除四濺的滅火劑。

過一會兒，一臉疲憊的鳴海醫生向護理師下完指令，出現在護理站，向我點點頭：

「蘆原女士總算救回一命。」

「沒有危險了嗎？」

「目前剛回魂。」

「是嗎……怎麼會變成那樣？」

鳴海醫生一愣：

「妳問我，我也沒辦法回答。就像之前說過的，什麼時候走都不足為奇。不過，幸好葉村小姐事先聯絡，我們才會加強警備。要是讓那麼亂來的人進病房，一定會挨那位外甥女的罵。好幾家媒體來問，不少自稱影迷的患者晃來晃去……她是這麼有名的大明星嗎？」

「嗯，是啊。醫生，蘆原女士這次並不是受到驚嚇，而是自然發生的吧？」

「葉村小姐，妳操心過度。」鳴海醫生一笑，「別擔心蘆原女士，妳該擔心自己。妳的臉好誇張，讓我瞧瞧。」

「我只是跌倒撞到。」

我結結巴巴回答，醫生對我的鼻子東看西看：

「幸好沒折斷。這是頭部的傷，妳最近頭部剛受到撞擊，先做一下CT好了。」

「不用，我想應該沒事……」

「頭部的傷是很可怕的。」

鳴海醫生威脅般往前一步，我退一步轉身向後。那一瞬間，匆匆回到護理站的年輕護理師腳下打滑，驚叫著衝過來，我連躲都來不及躲。護理師的頭錘正中我的胸口，我們頓時糾纏在一起，然後我一屁股坐倒在地，心跳大亂，同時，又感覺到死神的力量將我拉往陰界。

我失去意識。

26

聽到自己的呼吸聲，我驀地醒來。天花板好刺眼，感覺身體正高速被送往某處。我想睡得要命，希望能安靜休息，眞不想醒來。我再度跌出意識之外。

有人在跟我道歉，又有人在罵我，聽到這些聲音時，有人輕拍我的臉頰。

「沒事了。葉村小姐，請起來。」

不要叫她，讓她睡吧。聽起來像是蘆原吹雪，於是我猶如從游泳池底浮上水面，頓時清醒。

「啊，醒了。」

鳴海醫生說。雖然戴著口罩，但看得到他額頭上腫一個包。我眨眨眼，環視四周，似乎身處治療室。我啞聲詢問：

「醫生，發生什麼事？」

「不好意思啊，葉村小姐。護理師腳一滑，撞到妳的胸口，引起心臟震盪。妳昏過去好幾分鐘，現在沒事了，但需要短暫休養，而且頭部還是令人擔心，所以請妳在這裡住一晚。上次葉村小姐住院時留的聯絡人，是房東吧？我們通知她了。」

我鼻子上放著冷敷袋，胸口又刺又麻，四肢沉重。心情上彷彿打了八回合還沒分出勝負的拳擊賽，在最後被一擊KO的選手。

不經意一看，視野一角有個護理師垂頭喪氣，雙眼紅通通，大概就是頭錘我的小冒失鬼。那邊地滑，我也沒多注意。我沒怪她的意思。

不如說，這是葉村晶不幸的新變化吧。那麼，該負責的就是我的守護神——如果真有這麼一個神。

「有一位警察，想來瞭解一下剛剛那名男子的事。他稍後會來病房，可以嗎？」

「麻煩你們請他過來吧。」

他們要我換上住院穿的患者服，叫我去檢查。我拒絕躺擔架，走到病房。和上次一樣是四人病房，但這次其他三床都有人。由於冷敷的關係，臉部感覺好像麻痺了，思考也同時麻痺了。

我把床頭調高一些，大口吃掉醫院提供的晚餐。餐後，吞下醫生開的藥，等候藥物生效時，澀澤漣治出現。之前他帶來的調布東警署的年輕刑警眞汐文吾，跟在他後頭。

好慘的一張臉，澀澤漣治面無表情。

「眞是的，到底怎麼回事？妳給我好好解釋清楚，這個笨偵探。說什麼稍後再聯絡，卻叫見都沒見過的偵探社的人傳話，妳搞什麼飛機？」

眞汐驚訝地望著澀澤。你們才是，來得這麼晚——我內心暗罵，從包包裡取出破爛的手機。澀澤的不愉快一口氣飛到九霄雲外，大爆笑：

「搞什麼，又來一次？」

「這眞的好慘！要怎麼弄才會變成這樣？」

年輕刑警似乎由衷同情。我一搖頭渾身都痛，便豎起手指搖了搖，告訴他們被山本博喜塞進「浪漫列車」廁所的來龍去脈。澀澤的臉抽搐兩次。

既然問起，我便從頭到尾講一遍。眞汐刑警什麼都不知道，所以我依序大致說明。

蘆原吹雪託我尋找女兒志緒利。詢問許多人的結果，得知志緒利失蹤後，曾在剛才大鬧的山本博喜保護之下，住進高圓寺的公寓。我找到山本博喜逼問他，原來志緒利冒用山本妹妹的名義住進小田原的療養院。然而，最近她在山本不知情的狀況下暫時出院，不知去向。從諸般情形來判斷，志緒利很可能潛伏在母親身邊。

眞汐睜大眼做筆記，不時發問。我回答時小心避開幾項事實。例如，蘆原志緒利的親生父親是相馬大門的兒子、志緒利心智失常的原因，及岩鄉偵探的事。

提到岩鄉，就必須解釋二十年前澀澤的事，當著他本人，我有些猶豫。而且，這麼一來，山本博喜付岩鄉六百萬圓要他保密的事，也非說不可。雖然沒什麼好隱瞞，但又不知山本的話是眞是假，況且和主案也無關，事後再另外告訴澀澤就好。

可能是看出我的貼心，雖然我略過岩鄉的部分，澀澤也什麼都沒問。不過，當我提及山本博喜的妹妹，在襁褓時腿曾受過嚴重的燙傷，他便高高挑起一邊眉毛。

「好吧，妳今天昏過去兩次，我就手下留情。」

等我說完一連串的話，澀澤冒出一句「等妳出院後，來署裡再說一次，要做筆錄」。

「山本博喜呢？」

「他在這家醫院大鬧，應該損壞不少財物。在本厚木有人報案機車被搶，算是竊盜，但他一個字都不講。妳要怎麼辦？報案告他傷害嗎？」

如果有這種打算，在「浪漫列車」上我就會好好折騰一番。

「蘆原吹雪救回來的事，告訴他了嗎？」

「沒。」

那麼，他還不知道。

接下來，山本博喜會採取什麼行動，我也沒有頭緒。他有人脈、關係，也有錢。若醫院改建時收購用地一事是真的，他大鬧醫院的舉動應該會被當成沒發生過。機車的失主拿到一大筆錢，想必不會再作聲。總之，山本博喜很快就會恢復自由身。

視情況，他可能會恨我。我只是和警方通個電話，他就把我塞進廁所。我應該早被烙上叛徒的印記。

「好吧，女兒的事先擺在一邊。今天這一場鬧劇，媒體已聞風而至，在醫院前進行時況轉播。說什麼影迷硬闖醫院，驚擾昔日大明星。」

「他不是影迷，是前經紀人。」

「妳告訴院方了嗎？前經紀人等同病人的親屬，醫院本來很可能放他進去。」

確實如此。當時，我並未向任何人說明山本博喜的身分，否則那場騷動或許能及早平息。不過，任誰目睹那副全武行，不管他仁兄是哪號人物，也不會讓他見重病患者吧。

然而，要是院方站在山本博喜那邊，恐怕會怪到我頭上。由於我請院方阻止一個等同親人的訪客探病，醫院反應過度，才會造成這場鬧劇。儘管無意責怪護理師，但自身愈理虧，愈會高姿態指責別人過失的人和組織多不勝數。

唉唉唉，我自以為調查確實，思慮周全，卻沒一件事順利。

我大大嘆氣。院方要怪我就怪吧，到時再說，現在擔心也沒用。

「然後呢？關鍵人物蘆原志緒利還是不見蹤影？」

「如果我的直覺沒錯，她應該在母親附近。能不能請澀澤先生幫忙調查一下？」

「我可沒那麼多時間處理失蹤案。」

「那麼，請你去詢問山本博喜。他向我坦承，蘆原志緒利與三名女子的死亡有關。」

「妳沒有證據啊！抱歉，光憑妳的一面之詞，我無法採取行動。」

「都怪我的手機被弄壞了。」

很久以前，我就養成習慣，與相關人士談話時偷偷錄音。我相信山本並未發現，但證據終究是沒了。如果山本博喜在警方的偵訊下再度坦承不諱，也許能夠靠警方的搜查逼出蘆原志緒利。

本來，偵探將受託的內容透露給警方是不值得獎勵的。調查還沒結束，委託人也還活著。然而，我忘不了發現蘆原吹雪心臟停止時的恐怖。因為我心裡想的是：她被女兒殺死了嗎？

總之，我想找到蘆原志緒利，並說服她見蘆原吹雪一面。為達目的，我不惜利用警察。沒什麼關係吧？反正警方也在利用我。

不知是不是發現我的想法，澀澤板著臉哼一聲。真教人羨慕，以我目前的狀態，連哼一聲都不可能。

「不要指望一個小警員。志緒利在哪家醫院住院？主治醫師是誰？」

我剛要回答，隔間的簾子後面，有人氣喘吁吁地衝進來。澀澤拉開簾子，倉嶋舞美一看到我，發出「哦」一聲，說：

「搞什麼，明明還活著嘛。」

好一句招呼。不僅是我，連兩名刑警都冷冷望著她。倉嶋舞美慌張地猛搖手：

「不是啦，房東哭哭啼啼說醫院打電話來，通知葉村小姐的心臟停了，眞是嚇死我。」

倉嶋舞美推開刑警，一屁股坐在鐵椅上。兩名刑警滿臉無奈，道聲「明天見」便離開。察覺到我的視線，舞美興致勃勃靠過來：

「剛才那是刑警？是不是發生案件？葉村受到牽連了嗎？」

「我沒空去小田原的麵包店。」

「不用放在心上。我不曉得出什麼事，不過妳的臉好慘。鼻子以上全腫起來，像極《星艦迷航記》裡的克林貢人，眞令人懷念。那麼，是命案嗎？」

「對了，不是說警方在懷疑妳嗎？」

我一問，倉嶋舞美難得嚴肅地端坐，應道：

「嗯。事情是從我去喝酒時，認識很合得來的大叔開始的。」

果然，那個條碼頭就是在「柏靈頓咖啡館」總公司上班的人。一聽倉嶋舞美說會失眠，就介紹深夜的打工。既然睡不著，用那些時間賺錢正好，她覺得是不錯的想法。

當幾次服務生後，大叔拜託她辦活動時，務必要捧「柏靈頓咖啡館」的場。所以，她試辦一次，參加的人反應滿好，便繼續包了幾次場。

不料，大叔臨時問她，今天能不能取消？那個時段不小心重複訂位。事出突然，但如果能取消，會付她賠償費。有時又會來拜託能不能換場地，比方從明大前店換到笹塚店之類的。

大叔平常十分照顧舞美，大概是處境很為難吧。反正雖然是要辦活動，也不必做什麼準備。只是大家一起消磨睡不著的時間的聚會，她便爽快答應，沒想到——

「事後他給我三十萬圓的賠償費。」

「三……匯給妳的？」

「給現金，就直接拿出來，我嚇一大跳。可是，條碼頭說是公司的規定。既然是規定，總不能不收。坦白講，我覺得眞是太幸運。」

倉嶋舞美壓低話聲，繼續道：

「我上班的公司，坐辦公室的薪水很低。可是，我爸媽以前沒好好繳國民年金，一家三口幾乎是靠我的薪水生活。這是沒關係啦，但我媽不懂理財，也不會做家事。她會買一堆特價的蔬菜塞滿冰箱，放到全部爛掉。我爸抽菸喝酒戒不掉，說去咖啡店是他的生存意義，一個月花掉五、六萬圓。」

她長嘆一口氣。

「我每天都跟他們吵架，所以他們就找結婚搬出去的姊姊抱怨。姊姊叫我要對爸媽好一點，我完全被當成壞人。家裡改建是姊夫出錢，於是爸媽把姊姊和姊夫捧得高高在上，眞是氣死我了。」

當麻警部和他的迷糊部下在蒐集資料方面，倒是做得挺不錯，狀況和她敘述的符合。

「反正，因爲這樣，我一點屬於自己的錢都沒有。舉辦活動，也是考慮到自己辦不用付錢，又不必待在家裡看爸媽臉色。在這種時候，收到三十萬圓，我眞的好感激。」

「條碼頭先生知道妳缺錢嗎？」

「嗯，我跟他提過。他很懂得傾聽。」

「妳只拿過一次賠償費？」

「總共五次，不對，七次吧。條碼頭先生說，當成是打工費。」

「妳不覺得奇怪嗎？」

倉嶋舞美顯得十分後悔：

「妳一定覺得我很笨吧。當然啦，一天到晚重複訂位未免太奇怪。可是，有什麼關係？我可以拿到三十萬圓，也不會麻煩到誰。雖然有網友抱怨我改來改去，但我把一部分的賠償費用來補貼下次的會費，大家出一點點錢就能參加，便沒人再抱怨。」

然而，錢太多是事實，她有些擔心，但做夢也想不到警察會突然上門，懷疑她與地下賭場勾結。舞美如此描述：

「那不是嚇一跳的程度，而是『咦，地下賭場？什麼跟什麼？』的感覺。警察還不耐煩地催促趕快招供、吼著『妳是從誰那裡得到情報的』，咄咄逼人，姿態超高的。我回答聽不懂問題，卻得到一句『少裝蒜了，警方早掌握一切』。我一陣火大，才不想管他們，反正我就是不講。」

「原來如此。所以，妳也沒提到賠償費的事。」

我呆呆回答。藥開始生效，加上倉嶋舞美的話又長又多，我差點脫口而出：這些我都知道，麻煩跳過。

「沒有啊。要是不小心說了，他們一定會認爲，光是取消哪可能拿得到那麼多錢。我明明什麼壞事都沒做，卻被當成罪犯，逼我還錢，怎麼想都很奇怪。」

重點不在這裡。我心裡這麼想，卻無法冷靜說明。漸漸進入夢鄉時，我「哦」一聲當附和。

「後來警察就撤退了，但還是懷疑我，教我怎能安心？可是，條碼頭的手機換號碼，我打到『柏靈頓咖啡館』總公司，他們說他已辭職。所以我就思考，是不是應該把我知道的事全部告訴警方比較好？葉村是偵探，也認識警察，我想找妳商量一下。豈料，今天的早報……」

倉嶋舞美拿剪報給我。我眼睛睜不開，要看都很勉強。但標題的意思十分明顯。「柏靈頓咖啡館」經營母體食品娛樂股份公司，控告前人事部長背信。

「這個前人事部長，就是條碼頭？」

「嗯。」

我用運轉不靈的腦袋，回想當麻警部的話。好不容易把魚趕到網裡，希望妳不要浪費絕佳機會。

原來是這麼回事。在地下賭場逮不到，便說服公司上層，告發前人事部長。這麼一來，就能夠逮捕條碼頭，一步步問出用途不明的錢，最終就能追究地下賭場，不愧是權傾天下的警視廳。原來他媽的能當上警部，並不只是因爲個性差。

「我的立場是不是不太妙？」

倉嶋舞美怯怯地看我的臉色，但我沒氣力安慰她。

「嗯，我想是不太妙。」

「那我該怎麼辦？一定要還錢嗎？」

「比起錢，被警方當成他們的同黨更糟。妳最好趕快去警署。不然，我幫妳介紹我認識的律師，妳去諮詢一下。」

「可是，律師不是免費的，我要等到發薪日才有錢。」

「妳拿到二百萬圓，都沒存錢？」

「存了一半。可是，幹嘛要爲根本沒做的事遭受指責，還逼我出錢！」

倉嶋舞美頑固地堅持。我愈來愈火大，這女人怎麼會在這種狀況下，跟一個傷得必須住院的人商量這種鳥事。給建議妳也不聽，那就快滾啊。

要是我這麼說，一定會拖更久。我擠出剩下的體力：

「既然這樣，妳就去找律師協會辦的免費法律諮詢。妳要是什麼都不做，眞的會被懷疑。如果條碼頭說『倉嶋舞美什麼都不知道，只是被利用』，那就沒事。萬一他說『她也是地下賭場的一員』，妳要怎麼辦？」

「好過分，他爲什麼要撒那種謊？」

「警方認爲妳和地下賭場是同夥吧。據說一般人接受警方質詢，會忍不住想做出對方期望的回答。」

「那未免太奇怪了吧！」

倉嶋舞美氣呼呼的。對啊，是很奇怪。那又怎樣？妳活了四十多年，到現在都沒發現這個世界很奇怪嗎？

「我又沒做壞事。只是對方拜託我，我接受報酬作爲交換。那筆報酬是對是錯與我無關。拿到的錢，對我來說當然是一大筆錢，可是，對那麼大的企業來說只是九牛一毛。我也沒花天酒地！瞞著爸媽存錢，買二手名牌，買最新一期的雜誌。雖然都是一些小事，可是我眞的很開心。」

倉嶋舞美一臉陶醉。是啦，那當然幸福。一直到活動進行一半，警方大隊人馬衝進來爲止。

「妳怎麼知道？」

我嚇然一驚。剛剛不知不覺睡著，一睜開眼，只見倉嶋舞美直盯著我，我頓時背脊發涼。哇，我搞砸了，還吐出心裡的想法。

「知道什麼？」

「活動中有大批警察衝進來。妳怎麼知道的？我又沒講。」

「我聽說的。」

「聽誰說的？」

我本來想回答「喝醉酒的妳」，但改變主意。我雖然頗愛撒謊，但這時候撒謊是不行的，絕對不行。

「聽警察說的。因爲妳的事，我受到偵訊。」

倉嶋舞美臉色發青，僵硬地看著我。

「可是，妳一直沒告訴我？」

「沒錯。」

「……眞不敢相信。」

舞美忿忿從鐵椅站起：

「原來妳是警方的走狗？然後，妳一直在監視我！」

「妳聽我說……」

「啊，對嘛，葉村是偵探。真正的偵探果然和推理小說裡的偵探不同，會受僱於跟蹤狂、會收集把柄威脅別人，爲了錢做卑鄙無恥的事也毫不在乎。把我帶進自己住的出租屋、監視我，幫警方嫁禍一個清白無辜的人。」

這實在超過我忍耐的限度，我坐起大吼：

「妳夠了沒！住進我那裡是妳要求的吧？要是我相信警察，早就跟『史坦貝克莊』的人說妳可能是罪犯，把妳趕出去。監視妳？我那麼閒嗎？妳自己想想看！」

門口有人大聲乾咳，護理師提醒「請保持安靜」。倉嶋舞美咬著嘴唇，推開護理師離去。

我掙扎著下床，爲驚擾到同病房的患者致歉，然後拉起簾子，放倒病床。躺下後，我右臂放在眼睛上，在睡著之前稍微哭了一會兒。

27

那天晚上，我發起高燒。第二天、第三天，燒都沒退。到星期日終於退燒，但也因爲這樣，本來只住院一晚，變成住院好幾天。

大概是太疲累，我不時做惡夢。週末同病房的患者有許多人來探望，但沒有任何人來看我。以爲又會來罵我的倉嶋舞美沒出現。星期六的麻生風深家之約沒去、答應星期日看店也放鴿子，但富山都沒聯絡我。不過，他想聯絡也聯絡不上。我手機壞掉，加上住院，藉口太充分，於是我盡情發燒。

星期一，瑠宇現身。她爲我帶來替換衣物和其他必需品，開口第一句卻是道歉：

「抱歉我來晚了，因爲房東有點生氣。」

「生氣？難道是……」

「就是她啊！」瑠宇皺起眉，「我不清楚發生什麼事，她一直跟大家講妳的壞話，而且請假不去上班，一直待在家裡，討好房東。房東現在完全偏袒她，妳最好小心一點。」

「怎麼說？」

瑠宇環顧四周，壓低音量：

「之前她不是答應帶房東去賣二手名牌的店嗎？前幾天她們一起去，回來後，房東就拿出買的包包現寶。那是仿冒的。」

「騙人……啊，抱歉，當然不是騙人的。」

「別看我這樣，在包包方面挺有眼光，畢竟是專家。」

瑠宇完全不在意我的失言，繼續道：

「房東要我保密。那家店在六本木的高級大樓裡，大廳有櫃檯的那種。要預約，還要密碼再加認人，不然是進不去的。進去後得出示身分證明，在文件上簽名，這樣才終於能看目錄。選中商品，店裡的人會去打電話。不久，會有人按門鈴送東西來。很可疑吧？」

「嗯，非常。」

「房東雖然那個樣子，沒想到挺虛榮的。地點在六本木，又是高級大樓，說什麼只有特別的人才能夠得到特殊待遇，高興得要命。害我不敢說那是仿冒的。可是，妳也知道的嘛……」

「倉嶋舞美的包包呢？那也是仿的嗎？」

「沒拿來近看很難說。看起來滿像眞的，但最近仿冒的技術精巧，連海關的專家都騙得過。」

從倉嶋舞美過去的作爲來判斷，這二手名牌販賣，如果是採取介紹新客可得到回饋的制度也不足爲奇。然後，要是又出問題，她一定會說不知道那是仿的，以受害者自居。

我頭好暈，瑠宇十分同情：

「我想妳已注意到，她打算趕妳走。她也來跟我提過。」

「跟妳提過？要妳幫忙把我趕出去之類的？」

「差不多。她說妳是偵探，會偷偷摸摸監視大家，還有妳想偷翻她房間裡的東西。這顯然是看妳不順眼，我當然沒理她。我反駁她，半夜解除保全系統出去亂晃的人才更危險。」

瑠宇一走，我沒空沮喪，就來一個我最不想見的人。當麻茂大大方方在鐵椅坐下，俯視著我。原以爲他今天的領帶圖案是黑點點，其實是出現在享譽國際的動畫裡，那個躲在空屋的煤灰怪。

「妳到底在幹嘛？聽說妳又弄壞手機？聯絡不上實在很困擾啊。」

困擾的是我。

「你才是，那個人是不是叫郡司？你沒發現身邊的部下違法嗎？」

當麻一頓，吐出一句：

「倉嶋舞美出面說明了。」

「咦？」

「還找律師陪同，表示要把她和清水的關係、她所知的一切全盤托出，這是星期六的事。據說是葉村小姐建議找律師，爲什麼會變成這樣？我以爲約定的是，要暗中監視倉嶋舞美。」

「清水是『柏靈頓咖啡館』的前人事部長嗎？」

「是啊。依倉嶋舞美的解釋，她會消取活動都是清水拜託的。她因此賺了不少，而且一點都不以爲恥，還聲明她不會還錢。」

「然後呢？當麻先生相信她的話？」

「如果她一開始好好解釋，也許我會接受。不過，她沒這麼做，所以還是不能不繼續監視。」

「你瞭解狀況嗎？倉嶋舞美知道我在監視她，應該很快就會搬出『史坦貝克莊』。」

「這可難講。」

部下不受控制又容易背叛、嫌犯本人出面澄清，他居然不死心。以菁英自居的人，神經眞是有夠粗。

我懊惱得咬牙，想到一個問題：

「對了，你們監視倉嶋舞美時，她差點遇上愛情詐騙，對方叫藏本周作。他爲什麼騙到一半就從倉嶋舞美面前消失？是你們教唆的嗎？」

當麻警部一陣沉默。

「愛情詐騙嗎？我沒收到這方面的報告。」

「咦，當麻警部不知道嗎？」

「沒聽說。」

「會不會是深喉嚨過濾掉這則消息？還是藏本周作也接到消息，得知倉嶋舞美遭警方監視？」

當麻警部乾咳一聲：

「天曉得，也許吧，但這影響不大。葉村小姐，請以偵探的身分，在出院後繼續監視倉嶋舞美。妳似乎是個優秀的偵探。」

聽起來根本是在挖苦好不好。

「優秀？因爲我看穿貴部下走漏警方內部消息嗎？這種情況，你們一定被監察官釘得很慘吧。」

「我不明白妳在講什麼。」

當麻警部裝傻，我不禁火大：

「我想應該不至於，但你們不會是準備把內部的醜聞壓下來吧？」

「我是沒這個打算。很遺憾，正派又認眞的警察引發醜聞的事並不稀奇。尤其在警察這樣的組織裡，視喝酒、賭博、買女人爲男子氣概的昭和沙豬思想，就像冰河時期的蟑螂一樣，永遠打不死。」

我敢打賭這傢伙酒量一定極差。

「可是，時代變了。無論發生什麼事，若蓄意隱瞞，反倒會造成更深的傷害。不過，這用不著妳來操心。」

當麻警部起身，直視著我：

「要是不好好監視她，到時離開『史坦貝克莊』的，搞不好不是倉嶋舞美，而是妳。」

星期二早上我獲准出院時，醫生露出鬆一口氣的表情。

「不是葉村小姐的錯，」醫生壓低話聲，「那個大鬧的人啊，聽說和蘆原吹雪女士是熟人。跟我們上一任院長也認識，所以醫院撤回告訴。不管是熟人或陌生人，不解釋一下就拿滅火器要趕走警衛，再怎麼想，都是那個人不好。可是，現任院長是入贅的，在上一任院長面前抬不起頭。現在他們反倒紛紛發出責怪：那個提醒醫院留心蘆原女士安全的人，爲什麼沒告訴我們他是蘆原女士的熟人？反正就是想把責任推給葉村小姐。」

總之，醫生是在給我忠告：這裡不是久留之地。

我鄭重道謝後，問起蘆原吹雪的狀況。前天她恢復意識，卻什麼話都不說。

「暫時謝絕探訪。我們聯絡她的外甥女，但她表示以後請找蘆原女士的律師，而律師又很冷淡，說等人死了再通知他，實在是……因爲這樣，除了醫護人員之外，就算是葉村小姐也不能見她。不管是媒體或影迷都一樣。」

如果這是眞的，暫時就可以安心。愼重起見，我想讓醫生和護理師瞧瞧蘆原志緒利的照片。雖然是二十年前的照片，但應該還能認得出來吧。最好向他們強調一下，要特別提防這名女子。就算讓他們見面，也一定要有人陪同。

啊，不行，手機壞了。

眞教人喪氣。我應該把照片印出來，或是傳到iPad的。因爲手機功能多又方便，什麼有的沒的全存在裡面，這種時候反而派不上用場。

我思考片刻，依目前的狀況，要找出蘆原志緒利，盯仕吹雪是最好的辦法，畢竟已無其他線索。可是，醫院叫我不准逗留又謝絕訪客，那就沒轍了。

總之，先出院再談。

我準備出院。雖然沒勇氣見倉嶋舞美，我還是搭計程車回到「史坦貝克莊」。瑠宇在家，開心迎接我出院。她說倉嶋舞美出門了，我不禁鬆一口氣。

我沖完澡，換下衣服，回房間打開窗戶。搬來兩年多，身心非常熟悉這個房間和這片窗景。我放鬆心情，俯視主屋的庭院。早該出門的倉嶋舞美，坐在傾斜的主屋緣廊，與岡部巴愉快聊天。

我縮回腳步，不讓她們看到。

這樣不是很好嗎？我賭氣想著。房東與房客交好，總比房客監視房客健康許多。

我實在懶得化妝，便素著一張難看的臉前往手機門市。抽了號碼牌，到呼叫的櫃檯一看，服務我的是別著「平松」名牌的女孩。不知是不是記得我，看到我拿出壞掉的手機，她雙眼睜得好圓：

「眞的很抱歉，上次您用掉購買的保險，這次手機無法享有優惠。如果您要送修，依這個狀態，可能要一個月以上……這方面，也要一點時間才能判斷能不能送修……」

「平松」服務員的歉意開到最大。最快的解決方式是購買新的手機，比您現在的手機更新一代的型號恰巧昨天上市，不妨考慮這一款。

此時此刻，我希望妳推薦的，不是使用的方便性或新機能，而是不管掉進污水泡一個小時，還是遭狂怒的暴力男狠敲猛打都能安然無恙的機種。

我一這麼說，她的語氣益發抱歉。您的心情我明白，但完全不會壞的機種實在……要是客人不小心使用……

這世上的「平松」到底怎麼學會這種語氣的？面對態度謙遜，卻毫不讓步地將對方打趴的完美教戰守則，我根本無力反擊，乖乖買了新手機回家。

我把備份在電腦裡的資料同步到新手機，不知爲何傳不過去，折騰半天。我由衷佩服三兩下就能搞定電子用品的能力。終於設定完成，我將去小田原以來發生的事整理成報告。這幾天眞的好慘，回顧一遍正覺得疲憊時，電話響起。是調布東警署的澀澤打來的。

「聽說妳今天出院？來幫忙寫筆錄啊！」

「不能讓我休息一下嗎？」

「還好意思說，妳都住院五天四夜了，能休息這麼久，我有點羨慕。」

我看看時間，傍晚六點半左右。

「你要請我吃晚餐嗎？」

澀澤噗哧一笑，「好啊，用我的零用錢叫拉麵請妳。」

我換了衣服。由於發燒的後遺症，全身無力。晚上可能會變涼，我決定帶刷毛上衣出門。選一個大一號的包包，我慢慢下樓，看到倉嶋舞美和岡部巴親密地並肩坐在沙發上，在客廳看電視。一注意到我，倉嶋舞美皺起眉，向岡部巴咬耳朵。

「不好意思，給妳添麻煩了。」

我向岡部巴說。她神色不自然，還是微微點頭。倉嶋舞美見我要外出，訕笑道：

「哦，妳不監視我，要出門啊。」

「我出去一下。」

我不理倉嶋舞美，跟岡部巴打招呼。

「出門？妳要去哪裡？像這種事，不是應該詳細向房東報告嗎？一天到晚住院，給人家添那麼多麻煩。一副只有妳最安分守己的樣子瞧不起我，還不是很隨便。」

倉嶋舞美找我麻煩時，岡部巴只露出曖昧的笑容，一語不發。看來，瑠宇的觀察沒錯，倉嶋舞美完全成爲岡部巴的親信，我感到十分絕望。會想保護既得利益的，不是只有官員和政治家，我也想守住自己的窩。

「妳問我要去哪裡？我要去警署，有事嗎？」

倉嶋舞美臉色發青：

「我告訴妳，我去向警察報備過。而且，我該說的都說了，警方也明白，沒有理由再被監視。」

「是嗎？那妳在緊張什麼？要是妳沒幹違法的勾當，何必管我要去哪裡？」

「像妳這種流氓偵探可能不懂，被警察盯上，對正派的受薪階級就是一種傷害。眞是的，我被妳害得可能會失業，眞是氣死人。」

「憑什麼說是我害的？明明是妳自作自受吧。不清楚別人的底細，被錢沖昏頭，才會落到今天的下場，不是嗎？」

「啊啊，眞是夠了。居然要跟妳住在同一個屋簷下，眞倒楣。妳不要再回來了。」

「妳不會自己搬出去嗎？」

岡部巴看著我冷冷開口：

「葉村小姐，舞美人不壞。妳多少要體諒一下舞美的心情，畢竟她被重要的朋友出賣。警察算什麼，身邊的人才重要。要是連這一點都不明白，應該是葉村小姐要搬走。」

倉嶋舞美一副勝利姿態。看到她那張臉，我頓時覺得一切都不重要。我以自己都驚訝的冷靜，對岡部巴說：

「我明白了。我會依照合約，在一個月內搬出去。不過，有一點我要先聲明。雖然她是我介紹的，但從今以後，我不會爲她的所作所爲負任何責任。把她留下的是妳，不是我。還有……」我瞪著倉嶋舞美，「待在這裡的期間，我會一直盯著妳。就算我搬走，妳也沒辦法跟警察說再見。今晚趁我不在，妳最好想清楚。」

想到我出門時，倉嶋舞美不安的神情，心裡稍微舒坦一些。只是，當然持續不了多久。倉嶋舞美以受害者自居固然令人生氣，但她被「重要的朋友」出賣是事實。儘管我是遭到脅迫，畢竟還是協助警方監視她。最可怕的是，我居然拿警方來威脅倉嶋舞美。

還有，房東岡部巴一向對我很好。即使她叫我走，我也不該那麼說。

眞是後悔莫及。

當晚，我二度嘗到這句話的滋味。

28

調布東警署緊臨甲州街道，建築本身在好幾個顯眼的地方點綴著綠色，森嚴感大減，多了幾分親切感。我想起蟑螂屋和捕蠅網的造型都做得很可愛，走了進去。

安排好偵訊室，澀澤聽著我的陳述，熟練地打字。他一副極度疲勞的樣子，全身散發出一股汗水、腎上腺素、疲勞物質和老人臭混雜在一起的味道。

「多謝妳沒在文吾面前提到岩兄的事。」

等作業告一段落，澀澤開口。

「要是又翻出以前的事，百害無一利。如果能從山本博喜口中，問出岩兄行蹤的消息就好了。」

「關於這一點……」

當時山本博喜給了岩鄉克仁六百萬圓。我告訴澀澤，他不悅地皺起眉，應道：

「什麼鬼？睜眼說瞎話。岩兄才不會收那種錢。」

「沒理由不能收啊。不是賄賂，也不是針對重大犯罪的封口費。當然，要是岩鄉先生察覺志緒利殺了人，在收那筆錢之前應該早就報警。他眞的找到志緒利，所以認爲是成功的報酬吧。」

「拜託，岩兄的委託人是蘆原吹雪好嗎？」

「可是，蘆原吹雪說，委託案件和聽取報告時，山本博喜都在場。而且，我相信那之前的偵探費一定不是吹雪親手給的，應該是山本博喜付的。」

「那又怎樣？」

「換句話說，在岩鄉先生看來，山本等同於委託人。如果山本是這樣說服他：要是知道女兒嗑藥又心理失衡，當母親的會傷心。我會讓她住院治療，能不能請你幫忙隱瞞到病情好轉？——岩鄉先生會怎麼選擇？你認爲他還會堅決不收嗎？換成澀澤先生呢？」

「不幹警察後，我會很開心地收下。可是，那種事……況且，就算岩兄眞的收了那筆錢，錢在哪裡？該不會要說他拿六百萬圓跑了吧？送錢的事，一定是山本博喜爲了減輕自己的罪刑捏造的。」

「對象是警察有可能，但連這一點都要撒謊，打一開始就不會承認蘆原志緒利的罪行了吧？沒有任何證據，而且他說出這些話時，認定我會和他一起保護蘆原吹雪。」

澀澤辯不過我，悶不吭聲。岩鄉的事刺痛澀澤最痛的過去，難怪他不願相信。

「話說回來，山本博喜是怎樣的人？不過是蘆原吹雪的前經紀人，能付一個小小偵探六百萬圓的巨款？」

「這件事請不要洩漏出去。山本博喜曾任相馬大門的私人祕書，備受信賴，替他管錢。」

我說出山本和吹雪在背地裡支持相馬的政治活動，大門的金流錢脈都由兩人經手，並附帶解釋志緒利的父親，是相馬大門的兒子相馬和明。澀澤不禁嘖舌：

「妳老給我招惹麻煩。相馬大門的兒子也是政治家吧，豈不是又有得吵？如果妳說的是眞的，相馬和明的女兒就是連續殺人犯。就算孩子成人後，父母就沒有責任，但這與酗酒嗑藥不能一概而論。」

「這麻煩不是我惹出來的。事先掌握狀況，總比政治家突然找上門好吧？更何況，相馬和明一直把和蘆原吹雪在一起、他就是吹雪私生女父親的事瞞得密不透風，事到如今，絕不可能出面承認。要是被人知道，恐怕會斷送他的政治生涯。」

「我巴不得他的政治生涯趕快斷送。」澀澤轉著原子筆，「大尾政治家的不肖子，不避孕就和女明星玩火，不正是一切的元凶嗎？種下惡因還想保住地位，未免想得太美。」

有道理，多少人因此受到傷害？話雖如此，沒人能料到會是這樣的結果。當然，相馬和明也沒有預知能力。

「不過，總覺得好悲哀。」澀澤撿起掉落的原子筆，「雖然討厭那個女的，但她懷孕不得不放棄演戲，最後還差點被女兒殺死，眞可憐。相較之下，政治家的笨兒子卻躲在背後，什麼責任都不用負，實在氣人。」

「澀澤先生，你不會想把消息透露給媒體，毀掉相馬和明吧？要這麼做是你的自由，千萬別提到我的名字。」

「誰要去通風報信啊。我完全不相信上面那些豬頭，但他們至少比媒體好一點。今天早上的八卦節目妳看了沒？無腦的名嘴竟然失言說『已故的蘆原吹雪女士』。好了，不管相馬和明……啊，這邊這邊。」

澀澤叫住提著食籃的外送員，拿來保鮮膜封住的兩碗拉麵。原來他眞的叫了拉麵。熱騰騰卻早就糊了，這碗平平無奇的拉麵竟意外美味。澀澤邊吃邊說：

「山本博喜大概很快就會出來。」

「出來？」

「昨天送地檢署收押，不過他和機車車主似乎快達成和解。我打算問出蘆原志緒利殺人的事，跟他耗很久，但這方面他什麼都不透露。爲了岩兄，我眞想一舉找到蘆原志緒利，好好問她一問。」

「我也希望找到志緒利，可是老實說，我已走投無路。除了在她母親住院的『武州綜合醫院』附近監視之外，我想不出能找到她的辦法。」

「蘆原吹雪還在加護病房嗎？」

「不，是在單人病房。對於如何處理她的問題，院方好像也開始頭痛了。之前代表家人和醫院溝通的外甥女，突然說不幹就不幹。」

「警衛方面沒問題吧？」

「應該吧。」

「這麼不確定？」

「我現在是醫院的黑名單啊，不然我想守在病房裡。」

吃完拉麵本來打算回去，但一走出警署我就改變主意。現下才十點，還有電車。我搭上擁擠的京王線，在調布站下車。

這個時間，醫院正面大門緊閉，也熄了燈。我繞到後面，在明亮的燈光照射下，可清楚看見一個警衛坐在夜間出入口旁。

看來年紀與我相當的警衛，完全不聽我解釋。關於蘆原吹雪女士，本院的方針是一概不聞不問。

的確執行得非常徹底，但連通知危險的消息都排拒在外，和鴕鳥把頭埋在沙裡沒兩樣。我拿出駕照證明身分，又拿出「東都」的名片，連「武州綜合醫院」的診療卡都奉上，執迷不悟的警衛依然不肯看。最後，我從手機裡找出蘆原志緒利二十年前的照片，他仍看都不肯看一眼，甚至強調再不走，就要叫警察。

那你就叫啊。

想是這麼想，我還是離開了。如果不肯聽我說，最後眞的出什麼狀況，那個警衛也不會有任何感覺吧。他只是遵照指示，盡忠職守。

不遠處有一張長椅。不僅可監視夜間出入口，周圍又有樹叢植栽，從馬路那邊不易被發現。我坐下來，穿上刷毛上衣，監視一段時間。

東京郊外的夜晚相對明亮，人也多。有時會有醫生或職員走出來，抽菸、滑手機，然後再進去。有人搭計程車來，背著小孩衝進醫院。還有救護車，迅速敏捷送來患者，不到一小時又送來別的患者。夜已深，這些人還不眠不休地勤奮工作。

我到底在幹嘛？

正當我這麼想的瞬間，當麻警部來電。他知道我出門在外，照例損我：

「妳爲什麼沒監視倉嶋舞美？不想幹了嗎？借用名義的事還沒解決，妳可別忘記。」

「明天起我會牢牢盯著她，片刻不離。我保證。」

「今天晚上她沒人看著？」

「那又怎樣？她會趁機和地下賭場的人聯絡嗎？不太可能。就算進行聯絡，我也沒辦法聽到內容。還是，你要把竊聽器還給我？」

「我看妳什麼都不懂。」當麻警部冷冷地說，「妳現在的任務，是對倉嶋舞美施壓。她知道妳在監視她，更應該徹底盯著她。」

「她多少感覺到壓力了吧。」

我談起岡部巴叫我搬出去，和之後吵架的內容。當麻警部沉默片刻，開口：

「既然這樣，葉村小姐，今天請妳不要回去。妳應該有朋友能讓妳借住一晚吧。我想看看沒人監視時，倉嶋舞美會有什麼反應。」

「什麼意思？」

「就是這個意思。」

通話結束。

能讓我借住一晚的朋友。很不巧，我沒有這種朋友。這個時間能讓我投宿一晚的商務飯店名單倒是有，這個方便省事許多。

看看時間，原來快一點了。仗著天氣不怎麼冷，剛出院我又逞強。

仔細想想，就算在這裡監視，蘆原志緒利出現的機率根本很低。如果我是她，反而會挑白天下手。警衛再森嚴，不可能滴水不漏。像山本博喜那樣，任誰看到都覺得有問題的不算，若是穿戴整齊抱著花束的女性，往往能夠突破防線。護理站也一樣，總有太忙無法逐一提防訪客的時候。

明天吧。今天先睡，明天我印出蘆原志緒利的照片，帶去給醫生和護理師看，請警衛多加留意。

一決定方針，睡意突然來襲。我在車站前攔計程車。正想告訴司機商務飯店名稱的瞬間，我改變心意。當麻警部囑咐我今晚不要回家，但我沒有義務服從他的命令。借用名義的事尚未解決，是因爲那本來就不是什麼該解決的問題。只不過是當麻爲了利用我，硬掰出來的藉口。

滾一邊去，他媽的警部。休想命令葉村晶，我要回家睡在自己的被窩裡。

由於我處於半昏迷狀態，司機提醒「快到Q比（註）前的十字路口了」時，我慌慌張張請司機停車，得走一段路才能回到「史坦貝克莊」。

從甲州街道轉進來，通往岡部巴的主屋、「史坦貝克莊」及葡萄園的那條路，路燈還是沒亮。上次才壞一盞，現在兩盞都故障，四下一片漆黑。要是以前來過的暴露狂出現，一定會因別人什麼都看不見，大失所望吧。

我哼著歌向前走。不久，眼睛習慣黑暗，違規停車的車子便處處浮現。可能是認爲此地人車都少，半夜借停。既然連停車費都付不起，就不要買車啊，我邊想邊加快腳步，忽地發現可疑的人影。雖然看得不太清楚，但人影是從「史坦貝克莊」的後門跑出來，穿過通往主屋院子的路。接著，大門微開一道縫，等在門前的另一個人影，從門縫裡被吸進庭院。

三更半夜的，想幹嘛？

我躡手躡腳靠過去。平常顯示保全系統啓動的紅色小燈，轉爲系統解除的綠燈。院子那邊的系統和「史坦貝克莊」的系統都解除。

我把包包放在樹籬一角，取出一個大手電筒。這是很久以前我透過雜誌郵購的，緊急時可代替警棍。我握緊手電筒，跟上去。

甲州街道上高高的路燈，照亮岡部巴的院子。兩條人影出現在主屋右側，發出一種像在搓揉的沙沙聲。接著，是咔鏘咔鏘的金屬撞擊聲，然後響起咻咻聲，一種有點耳熟的聲響。

這是什麼聲音？好像在哪裡聽過……

我蹲低靠近。人影之一拿著手電筒，幫忙照著另一個人的手。看到他照的東西，我終於想起是使用千斤鼎的聲音。凝神細瞧，千斤鼎安在主屋底下。人影每次使勁壓一下千金鼎，咻、咻、咻，主屋便一點一點愈來愈歪。

唧唧！整座房子發出聲響。主屋會倒……！

喉嚨竄出尖叫，我抓緊手電筒穿過庭院。大概是突然聽到尖叫聲，吃了一驚，兩條人影定在原地不動。我正想朝他們跑，卻踩到什麼東西，腳失去重心扭了一下。我張開雙手，在試圖取得平衡中跌倒。

右手的手電筒傳來一陣撞擊。同時有人驚叫一聲，似乎有沉重的東西倒地。還有人高聲尖叫。我打一個滾，四肢著地，瞥向腳邊想知道剛剛踩到什麼。原來是散落一地的木工用具。

註：キユーピー，日本美乃滋大廠，商標爲Q比娃娃。

我跌倒時，手電筒打開。在光圈中，木屑、鋸子，要砍倒樹木時打進缺口的楔子逐一現形。可清楚看到千斤鼎嵌在主屋底下，將房子稍微抬高。

我翻過身，往後離開主屋。大概是頭部被我的手電筒打個正著，一名男子翻著白眼倒在地上。倉嶋舞美蹲在旁邊哇哇大叫，邊搖晃男子。

「周作，你振作點，不要死！」

周作？好像在哪裡聽過。不就是騙倉嶋舞美買公寓的人嗎？咦，怎麼回事？

我還在驚愕中，倉嶋舞美毅然抬頭，抄起附近一把斧頭。她口中發出一些我聽不懂的怪叫，朝我揮舞斧頭。

我拚命站起，拖著疼痛的右腳，衝向主屋的擋雨門。擋雨門被撞，發出巨響，主屋大大晃動。叭嘰，不知何處響起不祥的聲音。

我靠著擋雨門站著。手電筒的光圈中，浮現倉嶋舞美的臉。她揮下斧頭，我朝右邊推開。斧頭飛出去，發出不可思議的聲響，掉落在遠方。

倉嶋舞美鬼吼鬼叫著撲向我。千鈞一髮之際，我側身閃開，舞美撞上擋雨門。擋雨門脫落，我勉強躲過，腳卻絆到，跌倒在地。舞美一腳踢過來，我抱住頭猛爬。

下一秒，再度響起叭嘰聲。這次是叭嘰叭嘰接連不斷，益發可怕。主屋搖搖晃晃，不妙，眞的會倒塌……

舞美一腳踢中我的肩膀，我仍盡力壓低身子，奔向庭院中央。自以爲跑了相當遠的距離，但不知是否姿勢太差，沒跑多遠就跌倒。抬眼一看，倉嶋舞美背靠著擋雨門，撿起一樣工具，逼近跌倒的我……

糟糕，我命休矣。

下一瞬間，伴隨著震天巨響，煙塵四起。主屋倒下，屋瓦如雪崩掉落，淹沒倉嶋舞美的身影。破碎的屋瓦噴濺，攻擊我的臉和腿。我發不出聲音，擠出最後的力氣，匍匐逃離主屋。

29

數小時後，我躺在「武州綜合醫院」的急救中心。這次沒撞到骷髏頭，也沒當垮掉房子的墊底，但我吸入大量塵土，眼睛有多處傷口導致視線模糊。踩到木工用具跌倒，造成右腳踝嚴重扭傷。抱頭以防屋瓦砸傷，左手小指和無名指卻骨折，而且耳朵割傷大出血。

活菩薩般的醫護人員幫我護理好後，我坐在候診用的長椅上，茫然失神。倉嶋舞美及她喊「周作」的男子，被屋瓦砸個正著，都送進加護病房。

我可以回家，但一想到要搭計程車就反胃。於是，我一直坐在長椅上。或許我是在等待。等待誰來給這場災難一個合理的解釋。

旁邊的長椅上坐著一個短髮男子，穿一雙眼熟的工作靴。不久，他注意到什麼站起。當麻警部快步走來，下達一些指示，穿工作靴的男子便離開。

「我不是要妳今晚找別的地方過夜嗎？」

當麻的語氣透著說不出的得意，但我連回嘴的氣力都沒有，一心只想要答案。當麻清清喉嚨，解釋道：

「倉嶋舞美不僅與地下賭場有關，還涉及多起犯罪，包括販賣名牌仿冒品、愛情詐騙、專挑銀髮族下手的惡質詐騙。」

仿冒名牌我能理解，但愛情詐騙……？她不是被害者嗎？

「名叫藏本周作的男子，並不是詐騙她的對象，而是她的同夥之一。多半是爲了欺騙並拉攏葉村，她才裝成是愛情詐騙的受害者。倉嶋舞美擅長編故事，大概是認爲要攏絡偵探，最佳的手段就是提到犯罪。」

也對，她敘述與藏本周作失去聯絡的那一段話，條理分明，極爲簡單易懂。只是——

「她爲何想拉攏我？」

「當然是爲了進入『史坦貝克莊』啊。」

「可是，爲什麼要住我們那裡？」

「她的目的是岡部巴女士的土地。那是塊一等一的好地，位在幹線道路旁，建築基準的規定很嚴，但『史坦貝克莊』和葡萄園的面積加起來相當大。仙川是目前很受歡迎的市區，許多開發業者和建商想買這塊地。可是，這些業者以前太亂來，岡部巴女士堅決不賣土地，還和保全公司簽約，讓外人不得其門而入。換句話說，為了在岡部巴女士不起疑的情況下接近她，並能自由進出，最好成為『史坦貝克莊』的房客。只是，不是誰都能住進去。」

沒錯，岡部巴基本上只租給認識的人，或認識的人介紹的人。而且，有人未經同意測量庭院，正是她與保全公司簽約的原因。

「所以她才接近我。」

「可能也調查過其他房客，最後選中葉村小姐。因為倉嶋舞美是推理小說迷……妳打工的那家推理書店叫什麼？」

「『MURDER BEAR BOOKSHOP』嗎？」

「對。我們監視她時，她就去過那家書店兩次。既然目標候選人就在那裡，當然就會鎖定這個候選人。」

「而我傻傻上當，讓她住進『史坦貝克莊』。」

倉嶋舞美的部落格剛開張。我想起自己提過，為了騙人架設網站是常用的手法，不禁臉紅。明知有鬼還上當，根本神仙難救。

「我們的人物側寫專家分析，倉嶋舞美是典型的psychopath，精神變態。擅長撒謊，沒有良知，毫無同理心，是自我中心型人物。這種人認為別人都是為了讓自己利用而存在，也會為了利用別人施展魅力，進一步操縱對方。」

我想起住院時，倉嶋舞美不顧我意識模糊，一個勁吐出自己的煩惱。當時，她可能也在懷疑我。「柏靈頓咖啡館」的前人事部長被告，她感到不安。假如遭到警方監視，會不會是透過身邊這個偵探葉村晶？或許她是心裡有數，才來刺探虛弱的我。

「難道失眠也是裝的嗎？」

「應該只是夜貓子吧。她不會說百分之百的謊，直到最近她都在建設公司當會計。經營『失眠夜的枕頭』這個網站是眞的，但她低價向網友推銷冒牌助眠商品和助眠劑，造成問題。」

「那麼，她剛才是想幹嘛？」

「把房子弄壞啊。岡部巴的房子是老式農家。屋齡雖然七十年，蓋得卻相當結實。但畢竟難敵歲月催殘，開始傾斜。如果再幫忙加工一下，不就能達到住起來不安心的狀態？」

鋸柱子，用千斤鼎插進地板底下的橫木撐開間隙，讓整幢屋子歪一邊……

「房子沒辦法住之後，如果身邊的倉嶋舞美介紹自己工作的建設公司，岡部女士會怎麼做？信任直接認識的人，是岡部女士的長處，亦是短處。等她回過神，發現自己任由倉嶋舞美擺布，簽下蓋公寓的契約，也沒什麼好奇怪的吧。」

到這個時候，我才終於想到：

「那、那麼，岡部婆婆沒事吧？」

「她醉倒在『史坦貝克莊』。因爲妳不在，倉嶋舞美開趴，藉機灌醉所有人，趁著監視的人不在，叫來同夥開始搞破壞。」

出門時，我沒有在外過夜的打算。但我揹著裝了刷毛上衣的大包包，又說「妳今晚自己想清楚」之類的話，倉嶋舞美想必是認定我不會回來。而且，我還拿警察來嚇她，所以她可能以爲只剩今天這個機會。

原來如此——我正要認同，心頭一凜：

「等一下。你們會監視倉嶋舞美，雖然是發生地下賭場消息走漏的事，但那並不是主要的案子。你們要辦的是銀髮族詐騙案，換句話說，你們早知道我房東是目標？」

「因爲她故技重施。先去當房客，博取房東歡心，要房東寫下遺書把所有財產留給她，房東隨即死於一氧化碳中毒。不過，那次命案本身是不是倉嶋舞美或她的同夥幹的，目前還不清楚。」

啊，當初光浦功到醫院看我時提過這件事，還勸我一句：葉村，妳也努力討好岡部婆婆，這樣妳就發了。

那你爲什麼不告訴我這件事？我剛想發問，當麻望著遠處打手勢。一個男人跑過來，我嚇一跳。郡司翔一，當麻那個疲累的部下兼司機。他怎麼還在這裡？

當麻看到我的表情，得意地笑道：

「對了，洩漏警方搜查情報的不是郡司。我看妳好像搞錯，先跟妳講清楚。」

「呃，可是……」

「沒錯，要倉嶋舞美取消聚會，正是警方內部走漏消息的手法。但是，能用這個手法的不是只有郡司一人。緊跟在我身邊的人可能是罪犯，並不表示這是絕對條件。」

他一點明，倒也沒錯。在後來的對話裡，當麻……咦，他一個字都沒說郡司就是深喉嚨，只是說得好像有那麼一回事。

我還是看這傢伙很不爽。對別人極盡利用之能事，這一點不就跟倉嶋舞美一樣嗎？

「總之，辛苦妳了。」

當麻站起來，俯視我道：

「我們十分感謝葉村小姐。雖然妳遇事無法冷靜，讓我們很頭痛。因爲一時激動，讓倉嶋舞美知道監視的事，又差點被岡部巴掃地出門。能夠順利逮捕倉嶋舞美，只不過是運氣好。要是運氣差一點，恐怕要等岡部巴所有財產被掠奪一空才能逮捕。妳似乎相當瞧不起我的部下，但坦白講，妳身爲偵探的資質才令人懷疑。」

不然我問你，他們在破壞房子時，警方在幹嘛？你以爲是誰掌握不動如山的犯罪現場？

雖然想反駁，但我累壞了，連聲音都發不出。

面對陷入沉默的我，當麻補上一句：

「話雖如此，畢竟有些事要一般民眾才做得到，將來有機會再麻煩妳。」

當麻告辭離去。瞪著他的背影時，累得不成人形的澀澤出現，癱坐在我旁邊。

「眞不想變老啊，是不是？瞧瞧妳那張臉有多淒慘。這次妳手機沒壞嗎？」

「應該吧。」

我翻找包包。被送上救護車時，我請急救隊員幫忙拿來放在樹籬一角的包包。這次手機總算平安無事，但多年愛用的手電筒卻壯烈犧牲。手機壞掉時我非常生氣，目睹手電筒在屋瓦的直擊下粉身碎骨，則是傷心欲絕。

「澀澤先生，你都沒睡嗎？」

「正要睡，就接到這個案子。妳不回去嗎？」

我很想回去，但動彈不得，整條脊椎軟綿綿使不出力氣。坐在黎明時分，昏暗的醫院候診室長椅上，我彷彿變成等候鯨魚吞食的深海生物。

這種時候還是有人會來急診中心。不知是喝醉或吃錯藥，怪吼怪叫、又跑又跳的年輕人。怎麼看都像沒地方可去，只好來醫院的枯瘦老人。拿塊布按著頭的騎士勁裝男子。大約一小時前，我看到一個極度肥胖的女子，慢慢地、慢慢地在醫院裡徘徊，也看到哭得震天價響的嬰兒和疲憊至極的母親。此外，便是大批送往檢查室的人們。

在深海海底中，遇見的不是誘餌就是敵人，睡著太危險。明知如此，還是怎麼也動不了……

下一瞬間，震耳欲聾的警報響起，我嚇得魂飛魄散。嚇到的顯然不只我，澀澤漣治從長椅滑落，看來他剛剛也進入半睡眠狀態。

我撐著腋下枴站起。醫護人員吃了一驚，好幾個人從診療室飛奔而出。一個護理師拉下口罩，脫掉橡膠手套，拿起聽筒不知打電話去哪裡：

「火災？火災在幾樓？」

護理師朝聽筒大叫。

「不好意思，在情況明朗前，能夠行走的人請前往停車場。」

有人出聲引導，於是我被半強迫地趕到逃生出口。澀澤不在，大概早就抓著手機跑到門口。

沒辦法，走吧。

大概是最後一滴腎上腺素對全身發揮作用，我突然能動。不能增加醫護人員的負擔，我右手撐著腋下枴，拖著扭傷的腳來到外面。停車場很遠，骨折的左手指隱隱作痛。於是我決定妥協，到之前外面那張長椅就好。

我走到長椅，坐下來。看看時間，超過四點半。病人眞可憐，這時被叫起來。平白增加工作的護理人員更可憐。爲什麼偏偏在這個時間發生火災？要是老建築漏電倒是可以理解，但這裡還很新，當然也應該符合消防規定。

人們陸陸續續從醫院湧出。剛剛的警衛不知如何是好，一個勁朝停車場方向揮舞誘導燈。

黎明時分眞的好冷，我快凍僵了。把手伸進刷毛上衣口袋，發現一顆不知放多久的黑糖。我正想吃甜的緩和休克症狀。要吃掉這顆糖，還是走到自動販賣機去買罐裝咖啡？我含著糖縮起身體，發現人潮突然停止。有人大聲指揮，但我這邊聽不到。默默觀察，不久人潮改變流向，逐漸被吸入醫院。有個老人高舉雙手大聲抱怨，正覺得他有點眼熟，想起是在十二樓見過的老先生。當時，他愉快地欣賞警衛和山本博喜的滅火劑摔跤秀。

「眞搞不懂我爲什麼付那樣多錢住個人病房。護理師不曉得跑去哪裡，害我得自行避難。不就幸好我沒痴呆，難不成還要感謝你們嗎？」

老先生每說一句，四周便響起笑聲。這天外飛來一筆，緩和緊張的氣氛。我愣愣望著這個場面，心頭一凜。

護理師不曉得跑去哪裡。

不會吧！這場虛驚……

我撐著腋下枴，匆匆插進返回醫院的隊伍。我拿不慣腋下枴，無法操縱自如，四周的人小心讓出空間。我拚命不斷往前，一面尋找澀澤，但沒看到他的人影。我想拿手機，還來不及操作就捲入人群，在人群簇擁中搭上電梯。

不會有事的，我拚命告訴自己。醫院有警衛，也有護理師。一定有人會安排蘆原吹雪避難，不會有事的。

電梯每一層都停。每次一停，人們都要逐一移動，再重新坐進電梯，然後動一下又要停。病患以老人居多，又是一大清早，沒人能迅速敏捷地移動。好不容易抵達十二樓，我因爲過度焦躁，覺得那顆糖的糖分全消化掉了。

十二樓安靜到掉一根針都聽得見，護理站人影全無。幾天前化爲滅火劑摔跤場的大廳鴉雀無聲。

不。

有聲音。

我撐著腋下枴，趕往蘆原吹雪的病房。病房透出燈光，門開一條縫。

來到蘆原吹雪的病房門口，一把打開門，我不禁僵住。

床頭燈微弱地照亮病房。病床上，蘆原吹雪仰躺著，細瘦如枯枝的胳臂無力垂落，臉龐發黑，舌頭伸出來。一小時前才看過的那個極度肥胖的女人，正騎在她身上，雙手掐著她的脖子，用盡全身力量勒緊。病房充斥著汗水、恐怖與排泄物的味道，像是一群蒼蠅襲來。

胖女人抖著厚厚的肉，滴著口水，喃喃低語。那句咒語般不祥不潔的話，不斷重複播放：

「賤貨，妳是最醜、最下流的賤貨……」

我大聲呼救，摸索牆壁開燈。天花板的燈閃爍著亮起，照亮倒在地上的護理師。胖女人嘴角掛著口水，瞪我一眼，手指仍緊緊勒著蘆原吹雪的脖子。

那張臃腫龐大的臉深處，浮現出我只在照片上看過的志緒利影子。

「志緒利！」

我大叫，女子身體一顫。

「快住手！志緒利，別這樣！」

「賤貨……」

胖女人喃喃自語，彷彿對我失去興趣，直盯著蘆原吹雪：

「妳是最醜的賤貨……」

我望向走廊，沒有救兵。沒辦法，我舉起腋下枴打胖女人，趁隙按下枕邊的呼叫鈴。我一個勁猛打，她嫌煩似地右臂輕輕一揮，我便連人帶杖飛出去，跌落在護理師身上。護理師一動也不動。

啊啊，可惡！我跟妳拚了！

我跨過倒在地上的護理師，爬上病床，從背後抱住她。

「住手！妳還不住手！」

胖女人發出可怕的低吼，伴隨震動直接轟在我身上，我怕得後腦勺發涼。右腳扭傷，左手二根指頭骨折，拖著殘破不堪的身體，赤手空拳對付亞洲黑熊，我腦殘了嗎？只要力氣一鬆，我肯定沒命。我儘量不去想肋骨和肺臟，全心全意從背後抓住志緒利的胳臂，把她從吹雪身上拉下。

緊貼著志緒利的部分又濕又燙，非常不舒服。我不斷叫著「住手」、「快放手」，但每次一出聲就覺得會被彈開，最後我只能閉嘴，拉扯志緒利圓木般粗壯的胳臂。

「哇啊！」

有人在病房門口大叫。我感覺到來了許多人，大批援軍湧入。於是，我鬆一口氣，想起我的鼻子我的肋骨我的肺我的腳和我的手。

下一瞬間，我被拋到半空中，滾落到床底下。意識似乎要離我遠去，背上受到強烈撞擊，無法呼吸，但我仍仰泳般盡力滑離病床周圍。然後，我瞥見那個老先生在走廊上大喊：就是那裡，上啊！

我緊貼著病房的牆，看著這一切。蘆原志緒利被打了針帶走，器材與護理人員留下確認蘆原吹雪的狀態。醫生小聲地說：

「沒救了，頸骨全碎。」

30

倉嶋舞美和同夥的藏本周作撿回一命。據說，舞美依然堅稱「我沒有錯」。關於深夜破壞岡部巴房子的事也一樣：

「那種破房子，反正地震一來就會倒啊！趁婆婆不在幫她把房子弄壞，才是爲她著想。」

說得簡直像爲了拯救岡部巴的性命才那麼做。

勸別人買好東西哪裡有錯？東西是好是壞，我怎麼知道。買的人應該要自己看清楚。完成別人拜託我的事，收到很多錢，哪裡有問題？我又不曉得是不是犯罪。房東要把財產留給我，那是房東的自由，別人管不著。

相對於無恥之尤的倉嶋舞美，她的同夥不堪一擊。一五一十供出和倉嶋舞美如何一再討好銀髮族，勸他們簽約購買昂貴的物品、寫遺書等行爲，多達數十件。然而，對於那起一氧化碳中毒死亡的案子，則表示與他們無關。

事後聽說，搜索藏本周作的住處後，救出名叫柏帝和吉布斯（註）的兩隻差點餓死的貓。

那場大亂也沒能吵醒的岡部巴，第二天在宿醉中醒來，親眼目睹屋齡七十年的房子半塌，嚇到腿軟。不過，她一副「自作主張拿鋸子來鋸，開什麼玩笑！把她給我關進牢裡，

註：英國小說家PG伍德豪斯（PG Wodehouse）最著名的作品「吉布斯（Jeeves）系列」中的兩位主角。

關到她反省爲止」的態度。這不重要，重要的是，接下來怎麼辦？

岡部巴搬進「史坦貝克莊」的一個房間，說要深思今後該怎麼做。搞不好會把不能再住人的主屋拆掉，興建公寓。那麼，分租屋可能就要收了，但暫時不用擔心吧。後來，岡部巴對我說「人變少輪值打掃好麻煩」，我回答「知道了」。從此，我們再也沒提到退租或倉嶋舞美的話題。

滿身瘡痍的我，占據「史坦貝克莊」的客廳沙發，不斷看著八卦節目。風靡一時的大明星，癌症末期住院中遭瘋狂影迷勒斃。當然，社會大眾相當熱衷這起命案，報導一天比一天白熱化。命案三天後，媒體公開凶手並非瘋狂影迷，而是蘆原吹雪二十年前行蹤不明的親生女兒，並接連報導此前不久她便化名住院。

我不願承認自己與世人相同，但我也緊盯著這件事的相關報導。透過電視看這樁命案，現實的情緒與衝擊彷彿受到清洗、沖淡，我的心情神奇地平靜下來。令人想放聲尖叫的恐怖、無法定義的焦躁不安，這些似乎都過了篩，收到該收的地方。多虧名爲新聞節目的媒體，將命案簡化爲可在家家戶戶的客廳播送的程度，我才沒發瘋。

隔週的星期一，傳出蘆原吹雪的遠親石倉花的命案中，從凶器電線上驗出的指紋與蘆原志緒利一致的消息。石倉達也出現在電視畫面上，滿臉得意地說「蘆原志緒利是繼承勒人魔母親的血統才會犯案，我一直認爲女兒是蘆原志緒利殺死的，警方卻不理睬」。他應該沒發現自己說的內容已更改。

又過一天，揭發出蘆原志緒利在兩家醫院住院時，用的都是上次大鬧醫院的前經紀人妹妹的身分。一個聲稱介紹志緒利到自己平常看病的「武州綜合醫院」的男子，改名變聲上電視。他看完醫生要回家時，對方主動搭話，自稱山本祐子。兩人變熟後，由於她有糖尿病和肝病，男子爲她介紹醫院，她應該在內科住院好幾週。原本想等她出院，要和她結婚。

看著這則新聞，我想起和骷髏頭對撞住院時，在醫院裡散步之際，曾瞥見高齡男子和胖女人卿卿我我。

那就是蘆原志緒利嗎？

看八卦新聞節目以外的時間，虛脫感包圍著我。

逮捕倉嶋舞美與蘆原志緒利殺人，一夜之間大案子接連發生，約莫讓我體內的哪條回路忽然燒斷。

早上我機械性地起床，幫岡部巴整理家務，向富山解釋原委，並爲上週日失聯道歉。下一個週日我前往「MURDER BEAR BOOKSHOP」。腋下枴的前輩富山，針對枴杖的使用與選擇幫我上一課。原應於上週六進行的麻生風深家遺物整理，因她本人改變主意延期。

據說，麻生風深得知蘆原吹雪死在醫院的新聞，忽然覺得整理遺物對不起故人。本來不能去，現在卻延期，我不禁吐出一句「幸好」。富山聽到我這麼說，大罵我一頓。他似乎非常期待麻生風深家的藏書，認爲我竟爲延期高興，眞不應該。

星期一，我到「東都綜合研究」和櫻井精算經費。從交給「東都」的錢中，扣除實際辦案那一週的委託調查費用與經費，收回餘下的現金。再扣掉我的報酬與調查費用，蘆原吹雪寄放在我這裡的三百萬圓大概剩一半。

櫻井邊算邊發牢騷：有錢的委託人去世，而主要繼承人八成會遭剔除，枉費葉村那麼拚命。

「剩下的妳就全部收起來啊！蘆原吹雪不也說，不夠她會再出嗎？退還剩下的錢，根本沒人會感激妳。」

「做人不誠實，到頭來會有麻煩。」

「那個警察又來威脅妳？」

「不是的。」

後來當麻沒再聯絡，但他撂下話，有機會隨時打算利用我，所以應該沒完全放過我吧。

關於下個月一日起，我將成爲「東都」正式員工一事，直到精算完我要離開，櫻井都沒提及。他反倒這麼說：

「葉村，我們公司幫妳印的名片，剩下的妳能不能先歸還？」

「……咦？」

「不是啦，我當然不認爲葉村會濫用那些名片，但就像妳剛才講的，做人不誠實，到頭來會有麻煩，對吧？」

看來，當麻警部祭出的「借用名義」，對櫻井造成的衝擊比想像中大。我把想說的話全嚥回肚子裡，朝著不敢看我的櫻井的後腦出聲：

「我會盡快寄回來。」

走出玻璃帷幕的東都大樓，抬頭仰望，新宿街景一片片映在玻璃上。那是大都會獨有的複雜街景，非常整齊美麗，令人目炫神迷。

我還是喜歡能夠用自己的雙眼直接看到的單純景色。

爲蘆原吹雪處理遺書的律師姓齋藤，事務所位於御茶水小巷裡的複合式大樓五樓。那幢昭和初期風格的建築物很有味道，要是能在這種大樓開偵探事務所該有多好，我不禁羨慕起齋藤律師。不過，這是在我知道大樓沒有電梯之前。無論從事什麼工作，容易倒楣的人，不能沒有電梯。才爬了三層樓，我就全身無力，氣喘吁吁，好想回家。

齋藤律師的事務所有股老建築特有的味道，風將沙塵從關不緊的窗戶捲進來。我在與大樓年分相當的沙發坐下，一個與大樓年代相當的職員緩慢地送上茶。從遠遠位於走廊盡頭的茶水間就一直看得到這個職員，我心裡七上八下，只擔心茶到底能不能平安上桌。

我解釋原由，將蘆原邸的鑰匙、剩下的錢和報告等文件拿出來，齋藤律師搔搔髮鬢：

「我明白了。蘆原邸是要留給女兒志緒利小姐，依目前的狀況，與其交給泉沙耶小姐，由我來保管是最理想的。」

「律師會當志緒利小姐的代理人嗎？」

「將來有這種可能，但目前不是。我只是去世的蘆原吹雪女士的代理人。」

律師隨手打開房裡一角的保險箱，將我交給他的東西扔進去。咔鏘一聲，保險箱關上。

那一瞬間，我的工作完全結束。

搭地鐵到新宿御苑，我買了漢堡，在御苑的長椅上吃，感覺非常空虛。

我到底哪裡做錯？空窗許久後接到偵探的工作，儘管不是正規案子，我還是爲委託人誠實工作。認眞調查，見了許多人，依條理脈落辦事，正確申報經費，只收取正規費用。我也達成委託，確認女兒的平安，應該都沒錯才對啊。

眞的是這樣嗎……？

我忘不了在蘆原吹雪病房目睹的那一幕，痴肥的志緒利勒住吹雪的脖子。蘆原吹雪最後見到女兒的臉。她見到女兒那張痛恨自己、充滿殺意的臉，然後死去。

我的右腕上，蘆原吹雪握過的地方還殘留著淡淡指印。那種緊緊抓住救命繩索般的觸感還未消失。

爲什麼我沒明白告訴鳴海醫生和護理師，要危害蘆原吹雪的就是她女兒？即使手機壞掉沒辦法出示照片，只要說她女兒是用「山本祐子」的保險證，也許在某個階段就能查出志緒利在醫院裡。

沒能指出這一點，是我判斷失誤。因爲我知道志緒利的不幸過往，想盡量隱瞞她是蘆原吹雪的女兒、她患有精神疾病的事實。明知她做了許多可怕的事，卻想袒護她。

我與「長谷川偵探調查所」簽約合作，以自由調查員的身分工作將近二十年，累積經驗也賺了錢，於是我陷入懈怠的心態。

中止偵探工作長達五個月，就是懈怠造成的。像我這麼資深的調查員，我以爲無論休息多久都能立刻上陣，當一個稱職的偵探。就算是二十年前的案子，我也有能力調查。當蘆原吹雪將三百萬圓交給我時，我對自己身爲調查員的價値毫無疑問。然後，不知不覺同情起調查對象志緒利，導致無可挽回的後果。

我明明必須維持冷靜，明明必須與調查對象保持距離。

我想起當麻警部的話。妳遇事無法冷靜讓人頭痛。因爲一時激動，讓倉嶋舞美知道監視的事，又差點被岡部巴掃地出門。能夠順利逮捕倉嶋舞美，只不過是運氣好。坦白講，妳身爲偵探的資質令人懷疑。

蘆原吹雪最後的模樣，是發黑的臉龐，枯枝般無力垂落的胳臂，及伸出的舌頭……

那全是我造成的。

所以，「東都綜合研究」與我撇清關係也是當然。既然如此，我往後無法再從事調查工作，這是我該受的懲罰。

我把吃一半的漢堡和薯條塞進袋子，想回店裡丟進垃圾桶。我不喜歡糟蹋食物，可是，這哪算哪門子食物？這種東西，不過是將工業製品拿到店鋪，解凍後煎一煎、炸一炸而已。

剛要從長椅上站起，手機鈴響。一看畫面，我不禁哀號。

「葉村小姐，蘆原吹雪的女兒還活著，對不對？」

岩鄉美枝子一開口就這麼問。

「電視正在播。殺死蘆原吹雪的，是她二十年前失蹤的女兒。電視報導說，警方正愼重進行調查，所以我打電話給澀澤先生，可是他似乎很忙，還沒辦法好好跟我談。」

「是啊，蘆原吹雪的女兒還活著。至少，當初眾人以爲她離家出走後，岩鄉先生查出她曾住在高圓寺的公寓。這是在調查過程中得知的。」

岩鄉美枝子開心地嚷嚷：

「哦，孩子的爸查出來的？孩子的爸果然認眞辦案。然後呢？」

「……咦？」

「就是孩子的爸啊！葉村小姐，妳幫忙查過孩子的爸的行蹤，對不對？孩子的爸到底去哪裡？」

美枝子天眞無邪地問，我的胃液頓時大量分泌。妳不是我的委託人，我也不是妳的偵探。

我不再是任何人的偵探。

「我打電話給令公子克哉先生談過。克哉先生告訴我，他不打算找岩鄉先生，不准我再插手。岩鄉先生的資料，克哉先生全處理掉了。很抱歉，我無能爲力。」

「可是，還沒找到孩子的爸啊。」

岩鄉美枝子受傷似地撒賴。

「是的，我知道。」

喂，妳不要吼——我告訴自己。

「但是，蘆原吹雪女士委託尋找女兒的事已結案。妳要我在找蘆原家女兒時順便留意岩鄉先生的行蹤，但既然那個案子結束，我也無法繼續尋找岩鄉先生。向您請教那麼多卻幫不上忙，眞的很抱歉。」

「妳能幫忙找蘆原吹雪的女兒，卻不肯找孩子的爸嗎？孩子的爸也一樣失蹤了呀。我也像蘆原吹雪一樣，想在死前見孩子的爸一面啊。」

「您的心情我明白。」

「葉村小姐，幫我找啊。妳是偵探吧？拜託妳，幫我找孩子的爸。」

「我……」

不再是偵探了——我差點大吼。附近草地上的幾個母親，不時覷著我。我拚命調整呼

吸，壓低音量，

「我不知道該不該通知您，但岩鄉先生很可能查到蘆原吹雪女兒的所在，卻沒告知委託人。當時，蘆原吹雪的女兒有藥物和酒精問題，準備住院治療。岩鄉先生在蘆原吹雪的前經紀人拜託下，向蘆原吹雪隱瞞此事，並收下六百萬圓的報酬……是真是假我不清楚，但前經紀人是這麼說的。」

「六百萬圓？孩子的爸他……」

岩鄉美枝子激動的喘息聲在耳邊響起，我只想趕快結束對話。

「發生過這樣的事，如果您還是想找岩鄉先生，建議您委託正規的偵探社。若是您委託的偵探社與我聯絡，我會把手邊的資料給他們。不好意思。」

我掛斷電話，覺得胃彷彿穿了五個孔，又痛又難過，非常想吐。我在長椅上坐好一陣子，頭向下保持不動，不只一次反胃差點吐出來。將近三十分鐘後，呼吸才逐漸緩和。

陽光炙烈，相當炎熱。乾坐在這裡，也無法逃離自己。

我總算恢復平靜，站起身，忽然發覺手裡握著紙袋，裝著我想丟掉的工業製品。可是，這也是別人的手生產出的食物。即使感覺不到那雙手的溫度，仍是比我好的人做出的食物。

我重新坐回長椅，把揉成一團當垃圾的漢堡吃完。

31

星期五，電視播出警方進入蘆原吹雪家搜索的新聞。蘆原志緒利自陳殺害幫傭與奶媽，並與山本博喜一同將屍體埋在庭院裡。

每一台電視新聞節目都直播直升機空拍的影像，同時我家上空也有直升機隆隆作響。警方似乎挖開庭院，只見電視上播出庭院裡蓋著藍色防水布的影片。

到這個時候，連我也看膩報導。怎麼瞧都是藍色防水布，一點意思也沒有。然而，剛要關掉電視的瞬間，播報員朝麥克風興奮大喊：挖出骨頭了！我不禁坐下等待後續，但過一會兒，便訂正是多種動物的骨頭。我關掉電視回到房間，打開窗戶向外望去，來整理傾斜主屋的工作人員，和岡部巴笑著談話。

我倒進被窩裡，盯著天花板。或許到了必須重新考慮人生的時候，找新的工作、新的住處，發掘新的人際關係。

曾經有過一段時期，像這樣更新一切令我感到幸福。曾經有過一個時代，告別許多事物讓我神清氣爽。那時我還年輕，對體力和精力都有自信，也有適應新事物的能力。

現在光是想，就連連嘆氣。除了當偵探，我還能做什麼？離開這裡，下次我受重傷時，誰會來探病、誰願意當我的保證人？

呼——

天花板一角，蜘蛛在結網。我嚇一跳，從床上彈起。對了，這陣子根本沒好好打掃。右腳的扭傷痊癒大半，左手的石膏兩天前已拆掉。房間亂七八糟的，角落積著灰塵。在這種地方生活，頭腦當然不可能靈光。

我趕緊著手打掃。重新檢查架上的書，挑出要賣的舊書。翻看這些書裡有沒有夾東西時，在書桌底下發現一個紙袋。打開一瞧，不禁嘖舌，我忘得一乾二淨。那是岩鄉美枝子硬要我帶走的、裝著岩鄉克仁私人物品的盒子。

我打開來，裡面是舊照片、明信片、賀年卡、名片和紙條等等，看上去比一九九四年更早，推測是岩鄉克仁警官時代的物品。

明明我都拒絕了啊。

我不想再見到岩鄉美枝子，可是不歸還不行。如果岩鄉克哉眞的把父親的資料全丟掉，這些便是「孩子的爸」僅存的遺物。

沒辦法，用宅急便寄回去吧。

爲了表示我眞的查過，我把裡面的東西全拿出來整理一遍。將明信片、名片、紙條和賀年卡分門別類，明信片大多是向岩鄉道謝並報告近況。我沒刻意細讀，但隨手翻翻就看得出岩鄉刑警照顧逮捕的犯人家屬、幫助他們二度就業，或是當孩子在學校的保證人。在這些文字旁，疑似岩鄉的字跡補充後續消息。例如，再犯重回監獄、認眞工作結婚生子等等。

不知不覺間，我看得入神。岩鄉克仁眞是了不起的人。難怪美枝子至今仍口口聲聲喊著「孩子的爸」，時時刻刻掛在心頭。同時，我也能理解克哉恨恨罵低薪的刑警的心情。要幫這麼多人的忙，當然忙得回不了家，除此之外，經濟上想必讓家人受到不少委屈。

將這些分類完，拿新的橡皮筋小心捆好，重新放回盒子裡。捆到最後一疊賀年卡時，橡皮筋斷掉。人在倒楣，做什麼都不順。我含著被橡皮筋彈到的手指，把散開的賀年卡重新收攏，忽然注意到一件事。

一張賀年卡映入眼簾。那是郵局賣的賀年卡，上面有不痛不癢的問候，與喜慶的梅花圖案。平成五年，一九九三年的賀年卡，寄件人是茨城縣笠間市的「青山建設」。上面寫著「今年也請多指教」，但並不是私人信件。

然而，有文字註記，是我看得很熟悉的岩鄉克仁筆跡，草草寫著「訂金五百萬圓，手續費十%」。

我想起岩鄉美枝子的話。孩子的爸說，等他退休後，我們就回故鄉茨城買幢小房子，兩個人悠閒種田過日子。

澀澤漣治也說過類似的話。岩鄉父親的堂兄住在笠間，過世後房子沒人住。夫婦倆其實很想搬過去，但房子太老，不徹底翻修沒辦法住。

我撥打賀年卡上印的電話，心想可能打不通，卻傳來一道女聲「青山建設您好」。然而，畢竟是二十年前的賀年卡，恐怕沒人知道。

「去年，社長的爺爺過世了。」接電話的女聲帶著同情，「社長的父親更早就過世，社長才三十三歲。所以，應該沒人知道二十年前是不是談過這件工作。」

「收到賀年卡的人姓岩鄉。岩鄉克仁，請問您有印象嗎？」

「眞的很抱歉。」

電話掛斷。倒也難怪。應對這種突如其來的詢問，她已算客氣。

我將空餅乾盒貼千代紙做成的盒子蓋好。這一定是美枝子做的吧，而岩鄉一定很愛惜。

笠間，要怎麼去？

在那之前，要先造訪岩鄉美枝子，詢問岩鄉的堂叔家在哪裡。

我把盒子放進紙袋，再把紙袋連同偵探工具塞進一個較大的包包，跑下樓梯。工作告一段落的岡部巴，端坐在客廳沙發上看電視。附近的實況轉播似乎達到高潮，直升機好吵。實況轉播的播報員扯開嗓子對抗引擎聲。

「找到屍體了。」

岡部巴看到我，出聲道。

「在庭院的雕刻底下找到的。這次不是貓狗，是人呢。喏，妳看。」

畫面上，警方人員越過草皮，運出一包包東西，多半是屍體吧。另外，拍到麻生風深的雕刻。曾經讓我大吃一驚的藝術品，倒在藍色防水布外。

忽然間，我想到在志緒利房裡找到的剪貼薄。像是她自己拍的貓狗照片，「幫傭的由起」和「奶媽」的照片。

難不成那些是她親手結束的生命的剪貼……

「不過，眞可怕。身爲明星的女兒，卻殺害好多人。她怎麼會變成那樣？」

「發生很多事啊。」

安齋喬太郎的事，我還沒告訴任何人。或許遲早該說的，但既然她本人都避而不談，第三手消息的我，對於要告訴誰不免猶豫再三。

「就算發生很多事，也不能殺人哪。尤其是親生母親。」

岡部巴自言自語。當然，一點也沒錯。

可是——

剛要回話的瞬間，鏡頭從空拍切換到蘆原邸正面，播報員嚴肅地播報發現白骨的消息。警方拉起封鎖線，湊熱鬧的民眾傾身向前。揮手搶鏡頭的年輕人、拿著手機到處拍的人多到警察快招架不住。

唯有一個人影悄然佇立、神色黯然，在攝影機的另一側盯著蘆原邸的入口。

我連忙衝出「史坦貝克莊」。

前往成城學園前車站的公車抵達目的地時，在電視上看到的情景變本加厲，令人傻眼。我閃過交通警察衝進人群，設法擠到最前面，拍拍她的肩。

岩鄉美枝子回頭，淚濕雙頰。

「葉村小姐，孩子的爸是不是不在那裡？」岩鄉美枝子啜泣著，「我寧願他睡在那裡。」

「沒事的，我們先離開吧。」

不小心被媒體注意到就糟了。我搭著美枝子的肩，將她帶離人群。恰巧來一輛公車，我把美枝子推上公車，前往成城學園前站。我們走進一家客人相對較少的咖啡店。途中美枝子不停啜泣，我也任她哭。

那是一家很老的咖啡店。塑膠沙發、報紙雜誌、電視機都放在吧檯看得到的地方，現在播著八卦節目。叼著菸的老闆、吧檯邊的常客和女服務生都盯著螢幕，畫面仍是成城八丁目蘆原邸正面。

我點兩杯冰咖啡，直到餐點送上來，四周都沒人。美枝子從小包包裡取出熨得平整的手帕，擦擦哭得亂七八糟的臉，最後擤擤鼻子，輕哼一聲抬起頭。

「我一直很害怕……」美枝子小聲開口，「心想難不成……雖然我以前都覺得不可能，一定不會那麼慘吧。可是，聽葉村小姐說孩子的爸收下六百萬圓，我就懂了，果然是那樣。今天蘆原吹雪家的庭院挖出骨頭，我便猜測，也許孩子的爸在那裡。」

美枝子愈來愈大聲。我傾身向前，壓低音量：

「妳懷疑岩鄉先生的遺體埋在庭院裡嗎？」

「我不是希望他死。我希望他活著，活得好好的。我想和他一起回笠間，在那裡生活。然而，畢竟是不可能的。我不是沒想過，二十年都沒回來，孩子的爸恐怕已不在人世。只是，要是死了，不就要去問他是怎麼死的嗎？既然這樣，最好是殺害很多人的蘆原吹雪女兒幹的。」

岩鄉美枝子的眼中，溢出新的淚水。我慌忙問：

「那麼，妳其實是害怕發生什麼事？」

美枝子望向遠方，喃喃低語：

「克哉……」

克哉先生怎麼了嗎？我正要問，不禁倒抽一口氣。四散零落的幾條線索忽然匯聚起來。

岩鄉克仁失蹤前一天，克哉來到家裡，要父母拿出退休金當他買公寓的頭期款。存款不夠，又被減薪，卻想住在符合一流商社菁英的地方。最後，岩鄉克仁把他趕回去。

如今，他就住在一九九四年十一月完工的摩天大樓。他本人提過定居二十年，換句話說，房子蓋好他就買了。那筆錢是從哪裡來的？岩鄉美枝子告訴我，孩子的爸退休金都沒動。岩鄉照顧那麼多人，家裡不可能有大筆存款。

簡單地說，岩鄉克哉買摩天大樓的頭期款來源不明。

假設山本博喜沒撒謊，岩鄉克仁收下六百萬圓。他多半是想翻修堂叔在笠間的空屋，在那裡度過餘生吧。據澀澤說，岩鄉想過夏耕冬陶的生活，才會找老友「青山建設」談翻修。那張賀年卡的註記，會不會是當時寫的？

畢竟是親生兒子，岩鄉克仁會不會只告訴兒子六百萬圓的事？我要用這筆錢翻修房子，跟你媽在笠間落腳，以後就靠退休金和年金過日子，不會給你們造成經濟上的負擔，你們照顧好自己，靠自己的力量過你們想過的生活。

然而，在岩鄉克哉眼裡，父母的退休生活沒有他們夫妻的生活來得重要。一九九四年十月二十日，岩鄉克仁帶著六百萬圓前往笠間，克哉跟過去，然後……

克哉在父親失蹤後，帶走父親的各種文件。如果不是爲了調查父親的行蹤，而是爲了斷絕所有線索呢？因此，他丟掉父親的資料。爲了養兒育女，爲了向前走……這也算是一個理由。

岩鄉克仁應該與他的記事本一起消失了。然而，克哉看過父親的記事本，他提到父親爲了蘆原吹雪女兒的事，見過不少人。至於記事本，恐怕就是澀澤送給岩鄉克仁，祝賀退休的紅色記事本。岩鄉克仁只在從事偵探工作時才用記事本。唯有在岩鄉失蹤後見過他的人，才能看到記事本的內容。

美枝子說是地震後收拾掉丈夫的獎狀。我一心以爲她指的是東日本大震災，但澀澤談及，得知岩鄉失蹤後不久去探望，看到美枝子用頭去撞空無一物的牆壁。那麼，依時期推斷，應該是神戶大地震。

當然，那場地震撼動全日本，想必許多家庭會收起容易摔壞的東西。但在岩鄉家，地震不過是個藉口，其實是每次看見都會良心不安，才要母親全部拿下。

「我還是想找出孩子的爸……」

一回神，岩鄉美枝子盯著八卦節目的畫面，喃喃自語：

「想好好安葬他啊。」

32

一個月後，在茨城縣笠間市的空屋庭院中，找到岩鄉克仁的遺體。

面對母親與澀澤漣治質問，岩鄉克哉交代不出公寓頭期款的來源，語無倫次。據澀澤轉述，克哉盛氣凌人地表示沒有證據，但母親以「才不需要那種東西」相逼，每天纏著兒子，一再追問「告訴我你爸在哪裡」。

沒多久，岩鄉克哉便認栽了。

岩鄉克哉當然無意殺害父親。只是，跟著父親到那幢「又臭又爛」的空屋，看父親秀出六百萬圓表示要用來翻修時，他不禁怒火中燒。爲了搶錢，他與父親發生爭執。父親跌倒撞到頭，於是他埋葬父親，二十年來設法遺忘。

即使如此，仍無法忘懷。當他坦承一切，父親的遺體被挖出時，他像個孩子般大哭，當晚靜靜沉睡。之後他告訴澀澤，二十年來，他頭一次睡得這麼沉。

此事在報紙上刊登一小篇，當天占據絕大部分社會版版面的，是安齋喬太郎遇刺的新聞。

根據報導，犯人是一名男子，在位於生田的攝影棚等候安齋喬太郎拍完戲，與他攀談。據安齋的跟班描述，兩人似乎是舊識，因爲安齋說：

「哦，好久不見。」

所以，跟班讓他們自便，但把東西拿到車上放好，回頭只見四周一片血，男子拿著菜刀騎在倒地的安齋身上。

附近的警衛發現異狀，趁男子再度揮刀前搶下凶器。然而，男子掙脫他們的壓制，衝到車道上，撞上疾馳而來的卡車，被拋出十公尺外，當場死亡。

安齋喬太郎傷及內臟，昏迷不醒。警衛與跟班則受到輕傷。

監視攝影機拍下一切。電視新聞播放出這段影片，實在談不上清晰，但我清清楚楚認出行凶的男子是誰。

山本博喜果然知道了。不曉得他是什麼時候、在什麼情況下得知安齋喬太郎的「虐待」。或許是去年十一月，蘆原志緒利短暫出院，與山本博喜發生關係時告訴他的。也可能是山本博喜有所查覺。在蘆原吹雪收留他前，他在電影公司工作，發現安齋喬太郎的性癖好，後來看到志緒利背上的燙傷疤痕……

無論如何，既然山本博喜已死，眞相便永遠埋藏在黑暗中。

說到埋藏在黑暗中，最後蘆原志緒利以殺害三人、殺人未遂、遺棄屍體等罪名遭到起訴。關於高圓寺的命案，不曉得志緒利是沒說，還是根本忘記，媒體並未提及。既然山本博喜已死，光憑我聽他談及，不足以證明志緒利涉案。山本博喜的兄弟似乎怕事，於是高圓寺身分不明的女屍，便一直身分不明。

另一方面，麻生風深的遺物整理仍遙遙無期，吊足富山店長的胃口。他叨念著如果內容很豐富，光是她一家的書或許就能辦個活動。當然，以她家藏書爲主的活動就算辦得成，也會是很久以後的事。「MURDER BEAR BOOKSHOP」的「倒敘推理節」結束，下次將一連推出土橋認識的作家簽名會，以冷硬派作家角田港大老師打響第一炮，所以「白骨推理節」一直等到五月下旬才舉辦。

首先，書店角落的天花板垂掛著富山不知從哪裡借來的塑膠製骨骼標本。在那底下，將封面是骷髏頭或骨頭的書擺放在最顯眼的地方。例如，阿嘉莎・克莉絲蒂的《死亡之犬》（*THE HOUND OF DEATH*）和《赫丘勒的十二道任務》（*THE LABOURS OF HERCULES*），都是湯姆・亞當斯的插圖。卡特・狄克森的《時鐘裡的骷髏》是依光隆的插圖。迪克森．卡爾的《髑髏城》則是松田正久的插圖等等。

當然，凡是提到骨頭的推理小說我們都大肆搜羅。傑弗瑞．迪佛的《人骨拼圖》、伊恩．藍欽的《蹲踞的骨頭》、吉姆．凱利的《反骨》、P．D．詹姆士的《皮膚下的頭蓋骨》……把這些以前提過的與骨頭相關的推理小說全放在一起，倒也十分可觀。

因此書店門庭若市，書不夠補充，富山店長勒令我明天去二手書店的百圓均一架物色合適的書。沒有交通費，麻煩請騎腳踏車。

「反正葉村小姐閒著也是閒著嘛。」

打烊後，在二樓咖啡店吃著常客送的瑪德蓮蛋糕稍微休息時，富山這麼吐出一句。常客之一的加賀谷睜大眼：

「咦，葉村小姐，偵探那邊現在開店休業中嗎？」

「是啊。」

把名片寄還給「東都綜合研究」後，櫻井曾與我聯絡，一副難以啓齒的樣子，說如果葉村想工作，也不是不能介紹。比方，葉村自己成立偵探社如何？然後，可以和我們合作。櫻井約莫是爲公司出爾反爾感到抱歉吧。

我以一句「讓我考慮一下」婉拒。

我對偵探的工作並不是沒有留戀。當我爲了岩鄉克仁的事，不假思索地準備趕到茨城時，我想自己畢竟是喜歡調查工作的。我體力大不如前，也不冷靜。儘管是個不及格的偵探，我還是想當偵探。只是，就算我盡心盡力工作，誰會高興？

「所以我說嘛，也把偵探社的招牌掛出去。在推理專門書店的二樓開事務所的女偵探，不是挺有意思？」

富山不負責任地大放厥詞，眞是羞死人。

「富山先生，你可能不知道，二〇〇七年《偵探業法》實施以來，要掛偵探社的招牌，必須向公安委員會提出申請，要是沒申請擅自執業……」

就會有把柄落在警方手裡，任他們奴役使喚。

富山完全不在意我的晚娘臉，接著道：

「咦，早就申請嘍。」

「申請什麼？」

「我們不光是書店，也可以從事偵探業。」

「……啊？」

「我早透過警署向公安委員會提出申請，妳看那邊的裱框。」

二樓咖啡店牆上，掛著許多推理作家的照片、親筆原稿、簽名等莫名其妙的裱框。富山指著其中一張，我走過去一看，簡直嚇死人。

那是「偵探業營業證明」，右首是登記字號３０８８９３４號，「下列公司行號，已於平成二十五年十二月十八日，依偵探業業務適用相關法律第四條第一項第二項規定提出申請，特此證明」，接著商號、名稱或姓名欄是「白熊偵探社」，最後是東京都公安委員會的核章。

「這、這是什麼！幾時拿到的？」

「我覺得很有意思，去年辦的。只要向東京都的公安委員會繳交文件再付三千六百圓，又不用任何資格考。妳看嘛，推理書店和偵探，不是什麼相差十萬八千里的行業啊。我裱了框一直掛在這裡，妳都沒注意到嗎？」

覺得很有意思？光是爲了「有意思」，連營業證明都辦好？話說回來，爲什麼是白熊？

「富山眞的會去幹這種事。」

土橋保帶著微笑。一開始他是反對的，但問起有沒有人願意登錄在職員名單上，居然有好幾個認識的推理作家舉手，顯然想擁有偵探頭銜的怪人不少。

很可能會被告違反保密義務告到死就是了。

「我想應該不至於……但富山先生，我記得提出申請時要附職員名單。那上面……」

「當然也列上葉村小姐的名字啊，還用得著問嗎？」

「爲什麼沒先跟我講一聲？」

「咦，不行嗎？可是，葉村小姐，妳不就是偵探嗎？」

看著理直氣壯的富山，我發現一件事，噗哧一笑。這一笑就停不下來。

原來，我根本就是依法提出申請的偵探社職員，是正規的偵探。打一開始，就不是不法偵探。

「幹嘛一個人笑成那樣？葉村小姐，妳好詭異。」

富山和土橋面面相覷，但我不管，捧腹開懷大笑。富山先生，你發明了和警察說再見的方法啊！

後記

若竹七海

好久、好久不見，這是葉村晶睽違多年的長篇小說。

讀者們會不會正在想「咦，葉村晶？那是誰？」。繼《壞兔子》後，經過十三年再度登場。這段期間，我寫出兩則短篇（〈蠅男〉與〈道樂者的金庫〉均收錄於單行本《黑暗越流》中），也累積一大堆未完成的長篇原稿。有時一些奇特的讀者問起「葉村晶的新作還沒好嗎？」，我都笑著打馬虎眼，執筆不順就悶頭睡大覺，轉眼十三年過去，真是光陰似箭，歲月如梭啊。

因此，葉村晶發生一些變化。單身，沒有桃花是老樣子，但《壞兔子》當時三十一歲的晶，如今年過四十。她向來獨立自主、有話直說，其實年齡我也想明確指出一個數字，只怕哪裡對不上，便用「年過四十」來蒙混。

過去她在新宿租的房子，歷經地震無法再居住，便搬到調布市仙川的分租屋。至於長谷川偵探調查所，因長谷川所長退休吹熄燈號。她正在放長假時，舊識富山泰之拜託她到位於吉祥寺的推理專門書店「MURDER BEAR BOOKSHOP」幫忙，這個兼差拖拖拉拉做到現在……

順帶一提（《黑暗越流》的後記中也提過），我曾在東京創元社的總編輯，也就是讓若竹我出道的大恩人戶川安宣先生請託之下，創作位在吉祥寺的傳奇推理小說專門書店「TRICK + TRACK」限定發售的私家版〈心誠則靈～殺人熊書店事件簿1～〉。在這個短篇裡出場的即是「MURDER BEAR BOOKSHOP」，我很喜歡這個設定，於是讓這家書店出現在葉村晶作品中（另一件不怎麼重要的事，在某作品中，葉村曾在葉崎的舊書店工作。換句話說，她不是頭一次在書店工作，不算突然轉行）。

所以，在這部長篇作品裡，出現大量推理小說，包括「倒敘推理節」、「白骨推理節」等書店活動中提到的作品、葉村晶在收購古書時發現的作品、充當書店店員與客人倉嶋舞美談及的作品。可能是出現的作品太多，編輯嚴令針對串場的推理小說進行解說。實在很麻煩，我打算請富山店長稍加介紹。

新作耗時十三年完成，到處給人添麻煩。責任編輯從《壞兔子》的花田朋子小姐，換到吉田尙子小姐，再到佐藤洋一郎先生，輪一圈又回到花田小姐。吉田小姐、佐藤先生，在你們任內無法寫完原稿，眞的非常抱歉。我好不容易能夠完工，全是懼怕花田小姐的淫威……不，純粹是時機湊巧。

附錄～富山店長的推理小說介紹～

大家好，我是推理專門書店「MURDER BEAR BOOKSHOP」店長，富山泰之。獲作者欽點，要我對本書提及的推理小說稍加介紹。對各位深度推理迷來說，這些內容都很粗淺，跳過不看也沒關係。我能想像已有讀者翻白眼抱怨「專門書店的店長水準竟然這麼差」，還請推理達人務必跳過別看，千萬拜託。

P.14 倒敘推理　本書中也提到，這類推理小說是先從凶手的觀點來描述犯案過程，再從辦案這一方步步逼進犯罪的漏洞。最常見的說明，應該是「像《神探可倫坡》和《古畑任三郎》之類的作品」吧。最近意外的驚喜是MONKEY PUNCH原著、岡田鯛作畫的漫畫《警部錢形》（警部銭形）。這是一部倒敘推理漫畫，講的是眞凶想嫁禍給魯邦三世一夥人，錢形警部遠從國際刑警組織來辦案的故事。

P.14《謀殺我姑媽》（*THE MURDER OF MY AUNT*）　李察・赫爾（Richard Hull）的作品，爲「三大倒敘推理小說」之一。順帶一提，東京創元社的譯本名爲《伯母殺人事件》，早川書房則爲《伯母殺し》。不知爲何，這兩家出版社就是不願意將同一本書的譯名統一，最有名的還有艾勒里・昆恩（Ellery Queen）的《途中の家》與《中途の家》（中譯《特倫頓小屋》），實在感恩。想當然耳，這樣我們就可以用「兩本都一定要擁有」來向狂熱的推理迷推銷。

P.14 理察・奧斯汀・傅里曼（Richard Austin Freeman）「科學辦案節」中令我們獲益匪淺的名偵探宋戴克醫生（Dr. John Evelyn Thorndyke）的生身之父。《歌唱的白骨》（*THE SINGING BONE*）被視爲史上第一篇倒敘推理小說。我最推薦的是《宋戴克博士事件簿II》中收錄的〈波希沃・布蘭德的分身〉（*PERCIVAL BLAND'S PROXY*，中文收錄於遠流出版的《宋戴克醫師名案集》）。布蘭德以牛肉包裹買來的骨骼標本，再讓它穿上衣服，頭頂黏貼帶毛兔皮，加以燒毀詐死。不料，驗屍的名偵探卻指出某項事實……現在回頭看一百年前的科學辦案是有點好笑。

P.14 弗里曼・克勞夫茲（Freeman Wills Crofts）三大倒敘推理之一《十二點三十分從克洛頓出發》（*12:30 from Croyden*）的作者。對了，我在P.29熱烈討論過同爲克勞夫茲的作品《弗倫奇探長首案》（*SILENCE FOR THE MURDERER*），在新譯本推出前，這部文庫本可是超稀有版本，教人怎能不激動？

P.14 法蘭西斯・艾爾士（Francis Iles） 黃金時期的作家，亦以安東尼・柏克萊（Anthony Berkeley）之名廣爲人知。三大倒敘推理小說最後一部《殺意》（*MALICE AFORETHOUGHT*），是一個醫生企圖以完全犯罪謀殺妻子的故事，結局非常精彩。此外，《眞相大白之前》（*BEFORE THE FACT*）也在我們推理節的選書中。

P.14 羅伊・維克斯（Roy Vickers） 以《懸案課事件簿》（*THE DEPARTMENT OF DEAD ENDS*）與同一系列的《百萬分之一的偶然》（*MURDER WILL OUT*）等懸案課的短篇聞名。縝密的犯罪計畫，因懸案課得知一些極其細微的線索而眞相大白的推理小說。

P.14 大倉崇裕 日本倒敘推理小說代表傑作「福家警部補系列」的作者。他太愛美國影集《神探可倫坡》，親身參與小說化（包括裝作影集小說化的原創小說在內）一事十分出名。順帶一提，此時葉村找到的是《神探可倫坡：謀殺序曲》（*THE BYE-BYE SKY HIGH IQ MURDER CASE*）（以筆名圓谷夏樹翻譯）、《新神探可倫坡：死亡保證人》（*ASHES TO ASHES*）、《神探可倫坡：玻璃塔》（*THE SECRET BLUEPRINT*）（以筆名大妻裕一翻譯），可謂大有斬獲。

P.17 松本清張 這不需要介紹了吧。無人能出其右的日本推理小說巨匠，至今新書店仍會擺出整套文庫，而且作品不斷改編成戲劇作品。因此，以我們舊書店來說，如果是新潮文庫版本，看到嶄新美麗的書會很開心。以前的書，紙黃墨薄，字又小，老花眼閱讀起來十分吃力。

P.18 藤原審爾 代表作是「新宿警察系列」，但我推薦《紅色殺意》。故事主軸是一個成天伺候膽小任性的丈夫，與囉嗦挑剔的婆婆的家庭主婦遭逢奇禍，仍抓著平凡的家庭不放。光這樣聽起來很像午間肥皂劇，其實描寫的是人類淺薄的心理，是相當可怕的小說。

P.18 河野典生 以《名爲殺意的家畜》（殺意という名の家畜）這部冷硬派小說聞名，但也有奇幻小說《街頭博物誌》（街の博物誌）和本格推理小說《阿嘉莎．克莉絲蒂殺人事件》（アガサ・クリスティ殺人事件）等作品。《阿嘉莎……》是《東方快車謀殺案》的後續，以印度爲舞台，有白羅老人出場的列車推理小說。讓人覺得「眞的可以利用別人的作品到這種程度嗎？」及「好大的膽子，居然把《東方快車謀殺案》的雷全爆了」，讀起來心情五味雜陳。

P.18 黑岩重吾　古代史相關作品十分有名，但初期做爲社會派推理小說家也廣受讀者喜愛。如今他的社會派作品少有人閱讀，但由於有部分死忠書迷，醫療推理傑作《背德手術刀》（背徳のメス）等仍不難買到。對了，下次來辦「醫療推理節」吧。羅賓・庫克（Robin Cook）、帚木蓬生、麥可・克萊頓（Michael Crichton）、海堂尊……各位意下如何？

P.18 柴田鍊三郎　出版社推出《幽靈紳士／異常物語 柴田鍊三郎推理集》。柴田鍊三郎是以「眠狂四郎系列」等富於感官描寫的時代小說、《岡引酒糟》（岡っ引どぶ）等捕物帳聞名的作家，但他的福爾摩斯仿作《名偵探幽靈紳士》恐怕沒多少人知道吧。可以輕易讀到這些作品，是一件很不得了的事。

P.18 石坂洋次郎　前面介紹的P.18提到的作家，主要是在雜誌上寫中間小說。所謂的中間小說，是指定位於大眾文學與純文學之間的小說，但筒井康隆將他爲一九七九年出版的植草甚一的《小說要在電車裡看》（小説は電車で読もう）寫的解說題爲〈寫給中間小說的挽聯〉（中間小説への挽歌），所以可推斷，過了七〇年代中間小說就風光不再。石坂洋次郎是擅長青春小說的中間小說家，因電影和主題曲赫赫有名的《青青山脈》（青い山脈）、櫻田淳子主演的《年輕人》（若い人）的原著作者……多大年紀的人才會知道？

五十歲嗎？

P.20 水上勉　他是以《飢餓海峽》、《金閣炎上》聞名的文學家，也是社會派推理小說的代表作家。他的推理小說中，我推薦《東方之塔》（オリエントの塔），裡面出現《艾略特命案》（エリオット殺し）、《孤島失蹤記》（島でみんながいなくなった）的推理作家凱薩琳·克莉絲蒂。不管是河野典生或水上勉，大家都很喜歡克莉絲蒂啊……對了，二〇一三年渡部雄吉的攝影集《監視日記》推出日本版。這是昭和三十三年水戶發生分屍案時，渡部跟隨茨城縣警和警視廳刑警組成的辦案搭檔，貼身拍攝集結而成的攝影集，極富魅力。令人聯想到水上勉的《眼》。

P.20《暗夜疑惑》（夜の疑惑）　葉村輕描淡寫，但找到春陽文庫出版的曜川哲也的《暗夜疑惑》，可是件大事啊！這本書裡收錄的短篇，〈解謎的醍醐味〉（謎解きの醍醐味）、〈破解不在場證明〉（アリバイ崩し）、〈無人平交道〉（無人踏切）都能在光文社文庫看到，但〈暗夜挽歌〉只出現在這本書。甲賀三郎的《沒有乳房的女人》（乳のない女）、左右田謙的《一枝鋼筆》（一本の万年筆），這些書都流落到哪裡？比起發現《暗夜疑惑》，命案根本一點都不重要。葉村，快去把書找回來！

P.20 山田風太郎　沒有介紹的必要吧。「忍法帖系列」超有名，同時，近年《十三角關係》（十三角関係）和《青春偵探團》（青春探偵团）等推理小說也復刊了。

P.20 香山滋　眾所皆知，酷斯拉的生身之父。最推薦的是描寫電鰻殺人的《海鰻莊奇談》（海鰻荘奇談）。這些昭和時代的推理小說，不時就有人想要復刊，小店也都努力搜羅。

P.29 《讀過約翰・狄克森・卡爾的男人》（ジョン・ディクソン・カーを読んだ男）　這是日本自行編纂的威廉・布瑞坦（William Brittain）的推理仿作短篇集。最出色的當屬同名作，一個迷上卡爾、計畫不可能犯罪的男子，搞出非常天兵的烏龍，導致所有精心策畫付諸流水的故事。不知爲何，日本推理迷十分鍾愛，仿作又衍生出許許多多的仿作。

P.67 凱絲・萊克斯（Kathy Reichs）　以加拿大蒙特婁爲舞台，創作出「女法醫唐普蘭絲・布蘭納（Temperance Brennan）系列」的作者。以此翻拍的電視影集《骷髏拼盤》（*BONES*）收視極佳。據說現在美國人一聽到「法醫」，就會想到飾演布蘭納一角的女演員。

P.68 艾倫・艾肯（Aaron Elkins）……艾肯是美國推理小說作家，知名作品是綽號「骷髏偵探」的人類學家吉得恩・奧利佛（Gideon Oliver）教授系列。這一系列中，我要推薦《老骨頭》（*OLD BONES*），好就好在是單純的完全犯罪。此外，比爾・普洛奇尼（Bill Pronzini）的《屍骨》（*BONES*）、唐諾・E・威斯雷克（Donald Edwin Westlake）的《連骨頭也不放過》（骨まで盗んで，*DON'T ASK*）等等，在此具體列舉出的，每一本都是發現骨頭帶動案件的名作。

P.68 法醫人類學家的非小說作品　威廉・美普斯（William Ross Maples）的《死者在說話》（*DEAD MEN DO TELL TALES*）、艾蜜麗・克雷格（Emily Craig）的《死者的祕密》（*TEASING SECRETS FROM THE DEAD*）、鈴木和男的《輪到法醫牙醫學出場了》（法歯学の出番です）均已備齊，在「科學辦案節」時會順勢推出法醫相關書籍。法醫學家、驗屍官、警察醫、監察醫、鑑識，各方大德都不吝分享經驗和知識，非小說作品也值得一讀。

P.68 《骷髏水手》　史蒂芬・金的恐怖短篇故事集，原書名爲《SKELETON CREW》，日本譯爲《骷髏水手》（骸骨乗組員，中文書名爲《史蒂芬・金的故事販賣機》）。看來封面出現骨骸骷髏的，還是以恐怖小說占絕大多數。像克里夫・巴克

（Clive Barker）的「血之書系列」的封面，便震撼力十足。

P.75 維多莉亞·荷特（Victoria Holt） 以英國維多利亞時期爲背景，寫下多部作品的羅曼史小說家。懸疑色彩濃厚，小店也有進。以前角川文庫出版的翻譯作品書脊都是白的，大家都戲稱爲「角川白脊」，而白脊的《莊園迷霧》（*THE SHIVERING SANDS*）非常罕見，如果看到一定要買。

P.76 簡·伯克（Jan Burke）……伯克以《GOODNIGHT, IRENE》出名，代表作是《骨惑》（*BONES*）。伴野朗的《五十萬年的死角》（五十万年の死角）則是江戸川亂步獎得獎作品，描寫因北京原人骨骸不翼而飛，衍生出的推理與冒險。羅斯·麥唐諾（Ross Macdonald）的《入戲》（*THE GALTON CASE*）中，在尋找失蹤的蓋爾頓家兒子中段，出現骨頭。橫溝正史的《骷髏檢校》是描寫吸血鬼收集骨頭，便能行使讓死者復活的「集骨」術。咦，這不算推理嘛。

P.76 白羅短篇 〈巧克力盒謎案〉（*THE CHOCOLATE BOX*）是阿嘉莎·克莉絲蒂筆下的名偵探赫丘里·白羅，在比利時擔任警探時的故事，收錄於《白羅的初期探案》（*HERCULE e POIROT：THE COMPLETE SHORT STORIES*）。

P.77《追蹤犬尋血獵犬》（**追跡犬ブラッドハウンド，DEATH IN BLOODHOUND RED**）　這是維吉妮亞・拉尼爾（Virginia Lanier）的小說，描寫身爲氣味追蹤犬訓練師的喬・貝斯（Jo Beth）大顯身手的故事。尋找在森林裡失蹤的孩子那一段，據說是葉村的最愛。

P.77《拼布、命案、下午茶》（**キルトとお茶と殺人と，THE PERSIAN PICKLE CLUB**）　珊德拉・達拉斯（Sandra Dallas）的作品。在美國經濟大蕭條的年代，堪薩斯的一個鄉下小鎮裡，一群主婦聚在一起做拼布工藝。雖然可享受書中輕鬆愉快的氣氛，但做爲推理小說不怎麼樣……剛這麼想，便出現精彩萬分的大逆轉結局。

P.77《藍道夫牧師》系列　查爾斯・史密斯（Charles M Smith）的推理小說，由曾任美式足球選手的壯漢牧師藍道夫（Randolph）當偵探辦案。這也是角川的白脊書，有《藍道夫牧師與墮落天使》（ランドルフ師と堕ちる天使）、《藍道夫牧師與復仇天使》（ランドルフ師と復讐の天使）等作品。

P.130 馬汀貝克莊　史坦貝克是以《憤怒的葡萄》聞名於世的美國作家，馬汀貝克

（Martin Beck）是麥舒華（Maj Sjöwall）與佩兒．法露（Per Wahlöö）這對夫妻作家創作出的斯德哥爾摩刑警。是，我弄錯了，對不起。

P.171 今邑彩……《室友》描寫的是兩名女子分租房子的恐怖故事。新津清美的《分歧年代》（スパイラル・エイジ），女主角的同學跑來說她殺了人，並藉口懷孕賴著不走，女主角只得讓她藏身，這個祕密卻被外遇對象的妻子知道……這也好恐怖。海倫．麥克洛伊（Helen McCloy）的《祕密穿鏡而過》（*THROUGH A GLASS, DARKLY*），是美術老師的分身在女子宿舍出沒的故事。以爲超自然現象被理性的分析破解，沒想到居然……的轉折，給後世的推理小說帶來莫大影響。

P.171 戶川昌子　不久前，提到日本在國外最有名的推理作家，要屬戶川昌子女士。不曉得現下是不是也一樣？亂步獎得獎作品《幻影之城》，描寫一群老女人居住的舊公寓發生離奇事件，是一部非常可怕的女性心理推理小說。

P.355 湯姆．亞當斯（Tom Adams）　看慣日本美麗的書，再看到國外的書常常會差點跌倒。不過，湯姆．亞當斯設計的書另當別論，我會爲了他的畫買書。最推薦的是朱利安．西蒙斯（Julian Symons）撰寫評論的《TOM ADAMS' AGATHA CHRISTIE COVER

STORY》。以蘋果形狀的骷髏頭爲主題的《萬聖節派對》（*HALLOWE'EN PARTY*）、圖坦卡門面具與手槍組合在一起的《尼羅河謀殺案》（*DEATH ON THE NILE*），張張精采。

P.355 卡特．狄克森（Carter Dickson）……在《時鐘裡的骷髏》（*THE SKELETON IN THE CLOCK*）一書中，有個老太太爲了捉弄H．M爵士，將一具骷髏從車窗探出去。依光隆的封面畫風厚重，非常吸引人。卡特的封面還是非如此不可。《骷髏城堡》（*CASTLE SKULL*）的封面則由松田正久負責，將骷髏化入設計中，相當摩登。

MURDER BEAR BOOKSHOP
活動預告

男人味愈陳愈香！冷硬派推理巨星—
角田港大老師握手簽名會
書本售完當場截止
地點：本書店 時間：角田大師腰痛痊癒後

同時舉辦 絕版古書節「男人的浪漫與男人味」
罕見的昭和三十年代日本冷硬派小說一次看個夠
包括北村鱒夫、島內透、中田耕治、鷲尾三郎、山下諭等

P.356 傑佛瑞・迪佛（Jeffery Deaver）……《人骨拼圖》（*BONE COLLECTOR*）是安樂椅偵探（？）林肯・萊姆（Lincoln Rhyme）的成名作，登逢造極的轉折令人目不暇給。伊恩・藍欽（Ian Rankin）的《蹲踞的骨頭》（蹲る骨，*SET IN DARKNESS*）中，雷博思（Rebus）探長自蘇格蘭愛丁堡歷史悠久的建築物地下室牆上找出白骨。吉姆・凱利（Jim Kelly）的《反骨》（逆さの骨，*THE MOON TUNNEL*）的主角，報社記者卓萊安（Dryden）活躍於東英格蘭，內容描述舊時的戰俘收容所中出現奇特的骨骸。P・D詹姆斯（P. D. James）的《皮膚下的頭蓋骨》（皮膚の下の頭蓋骨，*THE SKULL BENEATH THE SKIN*）是女偵探柯蒂麗亞・葛蕾（Cordelia Gray）辦案的孤島故事……咦，這部作品裡出現過骨頭嗎？我忘了。

以上，是「MURDER BEAR BOOKSHOP」店長富山泰之爲大家做的介紹。

（協助整理　小山正）

解說

我們不說再會

路那

※警告：以下討論涉及小說內容，請務必看完全書後再行閱讀

You can check-out any time you like,
But you can never leave.

——Eagles，〈Hotel California〉

一、關於若竹七海

你曾拼過拼圖嗎？隨著時間的進展，看著盒子表面印製的彩圖，慢慢自手下浮出的過程，每次都是一種新奇的體驗。

這種體驗，大約也可以用來描述若竹七海（乃至於太多數經由翻譯引介至台灣的作者）被認識的歷程吧。至晚在一九九六年，透過現已停刊的《推理雜誌》上刊登的三個翻

譯短篇，若竹七海這個名字被引介給台灣的推理讀者。然而，因爲翻譯的數量不多，若竹七海眞正爲台灣讀者認識，要等到差不多整整十年之後的《我的日常推理》與《古書店阿賽麗亞的屍體》。因此，本書儘管名爲《告別的方法》，實際上，對台灣讀者來說，或許才正是認識若竹七海這位作家的開始。

很巧的是，《推雜》刊登的三篇中有兩篇是非系列作，而出版單行本的這三部作品，則分屬於若竹目前所有的三個系列。《我的日常推理》是與作家同名的角色「若竹七海」系列，屬於新本格衍生的日常推理。《古書店阿賽麗亞的屍體》則爲「葉崎系列」，爲本格風味濃厚的舒逸推理。隸屬於「葉村晶系列」的本作，則屬日推中罕見的冷硬派。換言之，若讀完上述六篇作品，大抵能掌握住若竹七海的獨特風格，而不再只是「日常推理」、「推理女作家」、「推理社團出身」等等標籤之下一個模糊的形體。

二、被找麻煩是她的職業：私探葉村晶

大抵而言，系列小說內的時間，可以簡單地分爲凝結與流動。所謂凝結，即如同永不長大的小學生偵探一樣，即便已經歷過上千個事件，對於文本中的人物來說，這些流逝的時光並不會反映在他們的身上。「流動」則恰巧相反。不消說，以「把犯罪還給有理由的人」爲標榜的冷硬派，自然也「把時間還給經歷過的人」了。屬於冷硬派一員的葉村晶，

則可說是異常恪守著時光行進的速度。

本作的主角葉村晶，首次登場於一九九六年出版的短篇連作集《禮物》（プレゼント）。此時，她是二十多歲的年輕打工族。到了四年後出版的《委託人已故》（依頼人は死んだ），葉村晶已建立起「嘴壞運也壞」的職業偵探形象。隔年的長篇《壞兔子》（悪いうさぎ）中，葉村晶以三十出頭的自由調查員身份，追蹤一起女高中生失蹤的事件。再然後，要等到二〇一四年，葉村晶才在短篇集《黑暗越流》（暗い越流）與本作《告別的方法》中現身。此時，距葉村的首次登場，已相隔十九年。對於這十九年的流逝，相較於初次見面的臺灣讀者，可說是一起變老的日本讀者們顯見更會是感慨良多。二〇一六年，最新的葉村晶系列《靜謐的熱天》（静かな炎天）出版了。在本作的最後，找到「告別警察的方法」的她，在這部新作中，正式成爲副業店員的有牌偵探。一邊感嘆著人體機能的衰退，一邊追查著案件。她會活躍到什麼時候呢？眞是非常令人期待。

三、從《漫長的告別》到《告別的方法》

眼尖的讀者想必早已發現，如同《古書店阿賽麗亞的殺人》是哥德羅曼史的舒逸推理變奏（最終，少女得到了大房子）般，以「尋找女明星失蹤女兒」作爲核心的《告別的方法》，則宛若美國冷硬派推理大師錢德勒傑作《漫長的告別》一個黑色輕喜劇的女性私探版本。

不消說，兩者之間並不存在著那種步調一致的符應關係。然而，《漫長的告別》中常見的冷硬派故事元素：失蹤待尋的人口、被殺的女性、錯認的凶手、調換的身分、有錢人家的家族糾葛，甚至是忠心事主的僱員，都在《告別的方法》中改頭換面地登場了。只是，不同於本就是以女性最爲類型敘事主軸的哥德羅曼史，冷硬派推理從一登場，即帶著濃烈的「男性專門文類」氣質。無論是漢密特又或錢德勒，均可觀察到其筆下的女性形象存在著某種雙面性：女性角色在美豔欲滴的同時，往往也心如蛇蠍。換言之，對於男性而言，這些女性既是誘惑也是挑戰。於是在小說中，我們每每看到冷硬的男性偵探面對這些女子，如同奧德修斯面對海妖塞任般戒愼：若想聽其歌唱（交游），必須以繩（自我道德）自繫，以免迷失或淪亡。於是，儘管相較於「昆恩先生」，這些男性私探確實勇於談性（甚至是愛），但他們的性／愛卻往往如同蜉蝣，帶著宿命般潰消的印記。那麼，當若竹七海以這樣一個充滿男性氣質的文類爲書寫對象之時，她是如何將之「改造」，使之適宜女性私探葉村晶出沒的舞台呢？要解答這個問題，我們的眼光，或許需先拉遠一點，到太平洋的彼岸。

作爲冷硬派小說的發源地，美國最晚在一九三九年便已有女性私探的登場，然而或許是因爲其作者仍是男性的緣故，此時期的女性私探，多半仍被認爲脫離於現實之外。稍後，在第二波女性主義思潮的洗禮下，冷硬派女作家不再如同她們的古典前輩般以男性角色爲自身代言，而是開始形塑各式女性私探。一九六四年，桃樂絲·雅尼克（Dorothy Uhnak）出版的自傳性作品《女警》（*Policewoman*），以及稍後她成爲愛倫坡獎得主、全職作家的經歷，某個程度上可說標誌著女性私探故事的發展邁入成熟階段。因而，稍後梅西·米勒（Marcia Muller）、莎拉·派瑞斯基（Sara Paretsky）、蘇·葛拉芙頓（Sue Grafton）、蘿拉·李普曼（Laura Lippman）等作家的陸續登場，也就不那麼令人意外了。

在這些小說中，有遵循著原始男子氣概邏輯的「和男人一樣強悍／比男人更強悍」的私探，也有另闢蹊徑，更加關注陰性氣質的私探。整體來說，這群女性私探，無論是武力値或心理素質，均和傳統的男性私探不分軒輊。另一方面，她們在性／愛態度上更可說是多采多姿：冷硬派「傳統」的露水姻緣有之，「非傳統」的穩定關係亦屢見不鮮。於是，長久以來男性私探壟斷天下的場面於是不再。冷硬派小說中的女性自此不再只有蛇蠍美人一種面貌。另一方面，冷硬派的第一人稱傳統，讓我們得以深入偵探的內心，將他／她的眼睛當作自己的眼睛，她／他的耳朵當作自己的耳朵。於是，當偵探的性別由男換女，當欲望的主體與客體位置不再僵固，我們思考的想法與眼光也「自然」地開始移轉。或許，在這樣的敘事視角下，女私探相較於女神探，也更容易爲讀者所接受。

正是在這樣的基礎上，若竹七海嘗試著讓凝視著男性情誼成長、維持與消亡的《漫長的告別》，轉化爲探討女性情誼萌生、終結與再起的《告別的方法》。同樣是講述「蛇蠍美人」的故事，《告別的方法》除了讓小說中的性別比例更加接近眞實世界外，也更直截了當地揭露了其中隱匿的父權暴力，以及兩性同時身爲受害者與幫凶的雙重結構性位置。在《漫長的告別》中，女性如何在父權社會的壓迫下變形爲蛇蠍（美女）的過程，被馬羅與藍諾士之間史詩而浪漫的男性情誼給遮蓋住了，但這段過程在《告別的方法》中卻是纖毫畢現，幾令人不忍卒睹。另一方面，如同《漫長的告別》與其冷硬同儕所宣示的「將謀殺還給有理由的人」，從而揭示了當時美國社會既存的各種問題一般，《告別的方法》也透過小說中的案件，關注了長期以來倍受忽視的熟人強暴、心理治療，以及近年廣受討論的青年新貧／啃老等問題。

葉村晶系列，即便承接了八〇年代以降日本經由翻譯而引進的冷硬女探基因，但顯然仍須施以某種在地化的手段，使之得以適應日本的風土。若竹七海找到的途徑，除了黑色輕喜劇的風格外，很有意思的，卻是「拒絕羅曼史」。與海外同業豐富的性生活比起來，葉村晶在這方簡直乏善可陳。換言之，儘管若竹七海可說是有意識地讓葉村晶時時言說其身處的性別位置，與隨之而來的便利／歧視，但在歐美作家著力甚深的浪漫關係上，若竹七海卻相當乾脆地捨棄掉了。至於這樣的寫作策略是優是劣？或許端看你的位置而定。

四、告別與再見：有人能真正離開加州旅館嗎？

《告別的方法》一開始，就援引了《漫長的告別》一書中最後馬羅的結語：「我從未再看到他們任何人。除了警察。還沒有人發明告別警察的方法。」這句話作爲全書的終結，有力之餘，更令人感受到物換星移的惆悵。然而，若換一個角度來看，這也昭示著公權力的無孔不入。是以在本作中，這句話則宛若所有角色的共通考題。從殺妻的丈夫到殺女的明星，從弒父的兒子到弒母的女兒，從詐欺犯到捲入事件的倒楣私探，小說中試圖和警察告別的方式可說多采多姿。然而，最終成功「告別」的，在這諸多群像中，唯有私探一人。不同於《漫長的告別》結尾的沉鬱，《告別的方法》在完結時毋寧是歡欣向上的：葉村發出了勝利的呼喊，「富山店長，你發明了和警察說再見的方法啊！」這個方法，簡而名之，是私探執照。

但，馬羅從來就不是一個無照私探。而他與警察之間的關係，也從來不因執照的有無而有所差異。於是問題來了，既然如此，爲什麼這會是「告別的方法」呢？我想，這之間的差距，或許在於主動性的有無。在《漫長的告別》中，馬羅儘管和警察之間沒有少過麻煩，但卻不曾像葉村一般，被警察捏著把柄逼迫從事監視的工作。化被動爲主動的這一點，或許才是「告別」的眞義吧。

儘管如此，在現代制度下，私探幾乎注定與警察糾纏不清。因此，葉村與警察的關係，更可能像是老鷹合唱團在〈加州旅館〉一首中道出的，「你可以在任何時候退出，但你永遠無法眞正地離開。」告別的方法是眞相抑或幻象？誰又能說得清楚呢？

本文作者介紹

路那，台大台文所博士生、台灣推理作家協會成員。

日本推理名家傑作選 54

告別的方法

原著書名／さよならの手口
作者／若竹七海
原出版社／文藝春秋
翻譯／劉姿君
責任編輯／陳盈竹
行銷業務部／詹凱婷、徐慧芬
編輯總監／劉麗真
總經理／陳逸瑛
榮譽社長／詹宏志
發行人／涂玉雲
出版／獨步文化
城邦文化事業股份有限公司
台北市中山區 104 民生東路二段 141 號 5 樓
電話：(02) 2500-7696
傳真：(02) 2500-1967
發行／英屬蓋曼群島商家庭傳媒股份有限公司
城邦分公司
台北市中山區 104 民生東路二段 141 號 2 樓
讀者服務專線／(02)2500-7718; 2500-7719
24 小時傳真服務／(02)2500-1990; 2500-1991
服務時間／週一至週五：09:30～12:00
13:30～17:00
讀者服務信箱／service@readingclub.com.tw
劃撥帳號／19863813　戶名／書虫股份有限公司
香港發行所／城邦（香港）出版集團有限公司
香港灣仔駱克道 193 號東超商業中心 1 樓
電話／(852) 2508-6231　傳真／(852) 2578-9337
E-mail／hkcite@biznetvigator.com
馬新發行所／城邦（馬新）出版集團
Cite (M) Sdn Bhd
41, Jalan Radin Anum, Bandar Baru Sri Petaling,
57000 Kuala Lumpur, Malaysia
電話：(603) 90578822　傳真：(603) 90576622

封面設計／高偉哲
排版／游淑萍
印刷／中原造像股份有限公司
□2016 年（民 105）11 月初版
定價／399 元

國家圖書館出版品預行編目資料

告別的方法 / 若竹七海著 ： 劉姿君譯. -- 初版.--.臺北市：獨步文化, 城邦文化出版：家庭傳媒城邦分公司發行， 民105.11
面 ； 公分. --（日本推理名家傑作選；54）

譯自：さよならの手口

ISBN 978-986-5651-74-9（平裝）

861.57　　105017861

ISBN 978-986-5651-74-9
Printed in Taiwan

獨步文化
APEX PRESS

廣　告　回　函
北區郵政管理登記證
台北廣字第000791號
郵資已付，免貼郵票

104台北市民生東路二段 141 號 2 樓

英屬蓋曼群島商家庭傳媒股份有限公司

城邦分公司

請沿虛線對摺，謝謝！

獨步文化
APEX PRESS

書號：1UC054	書名：告別的方法	編碼：

請於此處用膠水黏貼

獨步文化 APEX PRESS

讀者回函卡

謝謝您購買我們出版的書籍！

請費心填寫此回函卡，我們將不定期寄上城邦集團最新的出版訊息。

姓名：________________　性別：☐男　☐女

生日：西元________年________月________日

地址：________________________________

聯絡電話：________________　傳真：________________

E-mail：________________________________

學歷：☐1.小學　☐2.國中　☐3.高中　☐4.大專　☐5.研究所以上

職業：☐1.學生　☐2.軍公教　☐3.服務　☐4.金融　☐5.製造　☐6.資訊

☐7.傳播　☐8.自由業　☐9.農漁牧　☐10.家管　☐11.退休

☐12.其他________________

您從何種方式得知本書消息？

☐1.書店　☐2.網路　☐3.報紙　☐4.雜誌　☐5.廣播　☐6.電視

☐7.親友推薦　☐8.其他________________

您通常以何種方式購書？

☐1.書店　☐2.網路　☐3.傳真訂購　☐4.郵局劃撥　☐5.其他

您喜歡閱讀哪些類別的書籍？

☐1.財經商業　☐2.自然科學　☐3.歷史　☐4.法律　☐5.文學

☐6.休閒旅遊　☐7.小說　☐8.人物傳記　☐9.生活、勵志　☐10.其他

對我們的建議：________________________________

____

____

為提供訂購、行銷、客戶管理或其他合於營業登記項目或章程所定業務需要之目的，家庭傳媒集團（即英屬蓋曼群島商家庭傳媒股份有限公司城邦分公司、城邦文化事業股份有限公司、書虫股份有限公司、墨刻出版股份有限公司、城邦原創股份有限公司），於本集團之營運期間及地區內，將以mail、傳真、電話、簡訊、郵寄或其他公告方式利用您提供之資料（資料類別：C001、C002、C003、C011等）。利用對象除本集團外，亦可能包括相關服務的協力機構。如您有依個資法第三條或其他需服務之處，得洽詢本公司服務信箱cite_apexpress@cite.com.tw請求協助。相關資料不提供亦不影響您的權益。

☐我已詳讀權利義務之相關條款，並同意遵守。

請於此處用膠水黏貼

獨步文化
APEX PRESS

廣告回函
北區郵政管理登記證
台北廣字第000791號
郵資已付，免貼郵票

104台北市民生東路二段 141 號 5 樓

英屬蓋曼群島商家庭傳媒股份有限公司

城邦分公司

獨步文化　　收

請沿此虛線剪下，將活動卡對摺、黏貼後寄回即可

黏貼處

獨步文化 APEX PRESS

獨步十週年慶活動 Bubu 集點卡

東京來回機票 × 2017 年全套新書 × 限量款紀念背包

預約未知的閱讀體驗・挑戰真實的異國冒險

首獎
日本東京
來回機票

想見識日系推理場景卻永遠都差一張機票？
想閱讀的時候書櫃剛好就缺一本推理小說？
想珍藏「十週年紀念限量款」Bubu 後背包？

三個願望，今年 Bubu 一次幫你實現！
集滿三枚點數就可參加抽獎，每季抽出，集越多中獎機率越大！

首獎：日本東京來回機票乙張 2 名（長榮航空經濟艙來回機票，價值約 NT 40,000 元）
二獎：獨步 2017 年新書全套　每季 5 名（總價約 NT 14,000 元）
三獎：Bubu 十週年紀念限量帆布包　每季 5 名（價值約 NT 3,000 元）

二獎
獨步 2017 年
新書全套

三獎
Bubu 十週年紀念
限量帆布包

【活動辦法】

- 即日起至 2016 年 12 月 31 日止，獨步每月新書後面皆附有本張「獨步十週年慶活動 Bubu 集點卡」乙張及 Bubu 貓點數 1 枚，**月重點書則有 2 枚**（請見集點卡右下角）！
- 將 Bubu 貓點數剪下貼於本張活動集點卡，集滿「三枚」並填寫個人資料後寄出，即可參加獨步十週年慶抽獎活動！（集點卡採【累計制】，每一張尚未被抽中的集點卡都可以再參加下一季的抽獎，寄越多，中獎機率越高喔！）
- 二獎和三獎於 2016 年 4 月、7 月、10 月及 2017 年 1 月的 15 日公開抽獎。
- 首獎於 2017 年 1 月 15 日抽出。（活動於 2016 年 12 月 31 日截止，郵戳為憑）

◆ 詳細活動規則請見獨步文化部落格：http://apexpress.blog66.fc2.com/
◆「每月重點主打書籍」與「活動得獎名單」將於獨步文化部落格、獨步臉書粉絲團公布。
◆ 2017 年新書將於每月 15 日寄出給中獎者。

【Bubu 點數黏貼處】

請沿此虛線剪下，將活動卡對摺、黏貼後寄回即可

【聯絡資訊】（煩請以正楷填寫以下資料，以免因字跡辨識困難導致贈品寄送過程延誤）

姓名：＿＿＿＿＿＿＿＿　年齡：＿＿＿＿　性別：☐ 男 ☐ 女
電話：＿＿＿＿＿＿＿＿　E-mail：＿＿＿＿＿＿＿＿
獎品寄送地址：＿＿＿＿＿＿＿＿＿＿＿＿＿＿＿＿

【個人資料蒐集告知事項】為提供訂購、行銷、客戶管理或其他合於營業登記項目或章程所定業務需要之目的，家庭傳媒集團（即英屬蓋曼群島商家庭傳媒股份有限公司城邦分公司、城邦文化事業股份有限公司、書虫股份有限公司、墨刻出版股份有限公司、城邦原創股份有限公司），於本集團之營運期間及地區內，將以 mail、傳真、電話、簡訊、郵寄或其他公告方式利用您提供之資料（資料類別：C001、C002、C003、C011 等）。利用對象除本集團外，亦可能包括相關服務的協力機構。如您有依個資法第三條或其他需服務之處，得洽詢本公司服務信箱 cite_apexpress@cite.com.tw 請求協助。

☐ **我已詳讀權利義務之相關條款，並同意遵守。**

黏貼處

【注意事項】1. 本活動限臺澎金馬地區讀者參與。 2. 參加者請務必留下有效郵寄地址，若贈品無法投遞，又無法聯絡到本人，恕視同棄權。 3. 本活動卡及 Bubu 點數影印無效。 4. 欲看贈品實物圖請上獨步部落格：http://apexpress.blog66.fc2.com/ 5. 抽獎贈品將以郵局掛號方式寄出，得獎訊息將會於獨步文化部落格、獨步臉書粉絲團公告。

歡迎加入獨步臉書粉絲團
獲得最快最新的出版資訊！Bubu 在臉書等你喲～
https://www.facebook.com/APEXPRESS

◀ 歡迎剪下我